悪役の王女に転生したけど、隠しキャラが隠れてない。

I WAS REINCARNATED AS A VILLAIN PRINCESS, BUT THE HIDDEN CHARACTER IS NOT HIDDEN.

4

著
早瀬黒絵
KUROE HAYASE

イラスト
comet

キャラクター原案
四つ葉ねこ

TOブックス

CHARACTER DATA

リュシエンヌ＝ラ・ファイエット
（旧姓：リュシエンヌ＝ラ・ヴェリエ）

ヴェリエ王国のかつての第三王女。
虐待を受けていたが、クーデター以降
ファイエット家の養女として迎えいれられる。
ルフェーヴルが何よりも大切。

ルフェーヴル＝ニコルソン

乙女ゲーム『光差す世界で君と』の
隠しキャラクター。
闇ギルドに属する凄腕の暗殺者。
リュシエンヌにしか興味がない。

ロイドウェル＝
アルテミシア

攻略対象の一人。公爵次男。
原作ではリュシエンヌと婚約していた。

アリスティード＝
ロア・ファイエット

攻略対象の一人。
ベルナールの息子で
リュシエンヌの義理の兄となる。

オリヴィエ＝
セリエール

乙女ゲームの原作ヒロイン。男爵令嬢。
可愛らしい外見だが、性格は自己中心的。

エカチェリーナ＝
クリューガー

アリスティードの婚約者。
公爵令嬢。

レアンドル＝
ムーラン

攻略対象の一人。
伯爵家次男。

CONTENTS

四・学院編一　原作の始まり

イラスト comet
デザイン 諸橋藍

四.

学院編一
原作の始まり

I WAS REINCARNATED
AS A VILLAIN PRINCESS,
BUT THE HIDDEN CHARACTER
IS NOT HIDDEN.

幕開けと忘却

入学式当日はいい天気だった。

前日から気持ちいいくらいの快晴で、雲一つない空は青く澄んでいる。

わたしが前世の記憶を取り戻してから十年が経った。

この世界は『光差す世界で君と』という、前世現代の乙女ゲームによく似ており、わたしはその中で悪役とされていた王女リュシエンヌ＝ラ・ファイエットになっていることに気が付いた。

後宮で虐待されて育ち、原作通り、新王家であるファイエット家に引き取られて王女となった。

しかし、わたしは悪役になりたくないし、ヒロインちゃんとも関わりたくない。

原作とは別のファンディスクに登場する隠しキャラの暗殺者・ルフェーヴル＝ニコルソンことルルと後宮で出会い、わたしは原作通りの道を進まないことを決めた。

その後、洗礼で女神様の加護があることが判明して教会派の貴族に狙われたり、何故か原作よりも早い段階でヒロインちゃんを見つけてしまったり、色々あったけれど、ルルと無事婚約することが出来た。

そして、今日はついに学院へ入学し、原作の時間軸へ突入する。

ルルとお兄様とわたしで馬車に揺られて、学院へ向かっていた。

ルルは柔らかな茶髪を伸ばし、それを三つ編みにしており、灰色の瞳は優しくわたしを見ている。

侍従の服を纏《まと》う姿は前世のわたしが見た、ファンディスクに出てくるルフェーヴル＝ニコルソンとは外見も立場も全く違っている。しかも、わたしが十二歳になり、正式に王女として公務に出るのと同時にわたしとルルは婚約した。

ちなみに学院は王族や上位貴族であれば一人か二人、使用人や護衛を連れて来ることが許可されている。

でもそれは基本的に寮に住む者で、使用人などの同伴も寮内に限られているらしい。

常に学院内で連れ歩くことが出来るのは王族だけであり、連れていけるのは護衛と決まっている。

学院自体に防御魔法が張られていて、誰でも入れるわけではないようだが、どうやって条件をつけているのかは分からない。

……複数の魔法を重ねがけしてるのかな？

「リュシエンヌ、緊張してないか？」

窓の外を眺めているとお兄様に問われる。

長く艶やかな黒髪を後頭部の高い位置で一つにまとめている。ゲームのメインヒーローだけあって、十七歳になったお兄様は身長も伸びて、可愛かった顔立ちは凛々しくなっている。

お兄様はもうすっかり原作のアリスティードそっくりに成長したけれど、原作とは違って、義妹のリュシエンヌとの仲は良好だ。

「はい、大丈夫です。お兄様達と一緒に授業を受けられるし、これから毎日エカチェリーナ様とミランダ様にお会い出来ると思うとワクワクしています」

「二人も同じことを言っていたぞ」

思わずといった様子でお兄様が笑みをこぼす。

二人がわたしと同じ風に思ってくれていたのなら、とても嬉しい。

ただエカチェリーナ様とは学年が違うため、昼食や放課後でなければ会えないだろう。

お兄様とロイド様とミランダ様は成績上位でわたし達四人は同じクラスになる。

「だが、リュシエンヌがまさか学年二位になるとは、私も気を抜いてはいられないな」

飛び級試験の結果でわたしはなんと学年二位に食い込むことが出来た。

自分でも結構出来たなとは思ったものの、まさか最初で二位になるとは考えていなかったので驚いたけれど、お父様もお兄様も、もちろんルルもすごく褒めてくれた。

一位は言わずもがな、お兄様である。

「でもお兄様はどの教科も満点ではありませんか」

「たった一点の差じゃないか」

「それが大きいんです」

お兄様は二年生の試験を満点で通った。

わたしは惜しくも一点逃した。

ちなみに三位はロイド様だそうだ。

お兄様がわたしのことをロイド様に自慢したことでそれを知ったのだけれど、ロイド様は特に悔しがることはなかった。

それどころか「僕ももっと努力しないとね」と穏やかに微笑んでいた。

原作では腹黒キャラなので内心で少し心配していたが、杞憂《きゆう》だったようだ。

「アリスティードは良いライバルが入ってきたね」

と、笑ってお兄様の肩を叩いていた。

ロイド様も落としたのは一点だった。わたしは計算途中の数字を書き間違えていたが答えは合っており、逆にロイド様は計算に使う式は合っていたけれど計算ミスで答えが間違っていたそうだ。

「次は満点を目指します」

お兄様が「そうか」と微笑ましげに目を細める。

「満点を取れたら何かご褒美をやろう」

「ご褒美？」

それは魅力的な提案だ。俄然やる気が出る。

「ああ、何が良いか考えておくように」

次の試験は半年後なのに気が早い。しかもわたしが満点を取れるかも分からないのに。

でもお兄様のそういうところが好きだ。妹を可愛がってくれる優しいお兄様である。

そんな話をしているうちに馬車の揺れが穏やかになり、学院へ到着したのか静かに停まる。

ルル、お兄様、そしてルルの手を借りてわたしの順に降りる。

すぐに後ろの馬車からお兄様の護衛二人が降りてきて、そばにつく。

周りにもそれなりの数の生徒がいた。

入学試験の時にも一度は来たけれど、今日からこの学院に生徒として通うと思うと、嬉しさがこみ上げてくる。

「リュシエンヌ」

お兄様に呼ばれて視線を移す。

「入学おめでとう」

お祝いの言葉にわたしは頷き返した。

「お兄様、ありがとうございますっ」

これからはルルとお兄様と三人一緒に通学することになる。

それがとても楽しみだ。

「やあ、おはよう」

「おはようございます」

聞こえた声に振り向けば、ロイド様とミランダ様が二人揃って近付いて来た。

ロイドウェル＝アルテミシア公爵令息。お兄様の側近最有力候補にして、親友で、そしてゲームでも攻略対象の一人である。金髪に金の瞳をした、優しそうな貴公子といった感じだ。原作ではリュシエンヌの婚約者でリュシエンヌとは不仲だったけれど、ここでは違う。

その横にいるのはミランダ＝ボードウィン侯爵令嬢で、鮮やかな赤い髪に緑の瞳をした気の強そうな顔立ちのご令嬢だ。ゲームではリュシエンヌがロイド様の婚約者であったが、それとは異なり、彼女がロイド様の婚約者になっている。

ロイド様もそうだけれど、ミランダ様も王族への忠誠心が高い。

ミランダ様はエカチェリーナ様の、そしてわたしの良き友人でもある。

「おはよう」

「おはようございます」

お兄様とわたしが挨拶をする。

ルルは従者だから控えている。

ロイド様とミランダ様からも「リュシエンヌ様、入学おめでとうございます」と祝ってもらえた。

それにわたしは礼を執って返す。

「今日からお二人はわたしの先輩です。後輩として、よろしくお願いします」

ロイド様が苦笑した。

「同学年だけどね」

「飛び級制度は存じておりましたが、学院創立以来、飛び級出来たのは数名ほどだそうです。リュシエンヌ様は凄いですわ」

「そうだね、リュシエンヌ様はずっと努力していたから受かって良かった」

ロイド様とミランダ様の言葉に頷く。

「本当に受かって良かったです。皆さんと同じ教室で学びたかったので、こうして無事入学出来て嬉しいです」

ミランダ様が嬉しそうに微笑んだ。

「ええ、私もリュシエンヌ様と同じクラスになれて嬉しいですわ。エカチェリーナ様もリュシエンヌ様の飛び級をとても喜んでいらっしゃいました。でも、自分だけ一学年下なのを残念がってもおりましたが……」

そう、エカチェリーナ様は二年生だ。

一人だけ学年が違うというのは確かに残念だろう。

「そのエカチェリーナは？」

お兄様の問いにロイド様が答える。

「生徒会室に先に行っているよ。リュシエンヌ様を待っていたかったみたいだけど、急用が入ったらしい。アリスティードが登校したら生徒会室に来てほしいって言っていたよ」

「そうか、分かった」

今年進級して、お兄様は生徒会長になった。

そして副会長はエカチェリーナ様。

ロイド様は会計で、ミランダ様は庶務。

他にも数名の生徒会役員がいるそうだ。

その中にレアンドルとアンリもいて、生徒会顧問はリシャールらしい。

攻略対象者が勢揃いである。

全員で正門を潜ろうと歩き出す。

すると突然、目の前を横切るように人が駆けてきて、先頭を歩いていたお兄様の目の前で派手に転んだ。

「きゃあっ！」

地面に手と膝をついて座り込む少女の姿にギョッとする。

……オリヴィエ＝セリエール男爵令嬢。

柔らかな金髪に新緑のような瞳をした、可愛らしい顔立ちの彼女こそがゲームのヒロインだ。

男爵令嬢はこの三年間、お兄様やロイド様など攻略対象に近付いてきていたのだ。

お兄様達は自分の行き先に現れる彼女をかなり気味悪がっているし、夢の件もあるので、警戒している。と言うか、嫌っているかもしれない。

恐らく全員の顔が強張ったと思う。少なくとも和やかな雰囲気は一瞬で消えた。

「いったぁ〜い」

地面に座り込んで猫撫で声を出しながら男爵令嬢は体を起こそうとして、上手く動けずにいた。

そのドレスが問題だった。ベビーピンクのそれは白いフリルやレース、リボンがふんだんにあしらわれ、明らかに動きにくそうなのだ。これからパーティーにでも行くのかと思うほどだ。

もしデコルテ部分が開いていたら、夜会のドレスと勘違いしたかもしれない。

本来、昼間に着るドレスは肌を露出せず、動きやすい装飾の控えめなものと決まっている。

華やかで装飾の多いドレスもあるが、お茶会や公務など社交の際に着るくらいだ。

王族や公爵家など高位の家ならまだしも、男爵家の令嬢にすぎない彼女が昼間の何も予定のない時に、それも学院という活動する必要性の高い場所でこのように動きにくくて派手なドレスを着てくるなんて悪目立ちしてしまう。

原作のゲームでは学院の生徒は制服を着ていたけれど、この世界では学院に制服はない。

自分達の好きな恰好で通うことになっているが、動きやすいものをと言われている。

……というか、自分から走ってきて転んだよね？

王族の行く手をわざと塞ぐなんて何を考えているのだろうか。

それどころか潤んだ瞳でお兄様をチラリと見た。

「アシュフォード、そこのご令嬢を保健室まで連れて行ってやれ」

お兄様が淡々と抑揚のない声で言った。

アシュフォードと呼ばれた騎士は返事をすると、男爵令嬢に一言断りを入れて手を貸すと、彼女を素早く立ち上がらせた。

お兄様が助けてくれなかったことに驚いたのか、男爵令嬢がぽかんとした顔で騎士とお兄様を交互に見た。

そして男爵令嬢の視線がわたしの斜め後ろに釘付けになるのが分かった。

大きな新緑の瞳が一際見開かれる。

その唇が音もなく「なんで……」と動いた。

けれど声になる前に、男爵令嬢は騎士によって保健室へ連れて行かれた。

少し抵抗するような素振りはあったが、騎士の方が壁になって有無を言わさず連れて行ってくれたため、彼女がこちらに来ることはなかった。

ただ、去り際にこちらを振り向いた。

新緑の瞳が確かにルルを見た。そう、男爵令嬢が狙っているのはルルなのだ。

視線を辿ってルルを見上げれば、ルルは冷たい目で男爵令嬢を見ており、わたしの視線に気付くとニコリと笑った。

「大丈夫ですよ」

外面のままルルがこっそり言う。

そして優しく手を握られた。

「……生徒会室に行こう」

今の出来事で更に目立ってしまったため、お兄様が硬い声音のまま言った。

その肩をロイド様が励ますようにそっと叩く。

足早に正門を抜けて、学舎へ向かうことにした。

＊　＊　＊　＊

「何ですって？　あの方、少々おかしなところがあると思っておりましたけれど、そんなことをなさいましたの？」

生徒会室の隣の部屋に来たエカチェリーナ様は、男爵令嬢の話を聞いて呆れた顔をした。

華やかな金髪の縦ロールに金の瞳を持つ、エカチェリーナ＝クリューガー公爵令嬢はお兄様の婚約者である。原作と違い、お兄様は三年前、エカチェリーナ様と婚約を結んだ。お兄様だけでなく、わたしのことも何かと手助けしてくれる優しい人だ。わたしのお友達でもある。

お兄様とロイド様は生徒会室で仕事をしている。

エカチェリーナ様は既に自分の分の仕事を終えたそうで、わたしが来たことをお兄様から聞くと、すぐに生徒会室の隣の休憩室に来てくれた。

ルルは人目のない場所なので、椅子を並べてわたしの横に座り、ぴったりとくっついて手を握ってくれている。

確かに、原作でも最初にアリスティードと関わるイベントがあった。

……わたし、忘れてきてるんだ……。

お兄様の目の前で転んだ男爵令嬢を見て思い出した。

原作乙女ゲームでは恋愛対象となる攻略対象とそれぞれ出会うイベントがあり、それは攻略とは関係なく、ゲームを遊ぶ度に必ず起こるものだった。

お兄様であるアリスティード＝ロア・ファイエットは入学式当日に、正門の前で転んだヒロインちゃんを見て手を差し伸べる。

レアンドル＝ムーランは校内で迷子になったヒロインちゃんと出会い、案内する。

リシャール＝フェザンディエはヒロインちゃんの担任となる。

アンリ＝ロチエは図書室で出会い、好きな本が同じで話が合い、仲良くなる。

そしてロイドウェル＝アルテミシアは木から下りられなくなった子猫を助けるために、木に登ったヒロインちゃんを見て、変わった女の子だと興味を持つ。

震えるわたしの手を握り、空いた片手でルルはわたしの肩を抱き寄せている。

「リュシエンヌ様、大丈夫ですか？」

ミランダ様に問われて頷き返す。

「はい……。あのような方は初めてで、驚いてしまって……」

エカチェリーナ様とミランダ様が納得した様子で溜め息をこぼした。

この二人も男爵令嬢のことは知っている。

何せ、自分の婚約者を執拗に追いかけ回しているのだ。婚約者であるお兄様やロイド様からも話を聞いているだろうし、貴族のご令嬢達からも色々と男爵令嬢について聞いているらしい。

王女殿下に聞かせるのはちょっと、と言葉を濁されたけれど、闇ギルドからの報告書で男爵令嬢の行動は大体知っている。

相変わらずレアンドルとは関係を切っておらず、アンリとは距離を置かれているようだが、あの手この手でお兄様やロイド様に近付こうとしているようだ。

リシャールは学院内からあまり出てこなかったために出会うタイミングがなかったみたいだけど、これからは原作通りに進めようとするだろう。

……でも、男爵令嬢は原作のヒロインちゃんとクラスが違う。

リシャールが受け持つのは一年の中でも成績上位者のクラスで、ヒロインちゃんは一番下のクラスだそうなので、それだけでリシャールと出会う機会を逃している。

「リュシー、大丈夫だよ。どんな奴が相手でもオレが守ってあげるからね」

わたしを抱き締めながらルルが慰めてくれる。

よしよしと頭も撫でられて、焦りと恐怖とで混乱気味だった心が段々と落ち着いてきた。

「それにしても王族の行く手を阻むなんて、何を考えているのかしら？」

「エカチェリーナ様、恐らくですが彼女は何も考えておりませんわ。アリスティード殿下に近付きたい一心なのでしょう」

「不敬を問われるとは思っていないのね」

エカチェリーナ様とミランダ様も理解出来ないという顔をしている。

「そういえば、お兄様にブドウジュースの入ったグラスを持ったままぶつかろうとしたこともあったそうです」

「まあ！」

「何てことを！」

報告書にあったことを思い出して話すと、二人は酷く驚いた顔で口に手を当てた。

……うん、普通はそういう反応だよね。

ありえない、と顔に書いてある。

「な、何故そのようなことを？」

ミランダ様の目が怒りでつり上がっている。

「何でも、以前ロイド様にわざとぶつかって抱き着いたことがあったそうで、その時はロイド様がすぐに離れてしまったので……」

「まさか殿下に飲み物をかけて謝罪を口実に話をするつもりで？」

「多分そうではないかと思います」

ミランダ様の目がクワッと見開かれる。

言葉には出て来なかったけれど、内心できっと色々と思っているのだろう。

その手がギュッと握り締められた。

エカチェリーナ様も初耳だったのか「あの方は王族がどのような存在か分かっていらっしゃらないのね……」と顔色を悪くしていた。

もしも自分が王族に飲み物をかけてしまったらと考えるだけで、普通はそんな恐ろしいことはしたくないと思うはずだ。でも男爵令嬢は違う。自分をこの世界の主人公《ヒロイン》だと思っていて、何をしても許されると考えているのではないだろうか。

部屋の扉が叩かれる。

わたしの代わりにエカチェリーナ様が誰何《すいか》の声をかけ、扉の向こうからロイド様の声がした。ミランダ様が席を立ち、扉を開ける。

「エカチェリーナ嬢、ミランダ、ちょっと聞きたいことがあるからこっちに来てもらいたいんだけど、大丈夫かな？」

全員がわたしを見たので、頷き返す。

「わたしは大丈夫です。ここでルルと待っています」

ロイド様が「すぐに済むから」と言い、エカチェリーナ様とミランダ様を連れて部屋を出て行く。

扉が閉まり、足音が離れてからルルを見る。

「ルル、わたし、前世の記憶が薄れてるみたい。原作の大まかな流れや大きなイベントは覚えてるけど、細かなイベントがすぐに思い出せないの」

「もしかして、さっき震えてたのはそのせい？」

その問いに頷き返す。

「うん、思い出せないことに気付いて、怖くて……」

思わず俯いたわたしの頬にルルの手が触れ、顔を上げさせられる。

「リュシーが前に話してくれた『原作』って、アレで全部？　細かなところも話してた？」

「うん、多分、ルルには覚えてる限り全部話したよ」

「そっか、なら問題ないよ」

ルルが目を細めて笑う。

「オレが全部覚えてる。だから心配しなくていいよ」

……わたしが忘れてもルルが覚えてる。

それなら、きっと、ルルは原作通りにならないように動いてくれるだろう。

ルルの言葉に安堵する。

わたしを労わるように優しく背中を撫でる手が、とても心地好かった。

ルルが言うなら何も心配は要らないと思える。

いつだってルルは有言実行だから。

＊　＊　＊　＊　＊

朝の一件はともかく、生徒会の仕事を終えたお兄様達と教室へ向かう。

生徒会室は第二学舎の三階にあるため、同じ第二学舎の二階にある三年生の教室は近い。

二階の階段でエカチェリーナ様とはお別れだ。

少し寂しげな雰囲気だったので「昼食は一緒に摂りましょう」と言えば、思い出したのか、嬉しそうに目を細めてエカチェリーナ様は微笑んだ。

「では昼休みにまたまいりますわ」

そう言って颯爽と階段を下りて行った。

お兄様が「ああ見えてしばらく引きずるだろうから、気にかけてやってくれ」とこっそり言われた。

わたしもエカチェリーナ様だけが仲間外れになってしまったようで少し残念に思っていたので、今後はもっと自分から積極的に話しかけていこう。

「さあ、私達も教室に行かないと」

お兄様が歩き出し、それについて行く。

教室は階段から一番離れた場所にあった。

わたし達が教室に入ると、お兄様やロイド様、ミランダ様へ子息令嬢達が挨拶の言葉をかけてきて、それにお兄様達も「おはよう」「おはようございます」と慣れた様子で返している。

このクラスの顔触れはそう変わらないのだろう。

お兄様達の後ろにいるわたしにクラスの人々が僅かに騒《ざわ》ついた。

一年生に入るべきわたしがここにいるからだ。

「皆、聞いてほしい」

お兄様の声に騒めきが一瞬で止む。

誰もがお兄様を見た。

「皆も知っているだろうが、ここにいるのは私の妹であり、王女であるリュシエンヌだ。リュシエンヌは今日入学した。そして同時に三年生へ飛び級することとなった」

それに生徒達が顔を見合わせた。

「飛び級って、あの飛び級制度のこと？」

「受かった者がほとんどいないらしいぞ」

「一学年どころか二学年も越えて？」

囁くような声が重なり、また騒めきが起こる。そのどれもが驚きの言葉だった。

飛び級制度は学院創立当初からあったが、それを使用した者も少なく、受かった者は更に少ない。

だからみんなが疑問を感じるのも分かる。

「リュシエンヌは十六歳を迎えたら、ニコルソン男爵と結婚する。そのため、在学期間は一年となる。私は学院で学んだことをこの二年間、全てリュシエンヌへ教え続けた。そしてリュシエンヌは飛び級試験を受けて合格したのだ」

大半の生徒がなるほどという顔をした。

お兄様が勉強を教えていたから、わたしは二学年分の試験を受けることが出来たのだと理解したのだろう。実際、お兄様から教わらなければ合格には至らなかった。

「歳は私達より下だが、一年生、二年生の試験を受けて合格した以上は私達と同じ学力を持ち、私達と同じ教室で学ぶ友となる」

騒めきが止む。

「妹を一年間よろしく頼む」

お兄様の言葉にわたしも一歩前に出る。

「皆様、こんにちは。初めましての方もいらっしゃると思います。リュシエンヌ＝ラ・ファイエットと申します。お兄様の仰る通り、わたしは歳下で、同じ学年にはなりますが、皆様の後輩でもあります。同じ教室で学ぶ者として、後輩として一年間、王女という立場を気にせずに話しかけていただけたら嬉しいです。どうか、よろしくお願いいたします」

自分に出来る精一杯の美しい礼を執る。

シンと静まり返った教室に心臓がドキドキする。

……年下は受け入れられないかな……。

そう不安に感じた時、パチパチと手を叩く音がした。

ハッと顔を上げればその音が増えていく。

そしてあっという間に教室内は拍手に包まれた。

「王女殿下、凄いです！」

「そのお歳で二学年も飛び級するなんて‼」

「これからよろしくお願いします！」

「残り一年、一緒に頑張りましょう！」

クラスの人々から温かい言葉が送られ、喜びと安堵で胸がいっぱいになった。

お兄様がわたしの頭をそっと撫でる。

「良かったな」

わたしは大きく頷いた。

「はい、皆様ありがとうございます！」

受け入れてもらえた。その事実がただただ嬉しかった。

振り向けば、一歩下がっていたルルが眩しそうに目を細めて私を見ていた。

……ルル、わたし頑張るよ。

この場所で、あと一年、ルルと結婚するまで。

ルルの相手として恥ずかしくない成績を残して、ルルと一緒に頑張りたい。

近付いてきたルルにそっと肩を抱かれる。

言葉はなかったけれど「頑張れ」と言われた気がした。

だからわたしは一番の笑顔でルルを見上げた。

それにお兄様が苦笑し、クラスの人達から「王女殿下と婚約者は相変わらず相思相愛だ」と微笑ましく、そして少しだけ羨ましく思われることになったのだった。

＊　＊　＊　＊

前世とよく似た入学式を終えて教室に戻る。

お兄様の護衛騎士二人とルルは廊下で待機している。授業中は基本的にそうなるらしい。

全員、それぞれの席に着くが、席順は試験の結果順になるので一番前の一番窓際がお兄様、その後ろがわたし、ロイド様、一つ飛んでミランダ様という風になった。

わたしが二位の席に着くとクラスの人達は目を丸くしていた。

……そうだよね、わたしもビックリだよ。

試験では手応えも感じたし、やれるだけやったけど、まさか二位なんて思わない。

上位を目指すという目標は最初から達成出来てしまい、現在はこの成績を保つことが目標だ。

わたしは前世の記憶があって二位になれたが、後ろの席にいるロイド様はそういうものがなくてその成績で、わたしとの差もほぼない。お兄様もそうだけど優秀過ぎる。

もし前世の記憶がなければ、わたしは上位に入るなんて無理だったはずだ。

学ぶ機会の多い王族であっても難しいと感じるのだから、他の生徒はもっと苦労しているはずだ。

「静かに！　まずは出席を取ります。名前を呼ばれた生徒は返事をしてください」

教室に入ってきた女性の教師が教壇に立つ。

出席番号一番のお兄様から名前が呼ばれ、返事をしていく。

この出欠席の確認をしっかり聞いて、出来るだけクラスメートの名前は覚えておかないと。

そうして名前が呼ばれ、全員が出席していることを確認すると、教師がまず自己紹介をした。

「今年一年間、みんなの担任になりますアイラ＝アーウェンといいます。科目は今まで通り魔法の座学と実技の補助を担当しますので、よろしくお願いします」

それでは、と今度は生徒の方の自己紹介が始まった。

当然一番のお兄様から始まっていく。

「アリスティード＝ロア・ファイエットだ。二年間同じクラスだった者ばかりだから知っているだろうが、今年もよろしく頼む」

あっさりとした挨拶にぱらぱらと拍手が起きる。

お兄様が席に座ると、今度はわたしの番だ。

席を立ち、クラスメートを軽く見回す。

「改めて初めまして、リュシエンヌ＝ラ・ファイエットです。ご存じかと思いますがアリスティードお兄様の妹で、皆様より二歳年下です。飛び級で入学して、学院のことは分からないことだらけなので、色々と教えていただけたら嬉しいです。よろしくお願いいたします」

浅く会釈をするとお兄様の時と同じく、拍手が起こる。

それにニコリと微笑んで席に着く。

わたしが座るとロイド様が立ち上がった。

「アルテミシア公爵家次男、ロイドウェル＝アルテミシアです。今回は王女殿下に負けてしまいましたが、次はもっと頑張ります。……今年もよろしくね」

わたしへパチリとウィンクして、それからロイド様が柔らかく笑った。

ややおどけたような柔らかな調子の言葉に拍手と小さな笑いが広がった。

その後も、そのような感じで全員が挨拶をしていく。

一クラス三十人ほどなのでそう時間はかからなかった。

それが終わると成績の上位十名に先生からバッジが配られた。

魔法式でよく使われる六芒星を模したものだ。

「飛び級で入学した人もいるので、改めてこの校章について説明しますね。これは各学年の上位十名にのみ配られるものです」

先生の説明によると、このバッジを着けている者は学院内で様々な恩恵を受けられる。

学院内で個人の休憩室が借りられる。

訓練場を一時間単位でだが、貸し切りで利用出来る。

カフェテリアを無料で利用出来る。

教師の許可が必須だが、いくつかの授業の免除。

細かな点まで挙げると本当に驚くほど色々な利点がある。

ただし十位から外れたらバッジは回収されて恩恵を受けられなくなるため、皆、努力を怠れない。

ちなみにわたしも魔法の実技の授業を申請すれば、免除出来るらしい。お兄様がこっそり教えてくれた。わたしは魔法が使えないので実技の授業は確かに受けても意味はないのだろう。

でも魔法を実際に目に出来る機会なので出ようと思っている。

バッジは目につきやすい胸元に着けるそうだ。

……一年間カフェテリア無料は大きいなあ。

それからいくつかの教材が配られ、その日は解散となった。

教室にはロッカーがあり、それぞれ鍵付きで、教材や教科書などを置いておけるようで、ほとんどの人はそうしているふうだった。

……お兄様は二年間毎日教科書を持って帰って来てくれたけれど、重い鞄で大変だっただろうな。

「お兄様、ありがとうございます」

ロッカーに教科書などを仕舞いながら、横で同じ作業をしているお兄様へ言う。

お兄様が小首を傾げた。

「何がだ？」

「一年と二年の時、わたしに勉強を教えてくださるために教科書を持って帰るのは大変だっただろうな、と思いまして」

「ああ、そんなことか。どうせ私は馬車で登校しているからな、別に大変じゃなかったさ」

お兄様はそう言って微笑んだ。

本当に気にしていない様子だった。

……お兄様って身内にはすごく甘くて、世話好きというか、優しいよね。

わたしも見習ってもっとルルやお兄様に優しくしないと、と思う。

「アリスティード様、リュシエンヌ様」

呼ぶ声に顔を向ければ、エカチェリーナ様が鞄片手に教室の後ろの出入り口に立っていた。

「そっちももう終わったのか」

「ええ、皆様も？」

「ああ」

お兄様とエカチェリーナ様が話している。

……二人とも美男美女で並ぶととても絵になる。

ほう、と見惚れていれば、二人が振り向いた。

「そうだ、リュシエンヌ、これから学院内を案内しようか？」

「それは良い案ですわ」

二人の柔らかな眼差しに頷き返す。

「是非お願いします」

ロイド様とミランダ様は生徒会室に戻って仕事をするそうで、二人は並んで先に教室を出て行った。この二人も意外と良好な関係を築けているらしい。

腹黒なロイド様と勝気なミランダ様だが、思っていたよりも馬が合ったのだろう。

廊下に出るとルルがわたしの鞄を持ってくれた。

「リュシー、お疲れ様〜」

囁くように言われてわたしも返す。

「ルルもお疲れ様。ずっと立っていて大変だったでしょ？　これからお兄様とエカチェリーナ様が学院内を案内してくれることになったんだけど、いいかな？」

「大丈夫だよぉ」

片手で鞄を持ったルルがへらりと笑う。

差し出された腕にそっと手を添える。

……うん、やっぱりルルのエスコートが一番落ち着く。

別に普段の生活の中ではあまりエスコートする理由はないのだが、わたしもルルも出来るだけ近くにいたいので、エスコート出来そうな時はしてもらっている。

お兄様とエカチェリーナ様が「仕方がないな」みたいな感じで口角を僅かに引き上げる。

「第一学舎は必要ないだろう」

「そうですわね、あちらには一年生の教室がありますし、三年が行く機会もないでしょうから」

お兄様とエカチェリーナ様が頷き合う。

「そうなのですか？」

「ああ、第一学舎は一階に一年生の教室、二階に二年生の教室、三階は一年二年用の実習室、四階に上位十名の休憩室がある。第二学舎の一階に職員室と保健室、学院長室などがあり、二階が三年生の教室、三階が生徒会と三年の上位十名の休憩室があり、屋上となっている」

「図書室はないのですか？」

お兄様が「あるぞ」と言う。

「図書室とカフェテリアはそれぞれ別の建物になっている」

……それはすごい。

カフェテリアは一度行ったけれど、図書室が別の建物だなんて、それはもう図書館ではないか。

「昼食を持って来たから、案内が終わったら今日は生徒会の休憩室で食べよう。カフェテリアはまた今度だな」

「お兄様、昼食を持って来ていたのですか？」

午前中に終わると聞いていたので、わたしは持って来なかった。

「ああ、皆で食べられるくらいはある」

「まあ。午後に、何かご用事でもございますの？」

「……帰宅時間が被ると会うかもしれないだろ、あの男爵令嬢と」

お兄様の若干歯切れの悪い言葉に、なるほどと納得する。

帰宅時間をズラすために最初から学院で昼食を摂って帰るつもりだったようだ。

エカチェリーナ様が苦笑する。

「大変ですわね」

「ああ、まあ……。そんなことよりリュシエンヌの案内だ。第二学舎に図書室に、訓練場、カフェテリア、学院内は広いから行くところは沢山ある」

お兄様に促されて、すれ違うクラスメート達に挨拶を済ませてからわたし達は歩き出す。

「そういえば、学内を歩き回って大丈夫ですか？　男爵令嬢に会ってしまわないでしょうか？」

心配して言えば、お兄様が首を振る。

「いや、一年は午前中いっぱいかかるから問題ない」

そこまで考えた上でのことだったようだ。

よほど男爵令嬢に会いたくないのだろう。

……まあ、朝の件を思えばそうだよね。

男爵令嬢に会う心配がないからか、お兄様の足取りはどことなく軽やかだった。

学院の案内

まずは第二学舎の一階から、ということで階段を下りる。

一階は階段側から職員室、学院長室、事務室、正面入り口、応接室が二つ、物置部屋があり、一番端に保健室があった。他にも空き部屋や用務員室などもある。

職員室や学院長室の前で騒ぐわけにはいかず、ここは静かに案内してもらった。

二階は三年生の教室なので案内は必要なく、三階は最後となり、そのまま渡り廊下へ向かう。

学院の建物はアルファベットのHの形をしており、第一学舎と第二学舎に分かれている。

正門の反対、裏手側に図書室とカフェテリアがあるそうだ。

第一学舎から直接行けるのがカフェテリアで、第二学舎から直接行けるのが図書室。図書室とカフェテリアも渡り廊下で繋がっている。

なので、まずは図書室へ向かう。

渡り廊下を抜けて、突き当たりにある扉を開ける。

「ここが図書室だ」

お兄様が小声で説明してくれる。

「ここには文学や娯楽の本もあるし、勉強に役立つ本もある。歴史書も多い。中には学院を卒業した者が書いたものもあって面白いぞ」

「わたくしもよく流行りの小説を借りていますわ」

今日は授業がなく半日だけだからか人気はない。

建物は三階建てで中央が吹き抜けになっており、所々にある窓から柔らかく光が差し込んで、昼間は明かりがなくても問題ない造りになっている。机と椅子が並んでいるが、ソファーだけのところもあり、ここでゆったりと読書をしたら居心地が良さそうだ。

「本を借りる時にはあそこの受付で貸出しの手続きをする。借りられる期間は長くても一週間だから、うっかり返し忘れないようにな。忘れるとかなり怒られるらしい」

「はい、分かりました」

受付にいた老齢の司書の女性がこちらに気付いて小さく手を振ってくれたので、わたしもそれに振り返した。優しく穏やかそうな司書である。

「図書室は朝八時から夕方五時までだが、本の返却だけなら入り口のところにある返却箱へ返せばいい。返却箱はいつでも本を返せるように設置してある」

お兄様が入り口の横を指さした。

確かに大きな箱のようなものが設置されている。廊下に出てみると、取っ手のついた上開きの扉がついており、そこを開ければ、ボックスの中へ本を返せる仕組みになっていた。

「朝早く来て、生徒会の仕事前や終わったあとに返却出来るので重宝しておりますの」

エカチェリーナ様の言葉になるほどと思う。

誰もが開館している間に利用出来るとは限らない。

この辺りは前世の図書室や図書館とそう変わらないようだった。

……今度何か借りようかな。

「あー……、それから、本を借りる際にはきちんと中身を確かめてから借りた方がいい」

お兄様が困ったような顔でそう言った。

「はい、そうするつもりですが……？」

……何でそんな注意を？

首を傾げたわたしにお兄様が頬を掻く。

「以前、この国の歴史書を何冊か借りたんだが、その中に全く中身の違う本が交じっていたんだ。すぐに司書に頼んで廃棄してもらったが、ああいうものはリュシエンヌに良くないからな」

はあ、と溜め息を零すお兄様を見上げる。

「どんな内容だったんですか？」

私の問いにお兄様はただ一言「風紀を乱すものだった」とだけ零し、エカチェリーナ様がすぐに意味を理解したのか堪え切れない様子で小さく噴き出していた。

……あ、そういうものか。

わたしもそれで何となく察せられた。

恐らく男性向けの、まあ、いわゆる官能小説とかエロ本とか言われる類のものだったのだろう。

歴史書と思って借りたお兄様は、本を開いてみたら全く違っていて、さぞ驚いたはずだ。

赤い顔で即座に本を閉じて憤慨するお兄様の姿が目に浮かぶ。

「一応、全ての本は司書の先生方が目を通しているはずです。その本はきっと、誰かがこっそり持ち込んだか、司書が確認したあとに中身だけ差し替えたのでしょう」

エカチェリーナ様もやれやれと言いたげだった。

その時のことを思い出したのか、お兄様は苦虫を噛み潰したような顔で「リュシエンヌも気を付けろ」と呟いた。あんまり真剣な声音だったので、わたしはちょっとだけ笑ってしまった。

「はい、気を付けます」

お兄様は真面目な顔で深く頷いた。

それからカフェテリアへ向かう。

繋がった渡り廊下を通るだけなので、すぐに着く。

大きな窓が並んでおり、日差しがほどよく差し込んできて明るいカフェテリアは、所々に観葉植物が置かれていてオシャレである。白い丸テーブルと丸みを帯びた椅子も可愛らしい。

一階が最も広く、天井が高く、二階に続く階段は幅広で緩やかだ。

「ここがカフェテリアだが、試験の時にも来たと言っていたな？」

「はい、上級生の女性の方に案内していただきました。でもクラスにはいなかったので、他のクラスか、もしかしたら下の学年の方かもしれません」

「そうなのか」

学院は制服もなく、特に学年が分かるようにされているわけでもないため、本人から聞くまで学年が分からない。せめて身に着けるものとかで学年が分かるような工夫があると良いのだけれど。

「バッジをつけていれば分かるんだがな」

「これですか？」

胸元に着けるバッジを見る。

「ああ、学年ごとで色が違う。私達三年生は青、二年生は赤、一年生は黄色だ。三年生が卒業して翌年になると、次は一年生が青になる」

「各学年で色分けがあるんですね」

「ああ、だが試験の時に見てないなら十位以内の生徒だろう」

「…………あっ」

思い返してみればバッジをしていたような気がする。

「多分赤いバッジを着けていた、と思います」

「じゃあ今は二年生だな」

お兄様の言葉に彼女の顔を思い出す。

「また会えたらいいんですが……」

「リュシエンヌがそう言うなんて珍しい」

「優しくて、綺麗で、話しやすい方だったんです」

「そうか。同じ学院内だし、縁があれば会えるだろう」

お兄様の言葉に頷いた。

「そうですね」

また会ったら改めてお礼を言いたい。

お兄様が「上に行ってみよう」と歩き出す。

幅広の緩やかな階段を上がり、カフェテリアの二階へ上がる。

上からは下の様子がよく見える。

「二階を使えるのは王族やそれに近い公爵家、あとは生徒会くらいだな。……婚約者なら一名だけ連れて来ても問題ない」

思わずルルを見たわたしにお兄様が小さく笑う。

「良かった、ルルも一緒でいいんですね」

ルルと離れろと言われても困る。

「さすがに婚約者同士を一階と二階で分けて食事させるのは酷だろうということだ」

「でも友人はダメなんですか？」

「そうだ、婚約者もあくまで一時的に許されているだけにすぎない。だが、ルフェーヴルもここなら人目が少ないから、リュシエンヌと共に昼食を摂っても問題ないだろう」

ルルを見上げれば嬉しそうに目を細めていた。

「それなら毎日リュシーと食事が出来るねぇ」

それに頷き返す。

「うん、ルルと一緒に食べられるの、嬉しい」

「オレも嬉しいよぉ」

二人でニコニコ笑みを浮かべてしまう。

ルルと昼食を一緒に食べられるなんて。今までティータイムは一緒にしていたけど、食事の時は、ルルは部屋の隅に控えているか、甲斐甲斐しく世話を焼いてくれるかの二択しかなかった。一緒に食事が出来るのは、お忍びとティータイムくらいのもので、それが少し寂しかったから素直に嬉しい。

こほん、とお兄様が小さく咳払いをする。

「さあ、次は訓練場に行くぞ」

歩き出すお兄様にエカチェリーナ様が、そして私達がついて行く。

階段を下り、カフェテリアの大きな窓のところにある扉の一つから外に出る。

建物から少し歩いて、木々に囲まれた場所に訓練場はあった。

広く開けたその場所には、奥に壁があり、壁の手前には的らしきものがいくつか立っている。

「魔法の練習や実技の授業はここで行われるんだ。あの的には自動修復の魔法がかかっているから、練習で壊してもすぐに直る」

「つまり何度でも壊していいということですね」

「はは、その通り。私もよく壊している」

わたしの言葉にお兄様が笑った。

「でも自動修復という魔法は便利そうですね」

「今のところ、使えるのは学院長だけらしい。とても高度な魔法で、魔力も非常に使うから、滅多にかけられないそうだ」

それは残念だな、と思う。もし気軽に使えるなら建物や本など色々な物にその魔法をかければ、もっと長持ちして、維持費用なども節約出来そうなのに。

わたしの考えを読んだのかお兄様が言う。

「自動修復の魔法が誰でも使えたら、経済が停滞してしまうだろうから、使えないほうがいい」

「それもそうですね」

物持ちが良くなれば使う側や所有者にとってはいいが、生産者からしたら、次の物を買ってもらえないので経済は回り難くなってしまうだろう。

……それなら使えない方がいい。

もし自動修復の魔法を誰でも使えたら、食べ物以外を買わなくなるかもしれない。

そうなったら、食べ物以外の物を作って売っている人は生活が立ち行かなくなってしまう。

便利な魔法があれば誰もが幸せになるというわけではない。

「それと訓練場の周囲には防御魔法がかけてあるから、多少派手な魔法を使っても問題ない」

お兄様は片手を的へ向けて素早く詠唱を口にする。

……ハッキリとは聞き取れないが、音の感じからして火の魔法であることは理解出来た。

お兄様の手の先から一抱えほどもある火の玉が飛び出し、的へ向かって勢いよく飛んでいき、ゴオッと音を立てて的に当たる。火球が当たった的が派手に燃え上がった。

しかし的の向こうにある壁は無傷である。

的も燃えていたが、ある程度燃えると魔法式が浮かび上がり、自動修復が開始して炎が消えた。

「自動修復、面白いですね」

まるで逆再生の映像を見ているようだ。

「そうか？　私は少し苦手だ」

「わたくしもあの魔法は少し気持ち悪くて苦手ですわ」

逆再生の映像を知らない人からしたら、確かに変な感じがするだろう。

的はあっという間に元通りの綺麗さになった。

わたしは思わず歩いていって、的をいろんな角度から矯《た》めつ眇《すが》めつしてみた。

……うん、綺麗に直ってる。

下を見れば魔法式が地面に深く刻み込まれていた。

屈んで、その魔法式を指でなぞる。

……うーん、やっぱりそうだ。

自動修復は現在の状態を基点として、変化が起きた際に、その変化を巻き戻して元の状態に戻す魔法だ。つまり起きた事象を逆再生している。直すというより、なかったことにしているのだ。

これはなかなか面白い魔法である。

本来魔法は変化をもたらすものだ。今の状態から別に変化させることが魔法のイメージである。

治癒魔法も実は健康な状態から怪我を負った状態、そしてまた健康な状態に変化させている。

だから治癒魔法を使って欠損した部位や傷ついた部位は治せても、流れ出て失った血は戻らないし、細菌などが原因の病も治せない。治癒魔法は万能の魔法ではない。

でも、もしこの自動修復魔法が生き物にも使えたら……。

………いや、それはダメだ。

もし人間にこの魔法をかけたとする。

その人間は基点となった状態から変化する度に、魔法が発動し、基点へ戻される。

それはつまり、老いることも、怪我や病で死ぬこともない不老不死となる。

でもそれは人間と呼べるのだろうか。

本人はともかく、周囲はその人間を自分と同じ人間と認識するだろうか。

そして魔法のかかった人間は何年も、何百年も、魔力がある限り生き続ける。

果たしてそれは幸福なことなのだろうか。

家族や友人、知人が次々に亡くなっていくのを一人で見送り続けなければならない。

そんなの、ただの地獄ではないか。

「……だから物だけに使用するんだ」

魔法式は学院長のみが扱えるように複雑な構成で組み上げられていた。

学院長は滅多に使えないのではなく、きっと、滅多に使わないようにしているのだ。

この魔法は素晴らしいけれど悪用出来てしまうから。

例えば騎士や馬に使用すれば、決して死なない、老いることのない無敵の騎士団が出来上がるだろう。王族に使用すれば、永遠に同じ王族が国を支配する。永遠の命が手に出来るかもしれない。

……永遠なんて手に入れてしまったら、その瞬間にそれは無価値なものになる。

永遠は叶わないからこそ価値があり、終わりがあるから人生の一瞬一瞬が輝くのだ。

「リュシー？」

後ろにいたルルに声をかけられる。

わたしは立ち上がると笑って振り返った。

「これ凄い魔法だね。わたしが使えたとしても、多分、扱いきれないよ」

「そ～ぉ？　リュシーなら～っと凄いの作れそうだけどねぇ」

「怖いから作らないよ」

ルルの手を引いてお兄様たちの元へ戻る。

「学院って凄いね、ルル」

わたしの知らないことが、きっとこの学院では沢山学べるだろう。

わたしの言葉にルルが小首を傾げた。

その仕草は昔から変わらなかった。

＊　＊　＊　＊

訓練場から第二学舎へ戻る。

第二学舎へ入ったところで、午前の授業の終わりを告げるらしき鐘の音がした。

恐らく一年生は今終わったところだろう。

わたし達はそのまま第二学舎の三階へ上がったので、男爵令嬢と接触する可能性はなくなった。

生徒会室の隣の部屋に行くとロイド様とミランダ様が先にいて、ゆったりと過ごしていた。

「おかえり、学院内はどうだった？」

ロイド様に問われてわたしは返す。

「どこも素晴らしい場所でした。図書室もカフェテリアも一日中いてもいいくらい居心地が良さそうでしたし、訓練場の的の自動修復の魔法も見ましたが、学院長のお人柄が窺えて凄いと思います」

ルルが引いてくれた椅子に腰掛ける。

お兄様が、同様に椅子を引いて、慣れた様子でエカチェリーナ様も座った。

お兄様が部屋に備え付けの保冷庫――食べ物や飲み物を冷やして保存しておける冷蔵庫と同じものだ――からバスケットを二つ取り出した。保冷庫は値段も高くて滅多に見かけない魔道具だ。

「ああ、リュシエンヌ様はやっぱりそこを見たんだね」

「あの自動修復の魔法を読み解けるなんて、リュシエンヌ様も凄いですわ。私は既存の魔法は使えますが、魔法式の構築や解読が苦手なのです」

ロイド様とミランダ様の言葉に苦笑する。

「気になってしまってつい……。わたしは魔力がないので構築や解読の仕方は必死になって学びました。使えなくては意味がないかもしれませんが」

魔力のないわたしは魔法が使えない。だから組み上げた魔法は全て、一度宮廷魔法士に確認してもらった上で、ルルや宮廷魔法士の誰かに試してもらっている。

「そんなことありませんわ。リュシエンヌ様の努力はとても素晴らしいものです」

「そうだよ、リュシエンヌ様の構築した魔法式は役に立つものが多くて、あっという間に人々に広がった。それはリュシエンヌ様の努力の結果だと思うよ」

ミランダ様とロイド様の言葉に少し照れてしまう。

「ありがとうございます。そう言っていただけると頑張って良かったと思います」

わたしの生み出した魔法のいくつかは既に民の間にも広まっている。特に服を傷めずにシミ抜きを出来る魔法や空中に文字が書ける魔法なんかは驚くほど早く広まった。

シミ抜きはファイエット邸のメイド達から、他の貴族の屋敷のメイド達に、そこから彼女達の家族に、家族から他の者にといった具合に広まったらしい。

空中に文字が書ける魔法は宮廷魔法士から他の魔法士や学院の教師達に、そこから町の教育者達や家庭教師に、そして孤児院への慰問の際に子供達へ、そして平民の子供達へ伝わった。

彼らはインクや紙などの消耗品を沢山買えるわけではないため、普段の勉強は地面に書いていたが、孤児院へ来た貴族達や教育者達は野外で教えることはない。

そのため、空中に文字を書くという方法は非常に重宝されたようだ。

屋内で教える際に、教育者が空中に文字を書く。

それを子供達も真似て空中に書く。

すると子供達の書いた文字が間違っているかどうかが一目で分かるという。

子供達も魔力があれば書けるので、いつでも、どこでも練習出来る。

何より空中で光る文字は子供達の興味を引いた。

勉強嫌いの子も、光る文字を書きたくて勉強をするようになったり、それを教わるために勉強に加わるようになったり、子供達の気持ちの変化にも繋がった。

「ほら、難しい話はそれまでにして昼食にしよう」

お兄様が紅茶を淹れてくれた。

この隣室は休憩室なので小さいキッチンが備え付けられている。

全員分の紅茶がそれぞれに配られる。

「お兄様、ありがとうございます」

「ありがとうございます、アリスティード様」

「ありがとうございます」

「ああ、ありがとう」

「どうもぉ」

お兄様は騎士達にもティーカップを渡す。

人数分の皿も用意された。それからバスケットを開ける。控えていた護衛騎士の一人とルルがバスケットの中から軽食を無造作にいくつか皿に取り、口にする。

ジッとルルを見れば「美味しいよぉ」と返される。

騎士の方も問題なかったのか頷いた。

お兄様の雰囲気も少しだけ和らいだ。

騎士とルルに労いの言葉をかけて、食事の挨拶をしてから、わたし達も軽食を食べることにした。

「はい、リュシー」

差し出された皿を受け取る。小さなスコーンが二つのっている。

お兄様の宮のお菓子専門の料理人が作ったスコーンは温かいと感動するくらい美味しくて、冷めてもとっても美味しいのだ。

「ありがとう」

しっかりクリームとジャムも用意されていた。ルルがクリームとジャムをスコーンに塗ってくれる。クリーム少なめ、ジャム増し増しのわたしの好きな味だ。

ぱく、とスコーンにかじりつく。少々お行儀の悪い食べ方だけど、お兄様達もそうやって食べている。お兄様もわたしも、ロイド様もこのお行儀の悪い食べ方が実は好きなのだ。

……ちょっと悪いことしてる気分だよね。

エカチェリーナ様とミランダ様はわたし達の食べ方を見て、互いに顔を見合わせるとクスクス笑っていた。

「いつも思うけれど、お行儀が悪いわね」

「でも楽しいですわ」

「ええ、子供の頃に戻った気分よ」

二人はそう言って、クリームとジャムたっぷりのスコーンを食べている。

お兄様とロイド様はサンドイッチを食べている。

わたしがスコーンをかじる横で、ルルも一口大のサンドイッチをぽいと口に放り込む。

その雑な食べ方にお兄様が「相変わらずだな」と言ったけれど、ルルは無視して食べ続けた。

でもわたしのスコーンの上にクリームやジャムがなくなると、サッと塗ってくれて、スコーンがなくなると今度はサンドイッチを持たされる。

甘いものの後は味を変えて交互に楽しみたい派のわたしの好みは完全に把握されているらしい。

手元のサンドイッチにかじりつくと塩気の強いベーコンとトマト、葉野菜が具で、甘いものの後の塩気が食欲を刺激する。

「おい、ルフェーヴル、肉ばかり取り過ぎだ。他のものも食え」

「ええ〜、でも甘いものは女の子の方が好きでしょ〜？　オレが食べたらすぐなくなっちゃうしぃ」

「僕達の分もこのままではなくなってしまうのですが……」

「あは、リュシーの世話に集中してて食べるペース間違えちゃったぁ」

お兄様とルルとロイド様がワイワイと話している。

相変わらずロイド様はちょっとルルが苦手らしくて、ルルに対して少しばかり丁寧だ。

ルルのほうもそれに気付いているが、ロイド様の態度については全く気にしていない。

……まあ、ルルは基本的にあんまり物事に執着しないから気にしないタイプだけど。

周囲のことはよく見ているが、それは職業柄という部分が大きいのだろう。

「ふふっ」

「あらあら」

「まあっ」

思わず笑うと、エカチェリーナ様とミランダ様と被った。

互いに顔を見合わせてもう一度噴き出した。

「ルル、一緒にゆっくり食べよう？」

横にいるルルに体を寄せると、ルルが振り向き、それまでポイポイ食べていた手が止まる。

バスケットから野菜多めのサンドイッチを取り出して、ルルの口元に寄せる。

「はい、あーん」

灰色の目が丸くなり、嬉しそうに細まる。

「あー、ん」

差し出したサンドイッチにルルがかじりつく。

そしてもぐもぐと咀嚼する。それをわたしは眺める。

……食べてるルルかわいい。

しばらく咀嚼してから呑み込んだ。

少しだけ開けられた口にまたサンドイッチを寄せて、ルルがそれにぱくりとかじりつく。

そしてもぐもぐと咀嚼する。

「うふふ、お二人は本当に仲睦まじいですわね」

エカチェリーナ様が頬杖をついて笑う。

ニコニコしているので嫌みなどではない。微笑ましいという感じだろう。

最後の一口をルルの口に入れる。

それを食べ終えたルルが表情を緩めた。

「リュシーから『あーん』してくれるのも久しぶりだねぇ。はい、お返し～」

わたしの好きなたまごのサンドイッチが差し出される。

ぱく、とそれにかじりつく。

……うん、こっちも美味しい。

ルルがニコニコしている。

お兄様とロイド様は「また始まった」みたいな顔でやれやれと肩をすくめ、ミランダ様は口に手を当てて少し頬を赤く染めていた。

そういえばお茶会でルルが席に着くことはあっても、食べさせ合いをしたことはなかった。

ファイエット邸ではよくしていたけれど、王城の宮に移ってからは滅多にしなくなったのだ。

でもルルがとても嬉しそうなので、これからはまた積極的にやっていこう。

そうしてルルとわたしは交互に食べさせ合って昼食を摂った。

＊　＊　＊　＊

「……ところで、今朝の件をどう思う？」

昼食を摂って人心地ついた頃、ロイド様がそう切り出した。

みんなの顔つきが変わる。

「正直に申し上げて、あのご令嬢は頭がおかしいと思いますわ」

ミランダ様がズバリと言う。

エカチェリーナ様が同意の頷きをした。

「そうですわね。平民ですら、王族の通行を妨げてはならないと知っていますもの。男爵令嬢が分からないはずもないでしょう」

「正直、僕もあの令嬢からは妙な気持ち悪さというか、不気味さを感じるんだよね」

「まあ、ロイドウェル様も？」

ロイド様の言葉にエカチェリーナ様が目を瞬かせ、ロイド様も少し目を丸くしてエカチェリーナ様を見る。

「エカチェリーナ様も？」

「ええ、あの方はアリスティード様が避けていらっしゃるから、どんな方なのか一度話しかけてみたことがあるのですが……」

エカチェリーナ様の言葉につい「話したのですか⁉」と声を上げてしまった。

お兄様が時々とある男爵令嬢についてぼやいていたため、どのような人物なのか知るために、エカチェリーナ様は他の令嬢達に頼み込んで紹介してもらったらしい。

でも元々友人や知人が極端に少ないようで、紹介してくれたご令嬢も男爵令嬢の親戚の親戚、といった感じで、しかも紹介してくれたご令嬢自身も普段は男爵令嬢を避けているふうだったという。

エカチェリーナ様と会った時、男爵令嬢は明らかに「誰だこの人？」という顔をしていたそうだ。

「クリューガー公爵家の長女エカチェリーナ＝クリューガーと申します」

「こちらのクリューガー公爵令嬢は王太子殿下の婚約者でいらっしゃるのですよ」

そう紹介された途端。

「嘘っ！　アリスティードは婚約者なんていないはずでしょ⁉」

と、男爵令嬢は叫んだ。

エカチェリーナ様は当然、無礼な物言いに顔を顰《しか》めたし、紹介したご令嬢は真っ青な顔で慌てて男爵令嬢に注意をした。

「王太子殿下を呼び捨てにするなんて不敬ですわよ！　二度とそのようなことをしてはいけません！　それにエカチェリーナ様と王太子殿下のご婚約は国王陛下のお認めになられた正式なものでいらっしゃるのですよ⁉　今すぐに謝罪なさい‼」

ご令嬢が半ば叱るような口調で注意しても、男爵令嬢は全く意に介しておらず、それどころか迷惑そうな顔をしたという。

「何よ、うるさいわね。……原作は婚約者なんていないはずなのに……。アンリも原作と違うし、やっぱり原作通りに進めないと上手くいかないのかしら？　でも五人同時って難しいのよね……」

そして謝罪どころか意味不明なことをブツブツと呟き出して、エカチェリーナ様や紹介したご令嬢を完全に無視して去っていったらしい。

その時のことを話し終えたエカチェリーナ様が溜め息を吐く。

……そんなに酷いんだ。

報告書で読むよりも、実際に会った人の話を聞くとより男爵令嬢の異質さが際立っている。

ミランダ様もあまりのことに絶句していた。

一年の下位クラスに入学するらしいと報告書では知っていたけれど、話を聞く限り、礼儀作法や教養が全くなっていないのが分かる。

……転生者だから勉強は多分ギリギリ合格ラインくらいは出来たのかもしれない。

「よく、それで貴族の令嬢として暮らしておりますわね、あの方……」

ミランダ様が何とかそう絞り出した。

「一応さぁ、闇ギルドで監視してもらってるんだけどぉ、両親の前ではそれなりに良い子のふりしてるみたいでぇ、親もものすごぉく甘やかしてるんだよぉ」

「それはまた典型的な……」

ルルの言葉にミランダ様が呆れた顔をする。

爵位が高い家ほど教育は徹底される。だが男爵家ではさほど教育に重きを置かない。

大抵が同じ男爵位か豪商などに嫁ぐことが多く、稀に子爵位に嫁ぐこともあるが、結局は下位貴族同士なのでそこまでみっちり貴族の教養を詰め込む必要がないからだ。

しかし、それにしては教養がなさすぎる。

お兄様とロイド様が揃って何とも言えない顔で食後の紅茶を飲んでいる。

無教養で無作法と聞いても驚かない辺り、恐らくこの二人は何度も接触しようとする男爵令嬢の姿から察していたのだろう。

「あれは確かに近付きたくない気持ちも分かりますわ。わたくしもそう思いましたもの」

エカチェリーナ様が頬に手を添えて困ったような顔で言い、お兄様とロイド様が深く、本当にとても深く頷いた。

「そうだろう、あれは異常だ」

「ええ、あれに常識は通じないと思ったほうがいい」

「とにかく皆も極力近付かないよう。特にルフェーヴル。よく分からないがあの男爵令嬢はお前の名前をよく口にしているそうだしな、不用意に近付くなよ？」

ルルが「分かってるよぉ」と返す。

「まあ、あの方はニコルソン男爵にまで近付こうとしているのですか？」

「アリスティード様やロイド様、側近の皆様だけでなく？」

エカチェリーナ様とミランダ様が口に手を当てる。

驚くのも無理はない。報告書を見ているけれど、あれだけお兄様達に近付こうとしているのに、更にルルにまで、となれば誰だって驚くだろう。

すぐに二人の顔が驚愕から呆れ、そしてそれを通り越して感心しているような表情に変わる。

「そこまでいきますと、もはや気の多いという言葉では済まされませんわね。しかも全員婚約者のいる方々ですのに」

「ああ、皆には何度か注意している。本当なら男爵令嬢について全て話したいが、陛下が『側近としての資質を見る良い機会だろう』とおっしゃられたのでな。……私としても思うところがある」

……レアンドル＝ムーランのことかな。

お兄様の険しい表情にみんなの表情も硬くなる。

「あの男爵令嬢はどうやらルフェーヴルを一番気に入っているらしい。だが、今後も私達にも近付こうとするだろう」

「僕達に出来るのはあれとの接触を避けることくらいしかないんだよね」

お兄様とロイド様が大きく息を吐く。

そして左右にいた婚約者にそれぞれ慰めるように背中を撫でられている。

……でも学院《ここ》は逃げ場がないからなあ。

それを分かっているようでお兄様達はどこか遠い目をして、冷めた紅茶に口をつけていた。

平穏な学院生活を過ごすのは難しそうだ。

それを見たルルの「殺《け》しちゃえばラクだよぉ？」という悪魔の囁きは全員から黙殺された。

オリヴィエの苦悩

夜のセリエール男爵邸。

その一角にある部屋は酷く散らかっていた。

部屋の主人、オリヴィエ＝セリエールの苛立ちをぶつけられた数々の物が壊されて床に転がる。

中には何度も執拗に踏みつけられた跡の残る物もあった。

その惨事を引き起こした当のオリヴィエは、唯一物の散らばっていないベッドの上でシーツに包まりながら爪を噛んで燻る苛立ちを抱えていた。

「何でアリスティードは手を差し伸べないの？　あそこは普通助けるでしょ？　可愛い女の子が転んで痛がってるんだから、手ぐらい貸しなさいよっ」

原作では転んだヒロインの前にアリスティードが現れて、手を差し出してくれるはずなのに。

……分かりやすく目の前で転んであげたのに！

アリスティードは手を差し出すどころか、オリヴィエを騎士に任せたのだ。

これでは出会いイベントにならない。

騎士もオリヴィエをさっさと立たせるとオリヴィエの意思を無視して連れて行こうとする。

抵抗したけれど、騎士のほうが力も強く、人目も多かったため、仕方なくその騎士に連れられて保健室へ行くことになってしまった。

思い出すだけでも苛立つ。

使用人がせっかく整えた爪が噛み癖によってボロボロになっていく。

どうせまた使用人が整えるのだからとオリヴィエは構わず爪を噛んだ。上手く整えられないような使えない人間はクビにするだけだ。

イベント発生のために、わざわざ昼食を抜いて学院中を歩き回ったのに誰とも出会わなかった。図書室にも行ったがアンリはいないし、迷ったふりをしてうろついてもレアンドルは来てくれないし、敷地内の林を歩いてみたけれど木の上で下りられなくなった猫もいない。

しかも本来なら上級クラスに入るはずが、どういうわけか下級クラスに振り分けられてしまった。

「わたしはヒロインなのよ⁉」

思わず包まったシーツに爪を立てる。

オリヴィエはこの世界のヒロインだ。

それなのに原作通りにいかないなんておかしい。この世界は間違っている。

ヒロインを中心に世界が進まなくてはヒカキミの世界に生まれ変わった意味がない。

それに全員と友人関係で終えなければ……。

朝の光景がオリヴィエの脳裏に過ぎる。

「～っ、あぁぁあぁっ‼」

オリヴィエは頭を抱えると苛立ちをぶつけるようにサイドテーブルに置かれていたピッチャーを

掴んで壁へ投げつけた。派手な音を立てて砕け、硝子の破片と中身の水とが床を汚していく。

「何で何で何で何でっ!!　どうして悪役王女がルフェーヴル様と一緒にいるのよっ⁉」

美しく手入れされた金髪がぐしゃぐしゃに掻き乱される。

オリヴィエの愛する、誰よりも欲しいと思っていた、ファンディスクの隠しキャラ。ルフェーヴル＝ニコルソンが何故か学院に来ていた。髪形は違っていたが、確かに愛しの彼だった。

それも、ヒロインのオリヴィエが転んで地面に座り込んでいるというのに、彼は悪役王女のリュシエンヌに寄り添っているばかりでオリヴィエには全く関心を向けてくれなかった。

それどころかオリヴィエを見る目は酷く冷たいものだった。

悪役王女のリュシエンヌはそれが当然のように彼に身を寄せていたし、思い返せば、彼はリュシエンヌの肩に触れていたような気もする。

思い出せば出すほど、気が狂いそうなほどの怒りが込み上げてくる。

「そこは！　わたしの!!　場所なのに!!」

枕を掴み、激情のままベッドへ何度も叩きつける。

肌触りの良い布は弱く、あっという間に掴んでいた部分が裂けて中身の羽毛が飛び散っていく。

それでもオリヴィエの怒りは消えなかった。

「くそっ!!　原作でもムカつく女だったけど本当にヤなやつ!!　アリスティードやロイドウェルだけじゃなく、ルフェーヴル様にまで手を出すなんて!!」

羽毛が散るのも構わずに枕を殴る。

そして唐突にオリヴィエは気が付いた。

……もしかしてあのリュシエンヌも私と同じ転生者なんじゃないの？

アリスティードやロイドウェルがオリヴィエになびかないのは、ストーリーを知っているリュシエンヌが先に彼らを攻略してオリヴィエに近付かないようにさせているからではないだろうか。

……彼も、もし、そうだとしたら？

オリヴィエの心を怒りと憎しみが満たしていく。

「ここはヒロイン《わたし》の世界なのに……!!」

裂けた枕を二度三度と殴る。

あのリュシエンヌが自分と同じ転生者ならストーリーを知っているはずだ。

もしかしたら無理やりストーリーを捻じ曲げているのかもしれない。

だからオリヴィエの思うようにいかないのだ。

「そうよ！　だからアリスティードもロイドウェルも私に振り向かないのよ!!」

……ありえない。ありえないありえないありえない!!

ヒロインの邪魔をするなんて同じゲームをプレイした人間とは思えないと腹が立った。

そこは原作通りにすべきだ。原作こそがこの世界の正しい在り方なのだから。

ゲームをした時にもリュシエンヌという悪役は嫌いなキャラだと思っていたが、同じ転生者だとしたら今のリュシエンヌのほうは原作以上に嫌いだ。

オリヴィエの愛する彼を奪うなんて許せない。

その感情は憎しみ一色になっていた。

「どうにかして原作通りに出来ないかしら……。そう、リュシエンヌを破滅させれば、そうすれば、きっと攻略対象達もルフェーヴル様も目を覚ましてヒロインのわたしを見てくれるはず……」

使い物にならない枕をベッドの外へ放り投げる。

そしてオリヴィエは眠りに落ちるまで、ブツブツと呟きながら今後どうするかについて考え続けたのだった。

翌朝、部屋の惨事を見た使用人達が泣く泣く掃除をしたのは言うまでもない。

＊　＊　＊　＊

深夜、月も大分傾いた頃。

荒れた部屋のベッドの上でむくりと影が起きる。

それはベッドから出ると足元に注意しながら慎重に部屋の中を縫って進み、テーブルに置かれたランプを手に取った。ランプの明かりに照らされて現れた顔はオリヴィエ＝セリエールであった。

しかし眠りに落ちるまでの、激情に駆られたオリヴィエとはどこか顔つきが違う。

悲惨な状態の部屋を見回して申し訳なさそうに肩を落とした。

「メイドのみんな、大変だよね。……ごめんなさい」

そしてランプを手に机に向かう。

机の上は何とか無事で、オリヴィエはランプを机に置くと椅子に腰掛けた。

そして便箋と封筒を引き出しから取り出した。

「王太子殿下にあんなことするなんて、謝っても許していただけるか分からないけど……」

ペン立てに入れられたままのペンを取り、インク壺を開けてペン先を浸す。

そして便箋にペンを走らせていく。

そこに綴られる文字は普段のオリヴィエのものと違っていた。

非常に丁寧に書かれたのが見て取れる美しい文字だった。

オリヴィエ＝セリエールの中には実は二つの人格が、いや、二つの魂があった。

一つは普段表に出ている我の強いオリヴィエ。

もう一つは滅多に出てこない裏のオリヴィエ。

いつから二つの魂があるのかは分からない。気付いた時にはもうそうだった。

まだ小さな頃は裏のオリヴィエがよく表に出ていて、現在表に出ているオリヴィエはあまり出てくることはなかった。どちらかが出ている時、もう片方は出てこられない。

しかし裏のオリヴィエは表のオリヴィエが出ている間も意識があったのだ。

表のオリヴィエはそうではないらしく、裏のオリヴィエが出ている間の記憶はないようだった。

成長するに従って何故か裏のオリヴィエは段々と表に出られなくなり、気付けばここ数年はほとんど出ることが出来なくなっていた。

今回も、表のオリヴィエの精神が乱れ、疲れ、深く眠っているおかげでなんとか裏のオリヴィエがこうして表に出てくることが出来たのだ。

「私が私でいるうちに、とにかく殿下に事情をご説明しなければ……」

オリヴィエの中に魂は二つあるが、本来この体の持ち主は現在表に出ているオリヴィエだ。身勝手で我が儘放題なオリヴィエは、オリヴィエの中に居候している、別の魂にすぎない。

裏のオリヴィエは表のオリヴィエの記憶も知っているため、何故表のオリヴィエがあのような行いをするのかも、その心も知っている。知りたくなくても伝わって来てしまう。

何枚もの便箋に自分の事情を綴りながら、オリヴィエはぽろぽろと涙をこぼしていた。

もう一人のオリヴィエが使用人につらく当たったり、両親から買ってもらった物を粗末に扱ったり、爵位が上の男性達に不用意に近付いたりするのは、本当のオリヴィエの意思に反していた。

ずっと、ずっと、何年も本当のオリヴィエはもう一人のオリヴィエ越しにそれを見せられ続けていた。その度に傷つき、やめてと叫び、目を覆ってしまいたかったが、叫びは届かなかったし、目を覆うことすら許されなかった。

両親の愛を一身に受けるもう一人のオリヴィエが羨ましくてつらかった。

……お父様とお母様は私の両親なのに。

ゴテゴテとしたドレスを着るのも嫌だった。

男爵令嬢の身分に合った格好か、もっとシンプルなもののほうが本当のオリヴィエは好きなのだ。

何より、王太子殿下や公爵令息などといった高位の人々と関わること自体、望んでいない。

「皆様に、なんて申し訳ないことを……っ」

オリヴィエは王太子宛に手紙を書くと、封をして、急いで部屋を出た。

控えの間にいたメイドは突然やって来た主人にギョッとしていたが、オリヴィエは申し訳ないと思いながらも持っていた手紙を託す。

「これを明日の朝一番に送ってほしいの」

メイドは目を瞬かせながらも手紙を受け取った。

宛名を見たメイドが困ったような顔をする。

「不敬なのは分かっているわ。でもとても大事なことなのよ。それで、もし返事が来ても、私が手紙をほしいと言うまで持って来ないで。絶対に」

もし王太子から返事が来ても、もう一人のオリヴィエが受け取っては意味がないからだ。

本当のオリヴィエが受け取らなくては。

だから本当のオリヴィエが欲しいと言うまで、渡さないように厳命する。

メイドは戸惑いながらも頷いた。

オリヴィエは自室に戻ると扉を閉め、その場に蹲った。

「……何で私の中には、別の私がいるんだろう……」

もしもう一人のオリヴィエがいなければ、こんなに苦しむことはなかっただろう。

……もしも私が私だけの意思で動けたなら……。

パッと頭の中にとある人物の姿が浮かぶ。もう一人のオリヴィエが親しくしている人物だ。

本当のオリヴィエは一言も話したことはないが、それでも、ずっと見てきたから知っている。

……彼にはもう婚約者がいる。

もう一人のオリヴィエは彼を恋愛対象には見ておらず、利用しようとしていて、それが本当のオリヴィエには悲しかった。本当のオリヴィエは彼のことが好きだから。

「……女神様、どうか、どうかお助けくださいい……」

もう一人のオリヴィエを止めてほしい。周りに迷惑をかけるのをやめさせたい。

そして彼を利用するのを止めたい。

だけど彼はもう一人のオリヴィエに恋をしている。

本当のオリヴィエのふりをしたオリヴィエに。

悲しくて、悔しくて、寂しくて、切なくて。

本当のオリヴィエは蹲ったまま、しばらくの間、そこで声を押し殺して泣き続けた。

……どうか、あの手紙が無事に王太子殿下に届き、信じてもらえますように。

握り締めた両手が白くなるほど、強く、本当のオリヴィエは祈り続けたのだった。

真夜中の二人

学院初日の夜。

ベッドの縁に座ったルルの膝の上に、横向きに抱えられてわたしは座っている。

完全にルルに寄りかかり、腕の中に閉じ込めるように抱えられて、それに安心する。

べったりくっつくわたしにルルは機嫌が良い。

昼間の話をしたくて「ルル、今日は一緒に寝よ？」と言ったらリニアさんの笑顔が固まったし、メルティさんは持っていた手紙を落としてしまった。

そんなに動揺することだろうか、と考えて、自分の言葉を思い返して頬が赤くなった。

「あ、ち、違うから！　そういうことじゃなくて、ただ二人で話したいだけだから‼」

と、わたしまで慌ててしまった。

リニアさんとメルティさんはホッとした顔をしていたが、ルルだけは「オレはそれでも良いけどねぇ」とのほほんと笑っていた。

王族や貴族は純潔を尊ぶので婚前交渉は許されない。

……でも、その、キスくらいはしたいな。

そこまで考えたら更に顔が赤くなってしまったのは言うまでもないが、ルルはそんなわたしを見て「大丈夫〜、分かってるよぉ」と肩をすくめた。何を察したのか逆に気になる……。

そんなこんなで今夜は一緒に寝ることにしたのだ。

正確には、わたしが寝るまで傍にいてくれるだけなので、実際には普段と何も変わらないのだが。

ファイエット邸に初めて迎えられた日からずっと、ルルはわたしが夜眠る時についていてくれる。

手を握って、わたしが安心して眠れるように傍にいてくれて、朝起きても、やはりそこにいる。

わたしの生活はルルで始まってルルで終わる。

「それで話したいことってぇ、リュシーが忘れかけてる『原作』のことぉ？」

心が読めるのではと思うくらいルルは鋭い。

「うん、わたしがルルに話した内容を教えてもらいたいの。記憶は薄れちゃっても、ルルから聞いた話なら多分大丈夫だと思うから」

たとえ前世の記憶が薄れて、原作のことを忘れてきてしまっても、ルルから教えてもらったことならきっと忘れない。

ルルの空いた手がわたしの頬を撫でる。

「もし忘れちゃったら何度でも話してあげるよぉ」

そうしてルルはわたしから聞いた原作について、話してくれた。

わたしはそれを聞きながら自分の記憶と照らし合わせて、忘れた部分や、逆にまだ覚えていて話していない部分があればルルに伝えることにした。

＊　＊　＊　＊　＊

乙女ゲーム『光差す世界で君と』はヒロインちゃんの学院入学から始まる物語。

ヒロインちゃんは、元は平民の男爵令嬢で、貴族の令嬢としては天真爛漫すぎるところがあるものの、可愛らしく、優しく、憎めない性格の女の子だ。

まず、入学式前に出会うのがゲームのメインヒーローで王太子の、アリスティード＝ロア・ファイエット。お兄様である。転んだヒロインちゃんに手を差し伸べ、二人は出会う。

次にリシャール＝フェザンディエ。一年生の上級クラス、ヒロインちゃんが入るクラスの担任として関わっていく。一番年上でゲームでは色気担当だ。

そしてレアンドル＝ムーラン。アリスティードの側近となる一人であり、近衛騎士を目指している。迷子になったヒロインちゃんと偶然出会い、学院を案内してくれるのだ。ワンコ系である。

アンリ＝ロチエとの出会いは図書室だ。レアンドルに教えてもらい、後日、本を借りに改めて行くと、そこでアンリを見つけ、好きな本が同じことと同学年と言う共通点から話すようになる。

最後にロイドウェル＝アルテミシア。高い木に登って下りられなくなった子猫を助けるために木に登ったヒロインちゃんを見て、そのお転婆ぶりに驚きながらも興味を示す。

それが攻略対象達との出会いである。

その後はヒロインちゃんの行動次第だ。

お兄様とロイド様ルートならば屋上や中庭、生徒会室。

レアンドルルートならば訓練場。

アンリルートならば図書室。

リシャールルートなら教室や職員室。

このような具合で各キャラのいる場所に向かい、それぞれ会話を重ねて好感度を上げていく。

ルートによって多少イベントに違いがあるけれど、大まかなイベントは同じだ。

生徒会入会。

新歓パーティー。

前期試験。

夏期休暇。

対抗祭。

中期試験。

学院祭。

後期試験。

卒業パーティー。

以上が最低でも必ずあるイベントだ。

各試験はヒロインちゃんの優秀さに、攻略中のキャラの好感度が自動的に上がっていく上昇イベントである。これはヒロインちゃんが上位の成績を維持していることが前提だが、ゲームでは、ヒロインちゃんは努力家で勤勉だったので常に上位に食い込んでいた。

しかし今のオリヴィエ＝セリエールの成績ではそうはいかないだろう。

学年の上位三位に入らないと入会出来ない生徒会も、当然ながら、到底入れない。

そうなれば残りは新歓パーティー、夏期休暇、対抗祭、学院祭、卒業パーティーである。

新歓パーティーはエスコートが必要なく、そこで誰と踊るかで攻略する対象を選ぶ。

ちなみに誰とも踊らないという選択肢はない。

夏期休暇までの間に会話や会う回数を重ねて好感度を上げると、最も好感度の高いキャラに夏期休暇中に声をかけられ、一緒に出かけたり、勉強をしたりといった小さなイベントが起こる。

夏期休暇が終わると最も好感度の高いキャラから頻繁に話しかけられるようになり、それにより、攻略対象に合わせた悪役キャラが登場してくる。

最初は何度か悪役から攻略対象に近付くなと警告されるのだ。

それでも仲良くしていると、対抗祭で悪役キャラが敵側に回って現れる。

ちなみに対抗祭とは各学年の上位十名がトーナメント形式で魔法や剣で戦い、勝ち進んだ者には学院から加点と選んだ特定の授業を受けなくても良くなる権利が与えられる。

加点されると卒業後の就職がかなり有利になるらしい。

原作ではヒロインちゃんは魔法も得意で、悪役キャラを打ち負かし、一年で堂々の三位に入るのである。それにより周囲から一目置かれる存在となる。

お兄様とロイド様が一位と二位で、二人のルートでは更に仲が深まるイベントだ。

それ以外の三人のルートでは入賞しないが、やはり悪役キャラを打ち負かし、攻略対象からも一目置かれるようになる。

しかし、ここから悪役キャラの本格的な虐めが始まる。物を隠されたり盗られたり、警告の手紙が机や下駄箱に入れられたり、女生徒達から仲間外れにされ始める。

ここでアリスティードルートかロイドウェルルートになると、他の攻略対象より、酷い虐めを受けることになる。悪役王女リュシエンヌによって、私物を壊されたり、手を上げられたり、罵倒や社交で笑いものにされるなど、とにかく毎日虐められるようになるのだ。

それでもヒロインちゃんは耐える。

アリスティードルートだと対抗祭と中期試験の間に、町の秋の豊穣祭りがあり、ハッピーエンド確定の場合はヒロインちゃんが祈りの歌を歌うと女神様の加護が得られる。

そしてアリスティードはヒロインちゃんとの関係を国王である父親に話し、婚約者のいないアリスティードはヒロインちゃんとの婚約の許可を得られるのだ。

学院祭はいわゆる文化祭みたいなものだ。

ヒロインちゃんのクラスでは演劇を行い、アンリであれば共に学院祭の準備をし、それ以外では生徒会役員として共に学院祭を成功させるために奮闘する。

学院祭当日、アンリは劇の裏方に、それ以外は演劇の観客となって観に来る。

ヒロインちゃんは心優しい女神の役で、美しく、可愛らしい姿に攻略対象達は本格的にヒロインちゃんに惚れるのだ。

だがこの辺りで最も虐めが酷くなる。

魔法で大怪我をさせられそうになったところを、好感度の最も高いキャラに助けられる。

そこで攻略対象は虐めを知り、悪役キャラからヒロインちゃんを庇うのだ。

ヒロインちゃんを守る攻略対象と、守られるヒロインちゃんの間で更に愛が深まる。

最後の卒業パーティーは断罪イベントである。

パーティーの最中に攻略対象は悪役キャラに婚約破棄を言い渡し——アリスティードのハッピーエンドの場合はヒロインちゃんとの婚約が発表される——、悪役キャラがいかにヒロインちゃんへ非道な虐めを行ってきたかが明るみになる。

そして悪役キャラは退場し、攻略対象とヒロインちゃんは両思いとなって、エンドだ。

その後、悪役キャラ達や攻略対象、ヒロインちゃんがどうなったのかというのが少し流れるが、それでエンドロールである。

「こんな感じだったけどぉ、ど〜ぉ？」

話し終えたルルに頷き返す。

「まだ大体覚えてるみたい。でもお兄様とロイド様以外の攻略対象ルートの細かなイベントは結構忘れてるかも」

「それってリュシーに関係ないからじゃないのぉ？」

「うん、そうかもしれない」

お兄様とロイド様のルートは比較的覚えている。

わたしに関係のないルートはあまり思い出すことがなかったので、忘れつつあるのだろう。

「ねぇ、この話をアリスティードにも伝えてもい〜ぃ？」

ルルの言葉にわたしは目を瞬かせた。

「わたしが忘れつつあるってこと？」

「うん、オレがアリスティードにリュシーから聞いたことを話しておけば、向こうもイベントの時の対策が取りやすいでしょ〜？」

……なるほど、それはいいかもしれない。

前に話した時はお兄様とロイド様のルートについてだけ話したけど、他の攻略対象が絡む細かなイベントや学院イベントの詳細については話さなかった。

「……お願いしてもいい？」

本当はわたしが自分で話すべきなのだ。

でもわたしも忘れつつある。

お兄様とロイド様のルートも比較的覚えているけれど、ルルの話を聞いて、忘れてしまっていた部分もあった。わたしよりルルのほうがよく覚えている。

ルルが一つ頷いた。

「いいよぉ、後で話してくるねぇ」

よしよしと頭を撫でられる。

ルルに頭を撫でられるのは嬉しい。

……でも、わたしだってあと一年で成人なのに。

いつまでも子供扱いはちょっとモヤっとする。

「ありがとう、ルル」

ギュッと首に腕を回して引き寄せ、ルルの頬にキスをする。

……ちょっと、ううん、かなり照れくさい。

ドキドキしながら顔を離す。

ルルを見れば蕩けそうな笑顔を浮かべていた。

「リュシーからしてくれるなんて嬉しいねぇ」

お返しとばかりに頬にキスをされる。

普段は手や髪にされることが多いので、ルルの唇が触れた部分が熱いような気がする。

思わず頬を押さえれば、自分の顔が熱くなっているのが分かった。

きっと今のわたしは真っ赤な顔をしているだろう。

いつもべったりしているけど、思えば今まで、ルルはわたしにキスをすることはあまりなかった。

「リュシーからしてくれたってことは解禁でいいよねぇ？　リュシーももう十五歳だしぃ？」

頬に当てていた手を外されて、頬や鼻先、額にキスの雨が降ってくる。

これまではわたしに合わせてキスは控えてくれていたらしい。

灰色の瞳が愉快そうに覗き込んでくるので両手で顔を覆ってみたものの、簡単に外されてしまう。

ルルがあはっと笑う。

「リュシー、顔真っ赤ぁ。リンゴみたいだねぇ」

と、外した手の指に唇を押し当てて、ルルがからかうような目でわたしを見る。

「……ルルのせいだよ」

少しばかり恨めしくなってジロリと見やれば、ルルが頬を寄せてくる。

「リュシーがかわいいのが悪いんだよぉ」

「それは何か違うと思う」

「違わなぁい。リュシーがかわいいからつい意地悪したくなっちゃうし、触りたくなっちゃうし、甘やかしたくなっちゃうんだぁ」

くっついた頬がすり、と動かされる。

「このまま攫って閉じ込めたいくらいだよぉ」

笑っているけど多分本気だ。

それもいいなと思うわたしがいる。

「あと一年、待てそうにない？」

「いんやぁ、待てるよぉ」

意外にもルルは即答した。

「でも昔から、いつだってリュシーをオレだけのものにしたいって思ってる」

わたしもルルの頬にすり、と頬を寄せる。

「わたしもずっとルルだけのものになりたいって思ってるよ」

「そっかぁ。オレこう見えても我慢強いからさぁ、あと一年は待て出来るよ〜。でもその後は覚悟してねぇ？　リュシーをオレのものにするから」

ルルに笑い返す。

「ルルこそ覚悟してね？　わたし、きっと嫉妬深いの。ルルに負けないくらいルルの全部がほしい。わたしを全部あげる代わりに、わたしにルルをくれる？」

わたしの言葉にルルが目を丸くした。

そして今まで一番無邪気に笑う。

明るい、少年みたいな笑みだった。

「リュシーは強欲だなぁ。……オレと同じだ」

と、笑ったルルの声はとても嬉しそうだった。

静けさと手紙

入学して数日が経った。

何か仕掛けてくるかもという予想に反して、男爵令嬢と会うこともなく、穏やかに日々が過ぎていく。

お兄様もロイド様も登校時間を早めて朝早くに学院に来ているからか、会っていないらしい。

わたしもお兄様と一緒に登校したら、生徒会室の隣の休憩室で前日の復習やその日の予習をして過ごしているため、男爵令嬢と関わっていない。

その間、ルルはぴったりわたしにくっついている。ルルいわく「護衛は対象から離れちゃいけないからねぇ」とのことだったが、わたしも嬉しいので、ルルの好きにしてもらった。

ルルからわたしが夢を忘れつつあり、学院のイベントで色々起こるかもしれないという話を聞いたお兄様は、最初はわたしのことをとても心配してくれたけれど、ルルとわたしのべったりな様子を見て大丈夫だと判断したようだ。

時々「居心地が悪い……」と馬車の中で呟くことがあって、そこは少し申し訳ないと思う。

他クラスと合同授業があっても、同学年のみなので男爵令嬢と接触することはない。

それに第二学舎の三階は生徒会役員と教師と、三年生の上位十名以外は立ち入り禁止だ。

そして現状、お兄様やロイド様が彼女を招くはずもなく、一年生の下級クラスの生徒が三年生の上級クラスの上位者と関わる機会もないため、第二学舎の三階に男爵令嬢が現れることはない。

たとえ来たとしてもすぐに追い出されるだろう。

今のところ授業もついていけているし、魔法の実技は見ているだけでも面白いし、音楽の授業は相変わらず楽器は全く扱えないが歌だけはすごく褒められる。

教養の授業も平民の生徒もいるため最初はダンスレッスンから始まり、許可をもらったルルもわたしの婚約者として参加して、ルルとお兄様が相手になってくれて楽しい時間を過ごしている。

算術の授業と魔法の授業も理解出来ている。

お昼は初日の顔ぶれで集まっている。

昼食は各自で持ってきて、それを食べたり分け合ったりして、楽しい昼食の時間を過ごす。

闇ギルドからの報告書を見る限り、男爵令嬢は昼休みなどに学院内をうろついているそうだ。

でも、さすがに三年生の教室に突撃することはないようで少し安心した。

ただ学院内でレアンドルと再会したようだ。迷子になったところを偶然通りかかったレアンドルが見かねて声をかけ、そこからまた二人はよく話すようになった。レアンドルは男爵令嬢のことを好いたまま。男爵令嬢のほうは友人関係を保ちつつ、けれどレアンドルとの距離は近い状態で、二人は度々会っている。

何も知らない生徒の中にはレアンドルと男爵令嬢は恋仲だと勘違いする者も出始めているそうだ。

……このままではレアンドルは側近から外れる。

報告書を読んだお兄様は真顔だった。

でも、報告書を持つ手に力が入っていて、苦悩しているのが分かった。

昔から仲の良かった友人を、未来の側近を、女性問題で切るというのは苦渋の決断だろう。

だがレアンドルも男爵令嬢もただの友人だと周囲に言っている。

横にぴったりと並んで座ったり、顔を近付けて話したり、放課後に二人だけで出掛けたりしておいて、ただの友人ですと言われても説得力がない。

アンリは意図的に彼女を避けているらしい。

報告書では男爵令嬢はアンリにも会おうとしているようだが、アンリのほうが行動範囲を変えている。お兄様から注意を受けて、アンリは素直にそれに従っているそうだ。

アンリとレアンドルを昼食の席に呼びたいとお兄様に言われ、わたしはそれを了承した。

近いうちに二人の婚約者を含めて、改めて会うことになるだろう。

レアンドルの件はあるものの、わたし達自身への被害もなく、穏やかなものだった。

だがこれから色々なイベントが起こると思うと、これは嵐の前の静けさにすぎないのだ。

男爵令嬢はリュシエンヌ《わたし》を相当嫌っているそうで、ブツブツと呟く中に、時折わたしを罵倒するものが交じっているらしい。

……まあ、あの時ルルと一緒にいたからね。

ルルが好きだというのであれば、ルルと一緒にいるわたしを憎らしく思うだろう。

その日、離宮に帰って少しするとお兄様が訪ねてきた。

忙しいだろうに珍しいなと思いながらも、お兄様を出迎え、部屋に招く。

「急に訪ねて悪い。ついさっき、この手紙が届いていることに気が付いた」

お兄様が一通の手紙を差し出す。

そこには見覚えのない封蝋がされていた。

でもルルが眉を寄せた。

「ちょっとぉ、それセリエール男爵家の紋章じゃん。そんなもの持って来ないでよぉ」

と、嫌そうな声でルルが言う。

え、と驚いて手紙とお兄様の顔を交互に見た。

「とりあえず読んでほしい」

お兄様がルルに渡し、まずはルルがサッと中身を確認したが、そのルルも変な顔をしている。

そうして「危険はないよぉ」と眉を寄せたまま、わたしに手紙を差し出した。

それを受け取って、便箋に目を通していく。

時候の挨拶、そして謝罪の言葉から始まる手紙の内容にわたしは目を丸くしてしまった。

「えっ、これって……」

そこには衝撃的なことが書かれていた。

手紙の送り主はオリヴィエ＝セリエール。

ただし、わたし達の知るオリヴィエではない。

オリヴィエ＝セリエールの中には二つの魂が存在しており、この手紙を書いているのは普段のオリヴィエとは別のオリヴィエ――手紙の中には区別するために自分をオーリと呼んでいた。幼少期の愛称らしい――の方であると言う。

いつの頃から魂が二つ存在し始めたのかは不明だが、物心ついた時には既にオリヴィエ＝セリエールの中には魂が二つあった。

そしてこの手紙を書いたオーリこそが本当のオリヴィエ＝セリエールで、わたし達が目にしているオリヴィエは、本物のオリヴィエ＝セリエールではない。

共有している記憶から、この魂は全く別の場所で生まれ、育った記憶を持つもので、どういうわけかオリヴィエの中に入ってしまっているそうだ。

幼少期は本物のオリヴィエの時間が長かったが、段々と短くなり、現在はほとんど表に出て来られないらしい。

今回はもう一人のオリヴィエの精神が乱れていたため、何とか出てきて、この手紙を書いた。

深い反省が読み取れる謝罪の言葉が書かれており、もう一人のオリヴィエの所業を酷く恥じているのが伝わってきた。

「魂が二つ……」

やはりオリヴィエ＝セリエールは転生者だ。

でも、恐らくだがわたしのように本来の魂や人格と上手く混じり合えなかったのではないか。

わたしは多分、リュシエンヌの魂とわたし自身の魂が混じり合い、リュシエンヌとして共存出来ている。少なくとも元のリュシエンヌの記憶や感情もきちんと持ち、一つの個として確立している。

だがオリヴィエとオリヴィエの中に入った魂は混じり合うことが出来なかった。

考えられるのは性格の不一致。

今のオリヴィエ＝セリエールと原作のオリヴィエ＝セリエールは全く違う。

そのせいで魂が分離したままなのではないだろうか。

……一歩間違えばわたしもそうなっていたのかも。

そう思うとゾッとした。

……一つの体に二つの魂なんて。

手紙の便箋は少し歪んでいて、文字も所々、滲んでいる。泣きながら書いたのだろう。

王族や高位貴族の子息達への不敬は全て自分の責任なので、どのような処罰も受けるから、家族にはどうか慈悲をかけてもらえないかとも書かれていた。

……こんな、こんなのって……。

「もし、これが本当なら、もう一人のオリヴィエ――……オーリは、何も悪くないですよね……？」

自分の声が微かに震えている。

ありえない、とは言えなかった。

わたしも転生者だから。リュシエンヌの中に入った魂だから。

「リュシエンヌはこれを信じるのか？」

お兄様の問いに頷き返す。

「はい、そう考えれば理解出来ることもあります」

「理解出来ること？」

「男爵令嬢の教養や常識のなさ、無作法さです。もしもオリヴィエ＝セリエールの中にある別の魂が、本当に別の場所で生まれ育った記憶を持つ魂ならば、常識などに違いがあると思うのです」

「なるほど。国が違えば常識も変わる。それと同じと言うことか……」

お兄様が考えるように口元に手を当てる。

「学院の成績や普段の様子からして、真面目に授業を学んでいる様子もありません」

普通なら別の場所に来たら、その場所について学ぼうとするだろう。

しかしもう一つの魂はそれをしなかった。

学ばなければ、知ろうとしなければ、身につくことはない。

教養も、礼儀作法も、貴族の令嬢どころか一般常識すら危ういかもしれない。

お兄様が顔を顰めた。

「だが十五歳だぞ？　全く学ぼうとしないなんてありえるのか？」

「それは分かりません。ですが、実際あのような言動をしているのは確かです」

お兄様が黙って眉間のシワを増やす。

わたしはやはり転生者だったかという気持ちと、もう一人のオリヴィエ――……オーリの境遇に同情してしまった。今のところ、これが真実であるという証拠はない。

でも、こんな手紙を送ってもオリヴィエ＝セリエールに得はない。

むしろこのような内容の手紙を他人に送るなんて、下手すると精神疾患を疑われて、将来の道すら閉ざされてしまうかもしれないのに。

……それともオーリはそれを望んでいる？

周囲に迷惑をかけるくらいならいっそ、と思っている可能性もある。

「お兄様、返事はされるのですか？」

お兄様が息を吐く。

「一応、するつもりだ。これが嘘ならば私と関わりを持とうとするだろう。事実なら、恐らく返事は来なくなる」

「何とお返事を書くつもりで？」

「謝罪の気持ちは受け取る。もし申し訳なく思うのであれば、私達に極力関わらないでほしい。そう、書くつもりだ」

もしこれがオリヴィエ＝セリエールの芝居であったなら、それを無視して近付いてくるだろう。

そして事実であれば、関係を絶つために、オーリからは二度と手紙は届かない。

「お兄様、わたしがオーリと文通をしてもよろしいでしょうか？」

同じ転生者のせいで苦しんでいる子がいる。

それを放っておくのは忍びない。

見て見ぬふりをするのは罪悪感が湧く。

「文通？　オリヴィエ＝セリエールだぞ？」

「でもこれが事実ならオーリとオリヴィエは別です。わたしはこの手紙を書いたオーリとなら、仲良くしてみたいと感じました」

ルルがわたしの手からひょいと手紙を抜き取った。

「でもさぁ、これが本当だったとしても、もう一つの魂はリュシーをものすごぉく嫌ってるでしょ～？　下手に関わりは持たないほうがいいんじゃないのぉ？」

ルルの言葉に反論できなかった。

確かに、転生者の魂のほうに文通がバレたらどうなるか分からない。

最悪、それを利用して本物のオリヴィエ＝セリエールのふりをしてお兄様に近付いてくるかもしれない。ルルの傍にいるわたしを邪魔に思って害そうとするかもしれない。

思わず黙ったわたしをルルがジッと見つめてくる。

「そんなに気になるの？」

静かな問いに頷き返す。

「そっかぁ、じゃあ仕方ないねぇ。やるだけやってみたらど～ぉ？」

ルルがへらりといつもの笑みを浮かべた。

お兄様が「ルフェーヴル」と制止したけれど、ルルが小首を傾げてお兄様を見た。

「だってさぁ、普段あんまりワガママ言わないリュシーがこんなにオネガイしてるんだよぉ？　正直言うとオレだってその本物の魂ってやつも、もう一つの魂ってのも気に食わないけどぉ、リュシーのオネガイは聞いてあげたいしぃ？　失敗したら殺《け》せばいいじゃん」

お兄様をジッと見つめると「うっ」と少し身を引いた。

駄目押しで「お兄様、お願いします」と言うと、お兄様は口を真一文字に結び、そして数拍置いて溜め息をこぼした。

「分かった。……だが、もう一つの魂、今現在、表に出ているもう一人のオリヴィエ＝セリエールに勘付かれたらすぐにやめるんだ」

それに頷き返す。

「はい、お兄様」

今回はお兄様の手紙にわたしの手紙も同封してもらうことにして、オーリ宛に手紙を書いた。

……少しでも慰めになればいいんだけど。

別の魂が好き勝手に自分の体を動かし、色々なことをやらかしているのを見続けるのはとてもつらいだろう。きっと、オーリは傷ついている。

「魂を別々に分けることは出来ないのかな……」

わたしの呟きにお兄様が言う。

「それが出来るのは女神様だけだろう」

どうして女神様はこんなことをしたのだろうか。

わたしに加護を授けてくれた女神様だけど、どのような性格の神様かは宗教上の話でしか知らない。ただ人々を見守る慈悲深い女神としか聞いたことがない。

何か理由があるのだろうか。

その真意は想像もつかなかった。

新歓パーティー

入学から一ヶ月後。

オリヴィエ＝セリエールに送った手紙に対する返事はいまだきていない。

それはつまり本物のオリヴィエ＝セリエール、オーリが表に出ていないということであった。

そして現在表に出ているオリヴィエも静かなもので、何のアクションも見せていない。

だがルルを諦めたわけではないらしい。

闇ギルドからの報告書を読み、その独り言を繋ぎ合わせてみると、どうやら彼女はお兄様かロイド様のルートのトゥルーエンドを目指すことに決めたようだ。

お兄様との出会いイベントですらまともに出来なかったのにどうしてそれを選択するのかと思ったが、わたしをかなり憎んでいるみたいなので、リュシエンヌが表舞台から姿を消すお兄様かロイド様ルートを選んだのだろう。

選択するルートからもわたしを排除したいという気持ちが汲み取れる。

原作のことを知っているルルも、彼女の選択の意味を気付いているようで、報告書を読みながら不機嫌そうな顔をしていた。

「リュシーを排除したってオレはあんなの絶対好きにならないのに、そんなことも分からないなんて本当頭おかしいよねぇ」

と、ルルは心底嫌そうな様子で言っていた。

実際、彼女の思考は不思議なものだった。

わたしのことを同じ『転生者』だと気付いたようなのに、わたしが原作と違う行動を取っていることに怒りを感じているみたいだ。

……破滅するって分かってて同じ行動なんてしないでしょ、普通。

でも彼女の中ではそうではないらしい。

同じ『転生者』同士、仲良くする気もなさそうだ。

この一ヶ月、何とかお兄様かロイド様と縁を繋ごうと学院内をうろついている。

おかげで二人の学院での行動範囲は限られてしまい、少し窮屈そうだった。

二人が息をつけるのは授業中か昼食の時間くらいなもので、朝や放課後、休み時間は気を張っていて、やや近寄り難い雰囲気を見せている。

そう考えるとお兄様もロイド様も可哀想だ。

オリヴィエのせいで、学院生活最後の一年間が気の抜けないものになってしまうなんて。

「リュシエンヌ様、どうかされましたか？」

外面のルルに問われてハッと我へ返る。

いつの間にかパーティー会場となっている広間の入り口まで来ていた。

見上げれば、灰色の瞳が心配そうに見下ろしてくる。

……そうだ、これから新歓パーティーに出るんだった。

色々と考えているうちに到着してしまったようだ。

「ごめんね、ちょっとぼうっとしてた」

エスコートしてくれているルルの腕に添えた手を、軽く組み直す。

ルルが小声で「後で教えて」と言うので頷いた。多分、わたしが何を考えていたのか知りたいのだろう。別にルルに隠すようなことではないので、話すのは構わない。

背筋をピンと伸ばしてルルを見る。

ルルが頷き、ゆっくりと歩き出す。

それに合わせてわたしも歩き始め、会場へ入っていく。

大勢の視線を感じたものの、王族として公務を始めてから三年経った今は、この程度の視線ではもう動じなくなった。王族はどこへ行ってもどうしたって目立ってしまう。

だが、ルルと一緒だから不安はない。

普段通りの笑みを浮かべていればいい。

わたしとルルが会場に入ると、すぐにお兄様とエカチェリーナ様が近付いて来た。

「遅かったな。何かあったのか？」

エカチェリーナ様をエスコートしてやって来たお兄様に言われ、わたしは苦笑した。

「いえ、わたしが少しぼんやりしてしまっていただけです」

それにエカチェリーナ様が心配そうに眉を下げた。

「まあ、体調が優れないようでしたら椅子を御用意しましょうか？」

気遣ってくれるものの、どこか他人行儀な感じがするのは公の場だからか。

けれどもわたしに向けられる金の瞳は心配した様子で、それがいつものエカチェリーナ様のものだったので、わたしは安心させるために微笑んだ。

「大丈夫です、具合が悪いわけではありませんので」

「そうですか？　でも、もし少しでもつらいと感じたらすぐに休まれてくださいね」

「ええ、お気遣いありがとうございます」

お兄様も「無理しないで、疲れたらすぐに休めよ」と念押しするように言う。

二人とも過保護だけど、その気遣いが嬉しい。

そうしていると遠巻きに他の生徒達の視線を感じ、お兄様とエカチェリーナ様は「挨拶を受けてくるから」と残念そうに離れていった。

わたし達から離れると二人はすぐに他の生徒達に囲まれてしまい、大変そうだ。

……その点、男爵に嫁ぐ予定のわたしへ挨拶に来る人はあまりいない。

おかげでのんびり出来るけど、と思っていれば、ロイド様とミランダ様を見つけた。

ロイド様がこちらに気付き、わたしが小さく手を振ると、ロイド様はミランダ様に声をかけて二人でこちらへやって来る。

「やあ、リュシエンヌ様、ニコルソン男爵」

「ご機嫌よう、リュシエンヌ様、ニコルソン男爵」

二人の挨拶にわたし達も返す。

「ご機嫌よう、ロイド様、ミランダ様」

「こんにちは」

ルルは笑みを浮かべているが、あまり二人に興味はなさそうだ。

「お二人の装い、とてもお似合いですわ」

ミランダ様が微笑ましそうにわたし達を見る。

わたしとルルは二人で纏う色を合わせ、色のはっきりした濃い緑と爽やかなレモンイエローを使った衣装になっている。どちらも濃い緑を主役に、所々にレモンイエローを使っているので、濃い色合いでも重たく見えない。

「濃い緑が春らしく、レモンイエローがこれからの夏を想像させて、良い色合いでございますね」

「二人とも茶髪だから、こうしているとまるで一対の妖精みたいだね」

一対の妖精というのは、お似合いの夫婦や恋人同士を表現する言葉の一つだ。

この世界では生まれて間もない力の弱い精霊の存在を妖精と呼ぶ。妖精はまだ子供なので人の前に姿を見せることもあり、精霊よりも目撃談が多い。

そして妖精は必ず二つ生まれる。対となる存在が同時に生まれるのだ。

妖精は生まれながらに自身の対となる存在——人間風に言えば夫や妻——が共にいる。

その二つは同じ色合いを持っているそうだ。

だから、同じ色合いの装いを纏っている仲の良い夫婦や恋人同士の褒め言葉に使われる。

二つの妖精のように対になって見える。

つまり、それほどお似合いの二人という意味だ。

ちなみに対の精霊ではないのは、精霊は滅多に人前に姿を現すことがないからである。

社交界に全く出て来ない人や領地に引きこもっているような人を精霊と比喩することがあるくらい、目撃情報がない。

「ありがとうございます」

「ありがとうございます」

ルルがニコッと邪気のない笑みを浮かべた。

わたしが嬉しいと感じたように、ルルもこの言葉は喜んでいるようだった。

わたしもこの濃い緑とレモンイエローの色合いは好きだ。大人びた緑に明るいレモンイエローが入ると軽やかな印象になり、着ているわたしまで気分が明るくなる。

わたし達が話していると何人かのご令嬢が恐る恐るといった感じで近付いてきて、話の途切れたタイミングで挨拶をされる。

わたしとルルの装いを見て気になったらしい。色だけでなくリボンやフリルなど衣装のデザインもお揃いなのが、彼女達の心に深く刺さったようだ。

「婚約者同士で揃いの装いが素敵ですわ」

「あらまあ、リボンもお揃いですか？　愛する者同士で同じ物を身に着けるなんて、とてもロマンチックですわね」

「よく見たら身に着けていらっしゃる宝石も同じですのね」

「まるで対の妖精のようで羨ましいですね……」

「私の婚約者も見習ってほしいものですわ」

わたしとルルを交互に見て、ご令嬢達がはしたなくない程度に黄色い歓声を上げている。

互いの瞳や髪の色を差し色に使ったり、同じ色の小物を身に着けたりすることはあっても、装い自体を全く同じデザインにするのは珍しい。

よほど仲が良くないと出来ないものだ。

ルルの手が伸びてきて、目元にかかった髪が除けられ、脇の耳にそっとかけられる。

「ありがとう」

ルルがにっこりと微笑んだ。

ご令嬢達がほう、と感嘆の溜め息を漏らす。

「お二方は仲がよろしくて羨ましい限りですわ」

「ええ、お二人が並んでいると素晴らしい画家が描いた絵画のようで、見惚れてしまいますものね」

「どうやってその仲睦まじさを保っていらっしゃるのでしょうか？」

「私は婚約者との仲があまり良くなくて……」とご令嬢の一人が言い出すと、他にも「私も少し距離があって」「わたくしも実は……」と互いに顔を見合わせている。

そして全員がわたしを見た。

「わたし達では皆様の参考にならないと思いますが……」

そう言ってみたけれど、全員がそれでも聞きたいという顔をするので、わたしはルルを見上げた。

ルルは困っているわたしにクスッと小さく笑う。

それからルルに肩を抱き寄せられた。

「私にとってはリュシエンヌ様が全てです。愛したい、愛されたい、独り占めしたい、全てを捧げたい。そう思った相手がリュシエンヌ様でした」

わたしの肩に触れる手に、自分のそれを重ねる。

「そしてわたしも、わたしの全てを差し出す代わりにこの人が欲しいと思いました」

「リュシエンヌ様、どうかあなただけに許した名前で呼んでください」

「そうね、ごめんなさい、ルル」

ルルがわたしの髪を一房取り、そこへキスをする。

手を伸ばしてルルの顔を引き寄せ、その頬に口紅がつかないように、触れるか触れないかギリギリのキスを贈りながら愛称を呼べば、ルルが蕩けるような笑みを浮かべ、互いに微笑み合う。

わたし達の様子にご令嬢達が頬を赤らめた。

ロイド様とミランダ様が苦笑する。

「二人とも、それはご令嬢方には少々刺激が強過ぎると思うよ？」

「ほどほどになさいませんと、お二人の仲睦まじさに中てられて他の方が倒れてしまいますわ。ねえ、皆様？」

ミランダ様の言葉に赤い顔のご令嬢達が頷く。

……まあ、それもそうだよね。

まだ婚約中なのに、こんなに人前でベタベタくっついて、互いに唇ではないとは言ってもキスを贈り合うなんて、滅多にあることじゃない。

婚約者同士と言っても礼節は必要だ。結婚するまでは他人なのだから。

でもそれはわたし達には当てはまらない。

だってこの婚約は破棄も解消も出来ないものだ。

婚約した時点でわたしとルルはもう結婚が確定しており、それ以外はありえないのだ。

つまるところもう他人ではない。わたしもルルもそう解釈している。

「……劇よりも劇のよう……」

「ああ、まだ胸がドキドキしますわ……」

「お二方はもう夫婦のようですわね……」

「……素敵……」

胸を押さえたり、両手を組んだり、それぞれ反応は微妙に違うけれど、ご令嬢達はポーッと頬を染めてわたし達を眺めている。

ルルが残念そうに眉を下げた。

「私も許されるのであれば、今すぐにでも結婚し、攫ってしまいたいほどリュシエンヌ様を独占したいのですが……」

はあ、とルルが溜め息をこぼせば、ご令嬢達の顔が更に赤くなる。

……結婚して攫ったあとのことを想像したのかな？

というか、ルルがこの状況をちょっと楽しんでいるのが分かる。

それくらいにしてねという意味を込めて「ルル」と名前を呼べば「何でしょう、私の姫様」と甘い声と笑顔を返してくる。

「あまり皆様をからかってはいけませんよ」

めっ、と指で頬をつつくとルルが笑った。

「申し訳ありません。リュシエンヌ様とこうして触れ合えるのが嬉しくて、つい」

「ルル？」

「分かりました、リュシエンヌ様」

わたしがジトッと見上げれば、ルルが自分の口元に手を当てて、これ以上は控えますとジェスチャーをする。

これにはご令嬢達もクスクスとおかしそうに笑い、場の雰囲気が和やかなものへと変わる。

でもルルの手はわたしの肩を抱いたままだ。

そっと身を寄せれば、その手が更に抱き締めるようにしっかりとわたしの腰に移動する。

……本音を言えばわたしだってルルとの触れ合いが嬉しい。

人前で「この人はわたしの婚約者で、愛する人です」と声高に宣言したいくらいだ。

いつだってイチャイチャしたいし、一緒にいたいし、触れ合っていたい。

でもそれだと周りを困らせてしまうから、結婚後のお楽しみとして我慢しているのだ。

ルルのほうはわりと遠慮なくわたしに触れるし、くっついてくるし、構いたがるが。

そのおかげでわたしも我慢出来ている。

……結婚したら、ルルから片時も離れられなくなっちゃいそう。それくらい好き。愛してる。

「おや、もうダンスの時間だね」

楽団の音が一旦途切れ、そして軽やかな音楽が流れ始める。

ロイド様の言葉に全員が我へ返った。

ダンスはパーティーが始まってから一時間ほどあとだと聞いたけれど、話し込んでいるうちにあっという間に時間が経ってしまったようだ。

他のご令嬢達も「あら、もう？」と呟いている。

肩からルルの手が離れた。

横を見れば、大きく、すらりと指の長い手が目の前に差し出される。

「オレのリュシー《わたしのひめさま》、どうか踊っていただけますか？」

細められた灰色の瞳にわたしも笑みを浮かべる。

「ええ、もちろん」

そして、その手にわたしの手を重ねた。

優しい力加減で手を引かれ、広間の中央、ダンスを踊るスペースへ二人で歩いていく。

そしてその中心で互いに向かい合い、礼を執る。

そっと体を寄せ、流れてくる音楽に合わせて動き出すルルに体を預けた。

婚約を発表してから公の場ではルルと毎回踊っているので、意識しなくても、自然に体がルルの動きを覚えている。

くるりくるりと軽やかなターンをする度に、ドレスの裾がふわりと空気を含んで揺れる。

大きくターンをした時、呆然とこちらを見つめる新緑の瞳と視線が絡んだ。

大きく見開かれた瞳が一瞬でギラギラとした憎しみの色を宿すのが見えたが、それを隠すようにルルが動き、視界を遮った。

「リュシー、オレだけを見てよ」

ルルの言葉に視線が上向く。

灰色の瞳と目が合えば、柔らかく微笑んだ。

くるくると回って移動していく。

焼け付くような視線はずっと感じるけれど、ルルの綺麗な灰色の瞳から視線が逸らせない。

動く先なんて見なくてもルルは完璧にわたしをリードしてくれる。

「そう、それでいい」

満足そうなルルの声にわたしは返す。

「わたしはルルしか見てないよ？」

「知ってる。でもあれは特にダメ。今のあいつはリュシーの心配する相手じゃない」

……転生者のオリヴィエはダメで、本物のオリヴィエであるオーリはいいの？

目を瞬かせると、ルルが言う。

「あれはリュシーに害意しかない。どんな関わり方をしてもリュシーが傷つく。だからダメ」

淡々と、でも珍しく強い口調だった。

「目が合っただけだよ？」

ルルがわたしにだけ分かるように小さく首を振った。

そしてダンスの一環で抱き締めるようにわたしの腰を引き寄せた。

耳元でルルが囁く。

「あいつ、リュシーに殺気を向けた」

冷たい声になるほどと理解した。

ルルは今、酷く怒っているのだ。

わたしに殺気を向けたオリヴィエに怒っていて、その怒りを抑え込んでいる。

もしここがパーティー会場でなかったら、ルルは、オリヴィエ＝セリエールを殺していたかもしれない。確かに、わたしは殺すのは最終手段でと言っているし、ルルはそれを受け入れているけれど、わたしを殺そうとする者を許すほど優しくはないだろう。

何か言われたことはないが、ファイエット邸に引き取られてからの十年間、旧王家の血筋であるわたしが全く命を狙われなかったということはないだろう。何度も狙われているはずだ。

わたし自身がそれを知らずにいられるというのは、実はとても幸せなことだと思う。

それもこれも、きっとルルのおかげだ。

ルルが守ってくれているから、わたしはその恐ろしさを知らずに生きてこられた。

「殺したい」

冷たい言葉とは裏腹にニコニコ顔だ。

……ルルって実は腹芸上手いんだね。

声と顔が全く合ってない。

「わたしと同じオリヴィエだけを殺せるの？」

「無理だね。だから腹が立つ」

特定の人格、もしくは魂だけを殺す方法なんて当たり前だけどないだろう。

多分、この世界には多重人格という概念はなくて、オリヴィエ＝セリエールの件は異例中の異例なのだと思う。人格を切り離すとか、違う魂を追い出すとか、消すとか、そういう魔法は作れるかもしれないが、その後に責任が持てないので作るかどうか悩んでいる。

……だって、それは殺人と同じだから。

切り離すならともかく、体から魂を追い出せば、追い出された魂は行き場を失うだろう。

「もし、もしわたしが偽のオリヴィエだけを殺す魔法を作って、使おうとしたら、ルルはどう思う？」

「止めるね」

即答だった。

「止めるの？」

「うん、そんなことリュシーはしなくていい。そういうのはオレの仕事で、そんなことでリュシーを悩ませたくない」

「……ルルは悩んだから？」

ふ、とルルが笑った。

作り笑いじゃない無邪気な笑みだ。

「オレは悩んだことないよ」

本心なのだろう、軽い口調だった。

「でも、オレの兄弟弟子はすごく悩んでた。リュシーがあんなふうになるのは嫌だし、リュシーには綺麗なものだけ見せてあげたい。オレ以外のことで悩んでほしくない」

……それってすごく身勝手な願いだ。

ルル以外のことで悩まないなんて。

でもわたしの心は歓喜に震えている。

「だからあれよりオレを見て」

……ああ、もしかして。

「ルル、嫉妬してる？」

ルルの動きが止まった。

みんながダンスをする中で、わたし達だけが立ったまま、互いを見つめている。

ルルは驚いたように目を丸くし、そして困ったような、でもどこか嬉しそうな笑みを浮かべた。

「そうかも」

そこで何故喜ぶのだろうか。

「嬉しそうだね？」

「うん、リュシーといると、オレにはないんだろうなって思ってたものを見つけられて、オレもまだ人間だなって実感する」

「ルルは人間でしょ？」

灰色の瞳が苦笑で細められる。

リードされてダンスが再開する。

「見た目はね。でも心はどうかな。オレは殺し過ぎてるし、元々、そういうのに忌避感もなかったし、そういう点でも人間らしいとは言えないからね」

ルルに「オレが怖い？」と訊かれる。

だから即答で「怖くない」と言った。

「ルルが好き。その手が血塗れでもいいの。わたしはその手を掴みたいし、その手に触れてほしい」

もしルルが誰かを殺して、目の前でわたしに血塗れの手を差し出したとしても、わたしはその手を取るだろう。自分でもおかしいと分かってる。

だけど、そんなことどうでも良くなるくらいルルが好きで、ルルなしでは生きていけない。

それどころか血塗れの手を喜んで掴むだろう。

だって、今のルルが手を汚すとしたら、それはきっとわたしのためにしたことだから。

「……本当に？」

「本当に。ルルが無事ならそれでいい」

ルルがふわっと笑った。

同時に一曲目のダンスが終わる。

でもわたし達はその場を動かない。

ルルが体を離すと目の前で跪き、わたしの右手を恭しく取り、そこにキスをする。

「リュシエンヌ＝ラ・ファイエット王女殿下、あなたに我が身、我が命が尽きるまで仕え、私の全てを捧げます。あなたは私の唯一であり、絶対の女神です」

ざわ、と周囲が騒めく。

立ち上がったルルがわたしを抱き締める。

耳元で小さく「愛してるよ、リュシー」と囁かれ、わたしは息が詰まりそうになるほどの歓喜と幸福感で満たされる。

小声で「わたしも、ルルを愛してる」と何とか返す。

ぶわっと一瞬重力を感じ、視界が一気に開けた。

わたしを両手で持ち上げたルルが嬉しそうに破顔して、そのままクルクルと楽団の曲に合わせて回り出す。ダンスというにはあまりにも稚拙で、ただ持ち上げられて回っているだけ。

でもルルが今までで一番喜んでいるのが伝わってきて、その浮かれた気持ちが感じ取れて、わたしもふわふわとした高揚感に包まれる。

「ふふっ」

「あははっ」

くるりくるりと回ればドレスの裾がふわりと舞う。

ルルの肩へ触れると、下ろされ、抱き締められる。

言葉は必要ない。

そのまま二曲目のダンスを踊り終え、ダンスの輪から外れて、休憩スペースへ移動する。

置かれているソファーへ腰かければルルが飲み物を渡してくる。

実は、あんまりくるくる回るものだから、ちょっとだけ目が回ってしまっていた。

ルルが小声で「ごめんねぇ」と言う。

わたしは首を横に振った。

「いいの、とっても楽しかった！」

笑うわたしにルルも笑う。

そのまま少し休んでいると、ダンスを終えたお兄様とエカチェリーナ様、ロイド様、ミランダ様が揃ってやって来た。

全員がやっぱり「仕方がないな」という顔をしている。

「ルフェーヴル、あれでは目をつけられるぞ？」

お兄様が呆れ交じりに言った。

でもルルはシレッとした顔で返す。

「良いのですよ、あれぐらいやっておけば私が王女殿下一筋だと学院中の者に伝わりますから」

学院には貴族の子息令嬢のほとんどが通っている。

そして平民の生徒もそれなりにいる。

あれだけ目立てばわたしとルルの関係を知らない者はいなくなるだろう。

「それであれが近付かなくなると？」

「いや、それはないでしょう。ですが、もし近付かれても、勘違いで要らぬ噂を立てられることはありません」

「まあ、これだけ大勢の前で誓いを立てたからな」

大きな声ではなかったけれど、お兄様達にも聞こえていたらしい。

一度誓いは立ててもらっているけれど、人前でとなると、また気持ちが違ってくるものだ。

「それにもしあれが近付いてきたとしても『王女殿下と相思相愛の婚約者に横恋慕する悪役』と言われるのは向こうですよ」

ルルの言葉にハッとする。

原作ではリュシエンヌは悪役だった。

でもわたしはその役から外れている。

そしてヒロインになるはずのオリヴィエ＝セリエールも、ヒロインの道から大分外れている。

第三者の目で見てみれば、お兄様やロイド様と仲の良いわたしのほうがヒロインに立場は近い。

……もしもわたしがヒロインの座を奪ったら、空いた悪役の座は一体誰がつく？

この場合、お兄様やロイド様が避けているオリヴィエがそれに当てはまるのではないだろうか。

ルルはオリヴィエをリュシエンヌの位置にはめ込もうとしている？

「男爵令嬢を悪役の身代わりにする気？」

ルルの目が細められる。

「大正解」

そう答えた声は冷え冷えとしたものだった。

＊　＊　＊　＊　＊

なんで、とオリヴィエの口から音にならない言葉が漏れた。

オリヴィエの目には幸せそうに笑い合う二人の姿が焼き付いて離れない。

……誰よりも好きなのに。

……誰よりも欲しいと思っているのに。

あの女が奪っていく。

アリスティードもロイドウェルも、本来ならばヒロインであるオリヴィエに微笑みかけて、優しくするべきなのだ。それなのに二人とも、こちらを見ない。それどころかアリスティードは婚約者が出来てしまったし、ロイドウェルもリュシエンヌではないがやはり婚約者がいる。

だが二人はあの女に笑いかける。

傍目に見ても気安い間柄なのが分かる。

攻略対象二人を奪われただけでも腹立たしい。

それなのに、あの女はオリヴィエが最も欲しいと願ってやまない相手に、さも当然のようにエスコートされてやって来た。

しかもダンスを踊っていた。

二度も。二度もだ。

原作では選択した相手でも踊れるのは一度だけで、それ以上踊る選択肢はないはずだ。

何より腹立たしいのはオリヴィエの色を纏って、勝ち誇ったように幸せそうな表情をしていたことだ。

緑とレモンイエローのドレス。

それはオリヴィエの新緑の瞳と柔らかな金髪のようで、オリヴィエの神経を逆撫でにした。

自分の色を纏った最愛の人が、同じく自分の色を纏った悪役に跪いて身を捧げる。

オリヴィエはそれを遠くから歯を食いしばって眺めることしか出来なかった。

もしも誰も見ていなければ、間に割って入り、あの女を平手で叩いていただろう。

頭が真っ白になるほど怒りに震えているのに、不思議と思考は冷静だった。

……そうか、分かったわ。

リュシエンヌ《あくやく》がオリヴィエ《ヒロイン》の場所を奪ったのだ。だからアリスティード達はあの女に親しげに笑いかける。

「……許さない。絶対に、許さない……」

……リュシエンヌ《あくやく》のくせに。

ヒロインであるオリヴィエの居場所を横取りするような人間には、思い知らせてやらなければならない。奪い返さなければならない。ヒロインはオリヴィエでなければいけないのだから。

……絶対に破滅させてやる。

オリヴィエは背を向けると会場を後にした。

＊　＊　＊　＊

リュシエンヌ達と話していたルフェーヴルは振り返る。

その灰色の瞳がチラと、会場を出て行く一人の男爵令嬢の背を見送った。

ルフェーヴルはその口元に薄く笑みを浮かべたまま、令嬢が消えた出入り口を眺める。

歪みそうになる口元をグラスで隠した。

……リュシーに二度も殺気を向けるなんてねぇ？

動きそうになる体と怒りを抑えるのに苦労した。ルフェーヴルが自身の体に待ったをかけなければ、今頃、あの身の程知らずな令嬢は首にナイフが刺さっていたことだろう。

それくらいならばしてもいいのでは、とルフェーヴルは思う。

ナイフが刺さったくらいではすぐには死なない。

あの令嬢は治癒魔法も使えるらしいので、自分でかければいいだけの話だ。

ルフェーヴルは「王女に殺気が向けられたので思わず体が動いてしまった」と言えばいい。

ルフェーヴルはリュシエンヌの護衛でもあるため、誰もがその言葉を信じるだろうし、アリスティードの護衛として控えている騎士達も殺気に気付いて表情を硬くしている。

きっとルフェーヴルの言葉を肯定するはずだ。

……本当にやっちゃえば良かったかもなぁ。

今更、殺した人数が一人増えるくらい、どうということはない。

リュシエンヌは驚き、少し悲しむかもしれないが、ルフェーヴルの行いを理解して許すだろう。

今のうちに殺《け》してしまえば全て解決してラクなのに。

「ルル、それ美味しい？」

リュシエンヌの声に我へ返る。

少しばかり殺気が漏れてしまっていたらしい。

意外にもリュシエンヌ以外の四人の顔色がやや悪い。

以前「ルルから冷たい空気が流れてくる」と表現されたけれど、それだけだった。

無意識に殺気が漏れるなんて、暗殺者としてオレもまだまだだなぁ、などと思いながらルフェーヴルはグラスから口を離した。

「美味しいですよ。飲んでみますか？」

面倒くさいが外面で答える。

リュシエンヌの琥珀の瞳が煌めいた。

「飲んでみたいな」

「いいですよ」

どうぞ、とルフェーヴルは自分の手にあったグラスを渡す。

躊躇《ためら》いもなくリュシエンヌが口をつけ、グラスの中身を一口飲む。

表情がパッと明るくなった。

「美味しい！　これ何のジュース？」

キラキラと輝く瞳で見上げてくるリュシエンヌに、ルフェーヴルは悪戯っ子のように笑う。

「シードルですよ。リンゴのお酒です」

「えっ」

リュシエンヌが驚いた顔をする。

この国では成人するまで飲酒は禁止されているため、リュシエンヌが慌てるのも無理はない。

どうしよう、という顔をするリュシエンヌにルフェーヴルは堪え切れずに小さく噴き出した。

「ふふっ、冗談です。これにアルコールはありません。ただのリンゴのジュースですよ」

そう言うとリュシエンヌがあからさまにホッとして、それから少し眉をつり上げてルフェーヴルを軽く叩く。そのほっそりした手で叩かれても、痛くも痒くもない。

「もう、ルルの意地悪っ」

頬を少し膨らませて見上げるリュシエンヌは美人だが、その仕草はまだ幼さがあって可愛らしい。

リュシエンヌがこうやって気安く接する相手は少なく、ルフェーヴルは自分がその一人だと思うと少しばかり優越感に浸った。

「すみません、リュシエンヌ様がお可愛らしかったので、つい」

「そう言えば何でも許されると思ったら大間違いだからね？」

「では許してはくださらないのですか？」

ジロ、と睨み上げられても怖くない。

意識的に眉を下げて見せれば、リュシエンヌがうっとつり上げていた眉を下げた。

「……ルルはずるいと思う」

それはつまり、許すということだ。

ルフェーヴルは満足感から笑みが浮かんだが、アリスティードが呆れた顔で言う。

「リュシエンヌ、ルフェーヴル、仲が良いのは構わないが時と場合を考えてくれ」

ロイドウェル＝アルテミシア公爵令息が同意するように頷く。

アリスティードとロイドウェルはともかく、二人の婚約者の顔は真っ赤だった。

ルフェーヴルが口をつけたグラスにリュシエンヌも口をつけたからだろう。

間接的な口付けを見てしまって、気恥ずかしいといったところか。

「え？　何か変なことをしてしまいましたか？」

リュシエンヌはキョトンとした顔をするものだから、ルフェーヴルは堪え切れずに笑ってしまう。

……オレはリュシー以外選ばない。

あの令嬢がするのは無駄な足掻きである。

温もり

ふ、と意識が浮上する。

目を覚ましたオリヴィエ、いや、オーリは数度目を瞬かせた後、むっくりと起き上がった。

しばし自身の手を見下ろす。手を開閉して、自分の体が自分の意思で動くことを確認した。

前回から半月以上経つが、それでも、今までに比べたら入れ替われるまでの期間は短かった。

それもこれも、今日あった新歓パーティーが理由だろう。

表のオリヴィエは酷く動揺していた。

オリヴィエの心が乱れている時でないとオーリは出てこられないため、今晩は、かなり精神的に弱っているのだということが分かった。

そうでなくともオーリは目を通してオリヴィエの見たものを共有しているし、心も伝わってくるため、知りたくなくても理解してしまう。

……誰とも踊らなくて良かった……。

オリヴィエは王太子殿下とアルテミシア公爵子息、そして王女殿下の婚約者であるニコルソン男爵と踊りたかったらしい。でも全員、婚約者がいるのだ。オリヴィエが近付いて良い人々ではない。

王太子殿下もアルテミシア公爵子息も、公務以外では婚約者としか踊らないと他のご令嬢の誘いを断っていた。そのおかげでオリヴィエも踊らずに済んだ。

表のオリヴィエは怒っていたが、オーリは誰とも踊らずに済んで、心底安堵していた。

……レアンドルとも踊らなくて良かった。

もしもレアンドルとオリヴィエが踊ったら、レアンドルの立場が悪くなる。

ただでさえオリヴィエは貴族の間でも敬遠されており立場が良くないのに、婚約者のいるレアンドルと親しげに踊ろうものなら、それこそ彼の婚約者に申し訳ない噂が立ってしまうだろう。

胸の痛みや切なさを無視してオーリはベッドから立ち上がる。

相変わらず苛立ちを部屋の物にぶつけているようで、オリヴィエの部屋は荒れていた。

落ちているものを踏まないように避けつつ出入り口へ向かい、部屋を出れば、控え室にいたメイドが気付いて立ち上がる。

「お、お嬢様、どうなさいましたか？」

前回手紙を託したメイドだ。

オーリはそのメイドをよく覚えていた。

少々気弱で、他のメイド達からオリヴィエの世話係を押し付けられた哀れなメイドだった。

「私宛てに手紙は届いてる？」

オーリは出来る限り普段のオリヴィエのふりをして話しかける。

「は、はい、届いております」

「今すぐ持ってきて」

「はいっ」

慌てて部屋を出て行くメイドに心苦しくなる。

尊大なオリヴィエのふりは、オーリにとっては嫌なものでしかなかったし、高圧的な態度を取るのも苦手だった。

メイドはすぐに一通の手紙を持って戻ってきた。

オーリはそれを引ったくるように受け取った。

「内容を確認するわ。もし返事が必要なら書くから、またその時は送りなさい」

あの、と小さな声がする。

「い、今からお返事を書くのですか……？」

夜も大分更けた頃だ。

深夜になってこっそりと書くのが、普段のオリヴィエらしくないと感じているのかもしれない。

「何よ、文句あるの？」

「いえ！　な、何でもありません！」

意識して睨めばメイドが青い顔で両手を振る。

後ろ手に扉を閉め、小さく息を吐く。

……ごめんね。

心の中で謝罪してから机へ向かう。

手紙の送り主は王太子殿下のお名前で、逸る気持ちを抑えながら、ペーパーナイフで丁寧に手紙の封を切る。中には何枚かの便箋が入れられていた。

取り出してみると、それは二つの束に分かれている。

一つは薄く、開けてみれば、やや角張った几帳面そうな文字が綴られており、それは王太子殿下からのものだった。

時候の挨拶に、事情は理解したこと、オーリとしての謝罪は受け取るがオリヴィエの方が反省しなければ意味がないこと、極力殿下達はオリヴィエを避けるから了承するようにといった内容だ。

殿下達がオリヴィエを避けるおかげで彼女の言う『攻略対象』との仲が深まらずに済んでいた。

オリヴィエは上手くいかずによく当たり散らしているが、婚約者のいる男性、それも複数の人達と親密な関係になる方が問題だ。王太子殿下の手紙には返事は不要と書かれていた。

もう一つの束を開く。

そちらには細く、やや丸みを帯びた丁寧で整った文字が綴られている。

一目で女性が書いたものだと分かる。

読み進めていくと、何とリュシエンヌ王女殿下からの手紙であった。

そこには時候の挨拶と共にオーリを気遣う言葉が並んでおり、オリヴィエの行動とオーリの思いは別物であるときちんと理解してくれているようだった。

オリヴィエは王女殿下を敵視している。今日の新歓パーティーでもオリヴィエは王女殿下を睨み、非常に深い憎悪を向け、王族に対してとても不敬な考えをしていた。

王女殿下はオリヴィエに恨まれていることを知っておられ、その上で、オーリのことを案じてくれている。

手紙の文面からそれが読み取れて、オーリは思わずこぼれた涙を慌てて袖口で拭った。

せっかく王女殿下が送ってくださった手紙を自分の涙なんかで汚したくなかった。

それなのにあふれてくる涙は止まらない。

あんな非常識な手紙を送ったのに、王太子殿下も王女殿下も否定せずに真摯にオーリの手紙に向き合ってくれた。

しかも王女殿下はオリヴィエに恨まれていると分かっていて、それでもオーリを心配し、このように手紙を送ってくださったという事実が嬉しかった。

王太子殿下にもこれまで嫌な思いをさせてしまっていたので罵倒されても仕方ないと思っていたし、もしかしたら罰されるかもしれないとも考えていた。

オリヴィエはそれだけの不敬を働こうとした。

だが、関知せずという最も穏やかで、そしてオリヴィエにはつらい罰を与えた。

その慈悲に感謝と謝罪の気持ちでオーリはいっぱいだった。

王女殿下はオーリを気遣い、そして、もし良ければオーリの意識がある時に連絡を取り合おうと提案してくれた。それはオーリとしてもありがたい申し出だ。

前もってオリヴィエのやろうとしていることを伝えられれば、王太子殿下や王女殿下、それ以外の方々もオリヴィエの魔の手から避けられるかもしれない。

オーリはもう一度袖口で目元を拭うと、小さく鼻をすすりながら、手紙と便箋を手に取った。

震えそうになる手に力を込めて文字を綴る。

王女殿下からの手紙を読み返し、それへの返事を綴り、また読み返した。

その手紙をそっと胸に押し当てる。

手紙に温度なんてないと分かっている。

でも、そこから微かながらも温もりが伝わってくるような気がするのだ。

王女殿下の温かな気持ちが、手紙を通じて、オーリの手に、心に、沁み渡ってくる。

そう感じられるのだ。

それが幻でもいい。

ここに綴られている言葉は本物だから。

＊＊＊＊＊

頬を何かが撫でる感触に目が覚める。

頬に触れているのは誰かの手のようだ。

でも考えなくても相手が分かる。

「……ルル……？」

ベッドの縁に座り、こちらを覗き込んでいるルルの影が見える。

ランプを背にしているためルルの顔は影になっていて表情は見えないけれど、柔らかく声量を抑えた声が落ちてくる。

「起こしちゃったぁ？」

伸びてきた手に頬を撫でられる。

その手にすり寄れば「猫みたいだねぇ」と微かに笑いの交じった声がする。

普段よりも静かで柔らかなこの声が好きだ。

多分、ルルが気を抜いている時の声だ。

「ううん、へいき……」

そっと頬にある手に自分の手を重ねる。

何とか上半身を起こすと、もう片方の手が支えるようにわたしの腕に触れる。

閉じてしまいそうな瞼《まぶた》を擦る。

「いつも、思うけど、ルルはいつねてるの……？」

いつ目を覚ましてもルルは起きている。

そして目を覚ましたわたしに気付いて「ん～？」と柔らかな笑みを向けてくれる。

「ココでいつも寝てるよぉ」

「……ここ、椅子で……？」

「そうだよぉ」

いつもははぐらかされるのに、今日は何故かルルは素直に教えてくれた。

……椅子で、寝てるの……？

ぼんやりとした頭でも、それじゃあ熟睡出来ないだろうと思う。

「ねえ、ルル……」

口元に手を添えて見せれば、ルルが顔を寄せるために距離を詰める。

その首に両腕を回してベッドの中へ引っ張り込む。

珍しく、ルルが「わっ？」と声を上げた。

広いベッドにぼすんとルルと共に倒れ込んだ。

大きくてしっかりした造りのベッドは軋みすらせず、二人分の体重を受け止めた。

ベッドに倒れ込んだルルが目を丸くしている。

「リュシー？」

やや驚いた声音のルルの唇に人差し指を当てる。

「……ルル、しずかに、ね？」

そのままギュッとルルに抱き着く。

「ルルも、ねよう……」

「それはまずくない？　絶対怒られるよ？」

「……いっしょに、おこられよ……？」

もう眠くて仕方がない。

抱き着いたルルの胸元に頭を擦りつける。

頭上から「何そのかわいい我が儘……」という呟きが聞こえたが、わたしは構わずに目を閉じた。

とく、とく、とくっつけた耳から聞こえるルルの心音が心地好い。

わたしよりも温かな体温が気持ちいい。

「……おやすみ、ルル……」

響くように「おやすみ、リュシー」と声がした。

優しく静かな声だった。

＊　＊　＊　＊

胸元から規則正しい寝息が聞こえてきて、ルフェーヴルは無意識にリュシエンヌの背中に添えてしまっていた手を持ち上げ、自身の目元を覆う。

視界が遮られるのは嫌いだ。

だが、今だけはそうしたい気分だった。

顔が熱い。赤くなっている自覚がある。

……リュシーが寝てて良かったぁ。

こんなところ見せたくない。

年上としての威厳やら男としての見栄だとか、色々、ルフェーヴルにも思う部分があるのだ。

「……あー……」

目元を覆ったまま思わず小さく呻く。

……これ、絶対あとで怒られるやつだよねぇ。

基本的にリュシエンヌの傍にはルフェーヴルがいるものの、リュシエンヌにも専用の護衛の影が、実はいる。それはリュシエンヌが申し出た『監視』の役割も担っている。

もちろん、実際には監視などではなく、護衛として見守っており、国王であり父親であるベルナールにリュシエンヌの行動が報告されているだけだ。

これに関してはアリスティードもそうなので、監視というのはほぼ名目上だけのものだ。

……うん、やっぱりいるかぁ。

リュシエンヌに抱き締められたまま気配を探ると、ベッドの斜め上辺りの天井に気配を感じる。

この影達は王家に、特にベルナールに厚い忠誠を誓っているため、口止めすることは出来ない。

これもしっかりきっちり報告されるだろう。

……どうせ怒られるならいいや。

捲れたシーツを引き寄せて上へかけつつ、靴の裏側をベッドの外側へ出してシーツを汚さないようにしておく。いざという時のために脱ぐことはない。

少し冷たい細い手足に自分のそれを軽く絡め、体温を移すために更にリュシエンヌを抱き寄せる。

普段からよくくっついているけれど、こうして夜眠る時に一緒に横になるのは初めてだ。

……リュシー、大きくなったんだなぁ。

それでもルフェーヴルからしたら小さく華奢だが、初めて出会ったあの頃よりはずっとずっと成長したし、想像以上に美しくなった。

チョコレートのような柔らかなダークブラウンの艶やかな髪、宝石を思わせる琥珀の瞳は垂れ気味で、その具合が可愛さと幼さの中に少し色っぽさを感じさせる。同年代のご令嬢よりやや長身で、細身で、しかし出るところは出ている。

新歓パーティーでは多くの男子生徒の目がリュシエンヌに向けられていたが、当のリュシエンヌは全く気付いていなかった。

何せ、リュシエンヌの目は常にルフェーヴルだけを一心に見ているのだ。

それが何よりも嬉しいと感じている自分に、ルフェーヴルは「変わったなぁ」と苦笑が漏れる。

昔は人の視線が鬱陶しかった。だから認識阻害のスキルがあることを知った時は喜んだものだ。

だが今では自らそのスキルを封じている。

リュシエンヌの傍で侍従として、護衛として、婚約者として認知されるために。

もぞ、とリュシエンヌが身動きをする。

背中を撫でるとべったりとくっついてくる。

……そう怒らないでよぉ。

天井から突き刺さる視線と微かに向けられる殺気に、ルフェーヴルはひらひらと手を振った。

そしてその手をリュシエンヌの後頭部に回し、しっかりと胸元に抱き込んだ。

ルフェーヴルも目を閉じる。

しばらくして、リュシエンヌの寝息に、静かな寝息がもう一つ重なった。

カフェテリアにて

新歓パーティーの翌日。

お兄様が改めて側近候補となる彼らを紹介したいと言ったため、お昼はカフェテリアで摂ることになった。結構な人数になるので生徒会室横の休憩室では狭過ぎるのだ。

カフェテリアの二階ならば広く、周囲に人の気配はあるものの、一階よりも上がって来る者は少ないため、そこで顔を合わせることにしたのだ。

授業を終えて、廊下で待機していたルルと護衛騎士を連れ、お兄様とロイド様、ミランダ様と共にカフェテリアへ向かう。

急いで来たので生徒の数は少なく、わたし達はさっさと二階へ上がることにする。

二階の奥まった場所にあるテーブル。

観葉植物で上手に目隠しされたその場所には大きなテーブルがあり、十人ほどで座れそうだった。

注文を聞きに来たカフェテリアの給仕にわたし達がそれぞれ注文していく。

ルルも婚約者としてわたしの横に座っている。

「頼んだもの、分けて食べようねぇ？」

あれこれと頼み終えたルルがニコッと笑う。ルルが頼んだものの中には、わたしが注文したくても量が多くて食べきれないからと諦めたものが交じっていた。

ルルの顔を見れば小首を傾げて見返される。

「うん、わたしのも一緒に食べよう？」

「そうだねぇ、そうしよっかなぁ」

二人でニコニコしているとエカチェリーナ様が二階に上がってきて、キョロキョロと辺りを見回すのが見えた。

お兄様が「エカチェリーナ」と席を立って声をかける。

それに気付いたエカチェリーナ様がこちらを見て、パッと表情を明るくする。

そしてこちらへ歩いてくる。

「ご機嫌よう、皆様。お待たせしてしまい申し訳ございません」

お兄様が自分の横の空いていた椅子を引く。

エカチェリーナ様がそこに「ありがとうございます、アリスティード様」と微笑んで座る。

テーブルには端からロイド様、エカチェリーナ様、お兄様、わたし、ルル、そしてロイド様の向かい側にミランダ様がいる。

残った席は四つ。

今日は側近候補のリシャールとその婚約者のハーシア様はいない。リシャールは教師でまだ勤務中であり、ハーシア様は学院を卒業しているため、ここに来ることが出来ないからだ。

給仕が来て、わたし達の頼んだ飲み物を運び、それからエカチェリーナ様の注文を承る。

そして給仕は静かに下がっていった。

「大丈夫だ、私達も来たばかりだ」

お兄様の言葉にわたしも頷く。

「そうですよ、それにエカチェリーナ様なら何時間でも待ちます」

「まあ、リュシエンヌ様……！」

お兄様越しにエカチェリーナ様が目を輝かせる。

手を伸ばせば、エカチェリーナ様も手を伸ばし、わたし達はお兄様を挟んで手を取り合う。

挟まれたお兄様は苦笑している。

「お前達は本当に仲が良いな」

それにわたしは「当然です」と言う。

「エカチェリーナ様はお兄様の婚約者で、いずれはわたしのお義姉様《ねえさま》になるのですから、仲良くしたいと思うのは自然なことでしょう？」

エカチェリーナ様とお兄様の婚約は王の認めたものであり、よほどのことがなければ撤回されることはない。

だから義姉となるエカチェリーナ様と義妹となるわたしが親しくなるのは当然な流れなのだ。

「まあ、それはそうだが。……兄である私に対するより親しげではないか？」

「それは性別の差です。だってこの歳でお兄様と手を繋いだり、抱き合ったりするのは少し恥ずかしいですから」

「そうか……」

お兄様が残念そうな、寂しそうな顔をする。

……仕方ないなぁ。

「わたしはお兄様のことも大好きですよ。お兄様はわたしの、大事な、たった一人のお兄様だから」

そう言えば、お兄様が照れたように微笑んだ。

「そうか」

先ほどと同じ言葉だったけど、そこには確かに喜びが滲んでいる。

原作のアリスティードとは本当に正反対に、リュシエンヌ《わたし》を家族として受け入れ、妹として可愛がってくれている。

そんな人を、兄を、家族を大事に思わないはずがない。

「良かったね、アリスティード」

ロイド様のそれにお兄様が「ああ」と頷く。

わたしの横にいるルルはテーブルに頬杖をつき、興味なさそうにお兄様を横目に見るだけだ。

そんな話をしていると、階段の方に四つの人影が現れる。

その四人に気付いたお兄様が手を振る。

すると四人がこちらへ近付いて来た。

一人はアンリ＝ロチエ公爵令息。

一人はレアンドル＝ムーラン伯爵令息。

そしてその後ろを二人の女生徒が歩いてくる。

一人は貴族のご令嬢にしては長身ですらりとした手足、肩よりやや長いくらいの髪はホワイトシルバーで、青い切れ長の瞳がキリッとした顔立ちは中性的だ。

もう一人はミルクティーのようなストレートの長い髪に、伏せられた瞳は濃い紫色で、控えめで淑やかそうな美しい顔立ちだ。とても淑女然としている。

………あれ？

ミルクティー色の髪の女生徒と目が合うと、にっこりと微笑み返されて、わたしは「あ」と声を上げてしまった。

「入学試験の時の……」

「はい、王女殿下のご案内役を務めさせていただきました」

「やっぱりあの時の方でしたか！」

お兄様が目を瞬かせる。

「何だ、知り合いだったのか？」

「はい、入学試験の日にカフェテリアや教室まで案内してくださった方です」

わたしが説明するとその先輩が礼を執る。

「改めまして、ナイチェット伯爵家の長女フィオラ＝ナイチェットと申します。フィオラとお呼びくださいませ」

……伯爵家ということは。

「彼女はレアンドルの婚約者だ。そしてその隣にいるのがアンリの婚約者の」

「アルヴァーラ侯爵家の次女エディタ＝アルヴァーラです。初めてお目にかかります、王女殿下。どうぞ私のことはエディタとお呼びください」

お兄様の言葉にもう一人のご令嬢が礼を執る。

長身のそのご令嬢は中性的でキリリとした顔立ちで、男性にしては可愛らしいアンリとは正反対の外見だ。それにハキハキとした喋り方は気の弱いアンリとは正反対に感じられた。

「初めまして、エディタ様。フィオラ様もあの時はありがとうございました。リュシエンヌ＝ラ・ファイエットといいます。よろしくお願いいたします」

座っているので頭を軽く下げて挨拶する。

エディタ様とフィオラ様はそれぞれの婚約者に椅子を引いてもらって席に着く。

ミランダ様の横にフィオラ様、レアンドル、アンリ、エディタ様の順で座る。

給仕がやって来てエカチェリーナ様の飲み物と、後から来た四人の注文を受け、そして下がっていく。給仕がいなくなると、エディタ様とフィオラ様の視線がルルへ行く。

それに気付いたルルが頬杖をやめてニコリと笑う。

……あ、外面の笑顔……。

「初めましてぇ、ルフェーヴル＝ニコルソンだよぉ。これでも一応、男爵位をもらってるよぉ」

ピシッとエディタ様とフィオラ様、レアンドルとアンリの四人が固まった。

……そういえばレアンドルとアンリの前でも基本的に今までは外面でいたんだっけ。

貴族からすると、ルルのこの緩い挨拶はかなり失礼に当たるのだけれど大丈夫だろうか、と思わず四人とルルとを交互に見やる。

最初に復活したのはエディタ様だった。

「ニコルソン男爵はそちらが本性ですか？」

「そうだよぉ。あ、オレに堅苦しい口調は要らないから普段通りでいいよぉ。オレもそうするしぃ」

「そう、分かった」

エディタ様が頷く。

……え、それでいいの？

更に復活したレアンドルとアンリが微妙な顔をしつつも、それぞれ「……ああ、うん」「わ、分かりました」と返事をし、フィオラ様はにっこり微笑んで「よろしくお願いいたします」とまるで何も聞かなかったような顔をしていた。

「すまないな、ルフェーヴルは誰に対してもこういう奴なんだ」

お兄様のフォローにわたしも頷く。

「あの、でも、こう見えてルルはとても優しいですし、わたしへの忠誠心も本物です。ちょっと態度は悪いかもしれませんが……」

「リュシーが謝ることじゃないでしょ～？　というか、アリスティードの側近になるならオレのこともそのうち知ることになるんだから、こういうのは早いうちに済ませるほうがいいんだよぉ」

ルルがまた頬杖をついて緩く笑う。

エディタ様が「なるほど」と返す。

「私達はアリスティード殿下と今後もお付き合いがあります。王女殿下との関わりも出てくるでしょう。その点を考えれば確かに男爵の人となりを前もって知っておいたほうが良いというのは同意します」

それにアンリも納得するような顔を見せた。

「そ、そうですね、知っておいて困るということはないでしょう」

「アンリ様、いつも申し上げておりますが私に敬語は不要です」

「あ、うん……」

エディタ様に言われてアンリが歯切れ悪く頷く。

どこかシュンと肩を落とすアンリに、エディタ様が一瞬、困ったように眉を下げた。

でも次の瞬間にはそれも消えていて見間違いかと内心で小首を傾げる。

しかしわたしが何かを言う前に数名の給仕がやって来て、全員分の食事を運び、並べ、注文が揃っていることを確認すると下がっていった。

食事の挨拶を済ませ、食事に手をつける。

「リュシー、はいどうぞぉ」

自分の注文したものを全て一口ずつ食べた後、ルルが取り皿に料理を取り、わたしへ差し出した。

取り皿にいくつかの料理が少量ずつ盛られている。

それはどれもわたしが気になっていたもので、ルルが差し出した取り皿を受け取った。

「ありがとう、色々食べてみたいって思ってたから嬉しい」

「そう？　なら良かったぁ」

ニコ、と笑うルルにさすがのわたしでも、ルルがあえてわたしの気になっているものを注文してくれたのだと分かる。でも、それを言わないところが大人だな、と思う。

「ルルも何か食べたいものある？　どれでもいいよ」

と言えば、わたしの注文した料理を見て、ルルが指さした。

「その鶏肉のやつ食べたいなぁ」

「これ？」

「うん、それぇ」

鶏肉を柔らかく煮込んだそれを切り分け、ルルに差し出す。

「はい、あーん」

「あー、ん……」

ルルがぱくりとそれを食べる。

もぐもぐと食べつつ、口の端についたソースを指で拭っている。

「美味しい？」

「美味しいよぉ。次は野菜がいいなぁ」

「うん。……はい」

今度は添えられた野菜を差し出す。

ルルはそれも食べた。よく噛んで、呑み込んで、頷いた。

「うん、悪くないねぇ」

ルルの満足そうな声にふふっと笑ってしまう。

「もしかして離宮の食事と比べてる？」

「王城も離宮も料理人の腕は一級品だからさぁ、ついねぇ」

わたしは笑いながらもルルがくれた取り皿から、まずはサラダを選んで口にする。

さっぱりとしたサラダは食べやすい。ドレッシングはやや酸味があるものの、それが強過ぎるということもなく、青臭い野菜を上手くまろやかにしてくれている。

「うん、美味しい」

「リュシーの食べられそうな分だけにしたけどぉ、食べ切れそぉ？」

「大丈夫だと思う」

どれもそんなに量はないから食べ切れそうだ。

ルルと喋りながら食べていて、ふと顔を戻せば、向かい側の四人が目を丸くしてわたし達を見ていた。

わたしが小首を傾げれば、我に返ったレアンドルがこほんと小さく咳払いをした。

「ええと、その、王女殿下とニコルソン男爵はいつもそのようにしていらっしゃるのでしょうか？」

……ああ、そうか。

この四人とは初めて昼食を共にする。

普段のわたしとルルの様子を知らないのだ。

当然、距離も近いし、べったりなわたし達の雰囲気によく見れば四人ともほんのり頬が赤い。

お兄様やロイド様、エカチェリーナ様、ミランダ様は慣れたのか気にしていない。

「はい、いつもこうです」

レアンドルが何とも言えない顔をする。

「そうですか……。お二人の邪魔をしてしまい、申し訳ありません」

「ムーラン伯爵令息が謝罪することではありません。わたし達が親密過ぎると感じていらっしゃるのでしょう？」

「ええ、まあ……」

婚約者というより夫婦のような距離感だと、わたしだって理解している。

レアンドルが一瞬躊躇《ためら》い、口を開く。

「恐れながら、人前でそのように過度な触れ合いを行うのは、少々問題なのではと愚考いたします」

わたしはそれに頷いた。

「貴族の女性における貞淑さですね？」

「はい」

貴族の女性は――実際は女性に限らず男性もだけれど――異性との過度な触れ合いを避ける傾向にある。相手に必要以上に触れることは失礼に当たるからだ。

同性ならばある程度は許されるが、異性にべたべたと触れることは良しとされない。

特に女性は結婚まで純潔であることを重視される。

そのため、婚約者であっても、よほど親しくなければエスコート以外での触れ合いは結婚までないという場合もある。

「わたしとルルの婚約は王命により、解消も破棄も出来ないものと決まっています。あと一年と経たずに夫となるルルとの、仲を深めるためのちょっとした触れ合いは貞淑さの問題になりますか?」

レアンドルが考えるように一旦口を噤んだ。

「先に言っておくけどぉ、これ以上のことはしてないよぉ。オレ、こう見えても一途だからぁ、婚約者以外に流れたりしないし、婚約者をとーっても大事にするから大丈夫だよぉ」

「そうですか……」

レアンドルの表情が僅かに強張った。

……うん、レアンドルからしたら痛烈な皮肉に聞こえただろうな。

ルルは何の邪気もなさそうにニコッと笑っている。まるで悪意なんて欠片もなさそうな顔だ。

レアンドルはチラとお兄様、そして自分の横にいる婚約者を見て「私の杞憂だったようです」とすぐに目を伏せ、逃げるように話を切り上げた。

レアンドルの横にいるフィオラ様の微笑みが一ミリも変化しなかったのがちょっと怖い。

お兄様からエカチェリーナ様を経由して、フィオラ様はレアンドルがオリヴィエと密かに手紙のやり取りをして、関係を続けていることを知っているはずなのだ。

もしレアンドルがオリヴィエとの関係を絶たなければ、学院卒業後、レアンドルとの婚約を破棄もしくは解消し、王太子妃となるエカチェリーナ様の侍女になりたいと申し出ているのだとか。

淑やかで控えめそうに見えるけれど、きっと、それだけの人ではないのだろう。

微妙に張り詰めかけた空気にお兄様が「そういえば」と話題を変えるように、言葉を発する。

「この間、アンリから薦められた本はなかなかに面白かったぞ。あの『歴史の裏側の人々』という題名の――……」

それにアンリの表情がパッと明るくなった。

「そうですか！　あの本は僕の一押しなんです！」

原作でもアンリ＝ロチエは非常に本が好きで、読書家なのだが、現実のアンリもそうらしい。

……ん？　歴史の裏側の人々？

「あの本はロチエ公爵令息に薦められたものだったのですね」

お兄様に面白いからと薦められて読んだ本だ。

確かに、あの本は面白かった。自国の歴史本なのだが、偉人達ではなく、偉人を支えた周囲の人々が題材で、一言で表現するなら彼らの苦労譚であった。

でも普通の人間から見た偉人達の行動は、なるほど、謎が多かったり理解出来ないものだったり、周りの人間がそれを理解し支える大変さが伝わってきた。

それでいながら随所にユーモアがあって、偉人の言動に周囲が驚いたり、勘違いしたり、筆者の考察は偉人に対してもその周囲に対しても否定的なものがなく、何故そうなったのかを分かりやすく説明していて読みやすい。

あれは歴史の偉人やその周囲の人達が身近な存在に感じられる、とても面白い本だった。

「王女殿下もお読みになられたのですか？」

アンリの目が初めて真っ直ぐにわたしを見た。

「ええ、お兄様から借りて読みました。歴史本なのにとても面白くて、まるで喜劇を観ているようでした。歴史は偉人だけではなく、その周囲の人々の努力もあって成り立っているのですね」

「そうなのです。歴史という重厚な題材を扱っているのに、内容はとても軽快に進むのでとても読みやすくて！　喜劇というのは素晴らしい表現ですね。まさにあれは読む喜劇だと思います！」

キラキラした目でアンリが前のめりになる。

レアンドルとロイド様が苦笑する。

本に関することならアンリは気後れせずにスラスラと話すことが出来るらしい。

不意にエディタ様が口を開いた。

「その本、私も読んだことがあります」

アンリが驚いた顔で横を見た。

「えっ、エディタ嬢も？」

「はい、大分前に兄から借りたのですが、第二章の使用人達の話が一番好きです。あれを読んで、子供心に使用人達に無茶なことを言うのはやめようと思いました」

アンリの表情が驚きから安堵に似た、柔らかなものへと変化する。

「実は僕も子供の頃に初めて読んで、同じことを思いました」

「使用人にあんなに悪く言われるのはさすがに避けたいですよね」

「そうですね、僕達貴族は使用人がいなければまともに生活は出来ませんから」

ふふ、と二人が笑い合う。

お兄様が安心したように微笑んでいるので、この二人の関係を気にしていたのだろう。

可愛らしい外見のアンリとキリッとしたエディタ様、どちらも容姿は整っているし、様子を見る限り、性格もそこまで合わないという感じはなさそうだ。

お兄様からアンリは気が弱くて婚約者とあまり親しくなれていないと聞いていたけれど、多分、お互いにきちんと話す機会がなかっただけで、こうして共通の話題があれば良かったのだと思う。

楽しそうに話すアンリと嬉しそうに微笑むエディタ様。二人とも結構お似合いである。

「あ、申し訳ありません、話に夢中になってしまって……！」

気付いたアンリが慌てて謝罪する。

それにお兄様もわたしも思わず微笑んだ。

「いや、大丈夫だ。婚約者と共通点があって良かったな」

「婚約者同士、仲が良いのは良いことです」

アンリが少し頬を赤くする。

エディタ様がそれを見てふんわりと微笑む。

……エディタ様ってアンリのこと、実は婚約者としてそれなりに好意的に思っているのかも。

アンリが照れた顔で一つ頷いた。

「は、はい、僕はエディタ嬢のことを、勘違いしていたみたいです。本には興味のない方だと思っていたので……。でもそうではないようで嬉しいです」

と、アンリは自分よりもやや背の高いエディタ嬢を見上げた。

エディタ嬢も「よろしければお薦めの本を教えてください」とアンリを見た。

いい感じの雰囲気に場が和やかになる。

……その横のレアンドルは微妙に居心地悪そうだけれど、そこは自業自得だよね。

その後の昼食の席は穏やかなものだった。

「王女殿下は飛び級制度をお使いになられましたが、何故そうしようと思われたのですか？」

フィオラ様の問いにわたしは苦笑する。

「わたしのことはリュシエンヌと呼んでください。エディタ様も、どうぞそのように」

「ではお言葉に甘えさせていただきます」

「かしこまりました」

フィオラ様とエディタ様が微笑んで頷く。

王女殿下という呼び方は壁を感じてしまう。あまり関わりのない人ならともかく、お兄様の側近となる人達の婚約者なら、わたしとも関わりが出てくる。

それに原作では名前が出てこなかったけれど、彼女達が恐らく原作でも攻略対象達の婚約者だったのだと思う。リュシエンヌと共に虐めをするような人物達には見えないので、もしかしたら、断罪イベントのあれは冤罪だったのかもしれない。

「お兄様やロイド様と同じ教室で学びたかったことと、十六歳でルルと結婚しますので、一年で卒業するには飛び級制度を使用するのが一番良いと考えたのです。王女が途中で退学というのは問題ですから」

「そうですね、王族の方が学院を退学するというのは少々体裁が悪いでしょう」

「ええ、でも、早く卒業してルルと結婚したいという気持ちもとても強いのです」

「まあ……！」

わたしの話にフィオラ様がクスッと笑った。

「リュシエンヌ様はニコルソン男爵が本当にお好きなのですね」

それに深く頷き返す。

「わたしはルルを世界で一番愛しています」

「オレもリュシーを一番愛してるよぉ」

横からルルに肩を抱かれる。

寄り添うわたし達にフィオラ様は慈愛に満ちた、穏やかな笑みを浮かべた。

お兄様とエカチェリーナ様、ロイド様、ミランダ様がクスクスと笑う。

「この二人を引き裂くことは無理だろうね」

ロイド様の言葉にフィオラ様が「そのようですね」と微笑ましげにわたし達を見る。

アンリとエディタ様は少し顔が赤い。

こうして昼食はのんびりと過ぎていった。

ただ、レアンドルだけは最初から最後まで、どこか居心地の悪そうな様子で食事を摂っていた。

＊　＊　＊　＊

昼食を終え、婚約者と共に教室へ戻りながら、レアンドルは内心でホッと息を吐いた。

レアンドルにとっては居心地の悪い昼食会だった。

王太子であるアリスティード殿下も、王女殿下も、ロイドウェルも、そして婚約者を苦手に感じているのだろうと思っていたアンリですら、婚約者と良好な関係を築けている。

レアンドルも婚約者には丁寧に接して、自分なりに婚約者としての責務を果たしているが、婚約者であるフィオラとの仲は良好とは言い難い。

フィオラとレアンドルの関係はまさしく政略結婚らしい付き合いなのだ。時季の手紙や贈り物、夜会やパーティーへのエスコート、両家への行き来など、婚約者としての付き合いは多い。

だが私的な誘いをしたことはない。

フィオラもそれを期待していないのか、そういったことは一切口にすることがない。

そしてレアンドルは少しばかりフィオラが苦手だ。

淑女としては完璧だが、常に浮かべている微笑みはあまり変化がなく、自己主張も少なく、何を考えているのか分からない。

婚約者に隠れて別の女性とこっそり手紙のやり取りをしている罪悪感や後ろめたさもあった。

……フィオラ嬢がオリヴィエのようにもう少し明るくて気安い女性だったなら……。

つい、浮かんだ考えを追い払う。

フィオラは貴族令嬢として文句なく出来た女性だ。レアンドルの友人達も、フィオラを婚約者に出来て羨ましいと言っており、レアンドル自身も自分には勿体ないくらいの女性だと分かっている。

だからこそ、劣等感も覚えてしまう。

レアンドルは騎士を目指して鍛錬を積むことばかりに重きを置いてきたせいで、人の言葉の裏を読むことや、貴族特有の比喩表現などの独特な言い回しを理解するのが少々下手であった。

比喩表現であれば定型文を覚えることで何とかなる。

しかし言葉の裏を読むことだけは、どうしても上手く出来ず、額面通りに受け取ってしまうことが多く、婚約者のフィオラにフォローされることも少なくない。

フィオラは貴族の令嬢らしく、人の言葉の裏を読んだり比喩表現を用いた独特な言い回しを使用したり、そういったことが得意なようだった。

それが、レアンドルには少し苦痛だった。

フィオラが婚約者である自分のためにフォローしてくれるのは分かっているが、女性に助けてもらってばかりで情けなくて、悔しくて、レアンドルの矜持《きょうじ》は少しずつ傷ついていった。

オリヴィエの裏表のない素直な手紙だけが、今のレアンドルの心を癒してくれる。

だが、レアンドルの父はフィオラを気に入っている。

ナイチェット家はムーラン家と爵位は同等だが、フィオラの母親が侯爵家出身で、母親は公爵家と侯爵家の血筋のため、フィオラ自身も高位貴族との繋がりが多く、伯爵家の次男にすぎないレアンドルが王太子の側近となるにはナイチェット家のような力のある家と政略を結ぶ必要があった。

政略の面でも、レアンドルを支えてくれる婚約者という面でも、フィオラはムーラン伯爵家では非常に歓迎されていた。

下手すると実の息子のレアンドルよりも、両親に気に入られているかもしれない。

「レアンドル様、教室までお送りくださり、ありがとうございます」

フィオラが微笑んで礼を述べる。

フィオラは二年の上級クラスで、レアンドルは中級クラスだ。

それもレアンドルの劣等感を刺激する要因の一つだった。

「あ、いや、それでは失礼します……」

「はい、ではまた」

レアンドルが歯切れの悪い態度でも、フィオラはまるで気付いていないように返事をする。

もしもレアンドルが逆の立場であったなら、気になってすぐに相手へ訊いてしまっていたことだろう。何故訊いてこないのか。そういう、何を考えているのか読めないところが少し苦手なのだ。

レアンドルはそそくさと上級クラスから離れ、自身の中級クラスへ向かう。

モヤモヤとした気分が胸の内にこもる。

……今日は早く帰って剣の鍛錬をしよう。

きっと体を動かせば、この胸に凝り固まっている嫌な感情も少しは消えてくれるはずだ。

肩を落として歩くレアンドルの背を、フィオラが冷静な眼差しで見ていたことを彼は知らない。

＊　＊　＊　＊　＊

「……あれで更生出来るのかしら」

扇子で口元を隠しながらフィオラは思わず呟いた。

自分の婚約者の事情は知っているため、期待はさほどしていなかったが、あまりにも貴族として未熟だった。感情を隠せない。人の言葉の裏を読み取れない。貴族としては致命的な欠点である。

そして王太子殿下の慈悲にすら気付かない。

フィオラはレアンドルのその鈍感さに、扇子の下で小さく息を吐く。

……このままではレアンドル様は王太子殿下にいずれ見限られることでしょう。

それは王太子殿下にとっては苦渋の選択になることだろう。

何度も、何度も、殿下は婚約者との仲の大切さを側近達に説いてきた。

だがレアンドルは結局、それをきちんと受け取らずに聞き流して、件の男爵令嬢と密かに手紙のやり取りを続けているそうだ。王太子殿下の気苦労が察せられる。

フィオラは別に結婚に興味はない。

それよりも王太子妃の侍女として生きたい。自活の道を歩みたいのだ。

レアンドルが反省して結婚することになっても、それならそれで、側近の妻として王太子妃にお仕えすれば良い。婚約がなくなったとしたら、堂々と王太子妃の侍女になれば良い。

どちらに転んでもフィオラは構わなかった。

教室の中へ入りながらフィオラは微笑む。
……どちらになっても良いように準備だけはしておきませんと。
フィオラ＝ナイチェットは淑女である。
だが、同時に非常に貴族らしい令嬢でもあった。

方向転換

それから数日後、手紙が届いた。
差出人の名はオーリとだけ書かれていた。
セリエール家の紋章の封蝋がされた手紙を、ルルは少しばかり嫌そうな顔で見た。
それでも恭しく銀盆で持ってくる辺りは侍従の仕事が随分と馴染んだものだ。
そして机に銀盆を置くと手紙を手に取る。
ルルは手紙を検分し、ペーパーナイフで封を切って中身を確認する。
サッと便箋の内容に目を通すと、一つ頷き、わたしへ便箋を差し出した。
それを受け取って便箋に目を落とす。
…………なるほどね。
オーリからの手紙はこのような内容だった。

新歓パーティーでオリヴィエが自身の色を纏ったわたしとルルを見て酷く憤慨したこと。

それでわたしへの憎悪が増したこと。

どうやら、わたしがヒロインの居場所を奪ったと考えているらしい。

しかしオリヴィエは自身の手を汚したくはない。

そこで攻略の仕方の方向転換を決めた。

まずは授業を真面目に受けて、社交にも励み、自分の味方を増やすことを選んだようだ。

原作では攻略対象達はヒロインの味方だが、現在の状況を見て、さすがのオリヴィエもそれが難しいことには気付き始めた。だからこそ、それ以外の人間を味方につける道を選んだのだろう。

オリヴィエの行動はそれから一変した。

授業にも意欲的に参加し、魔法やダンスの練習も増やし、貴族のご令嬢だけのお茶会やパーティーにも、今後は母親と共に出来る限り出席するつもりらしい。

でも、とオーリの手紙では続きが書かれていた。

元々オリヴィエはそういったことに興味がないため、その分、苛立ちが募り、自宅では癇癪《かんしゃく》を起こすことが増えたそうだ。両親はそんなオリヴィエを心配して、更に甘やかしているらしい。

使用人達に申し訳ないとオーリは書いている。

同じ体と言ってもオーリとオリヴィエの意識は別物なので、オーリに責任はないと思う。

「男爵令嬢の評価はどうなってるか分かる？」

ルルが小さく肩をすくめる。

「今のところ変化はないよぉ」

「そっか」

悪い噂を払拭するのは大変だろう。

でも逆を言えば、悪い噂を聞いていた人が、真面目なふりをするオリヴィエを見て、噂は嘘だったと思う可能性もあると言える。評価が最低な人間はそれ以下になることはない。

……不良がちょっと良いことしただけで、実はとても良い人だと思われるあの現象である。

「……油断は出来ないかな」

もしもオリヴィエが味方を増やせば厄介だ。

原作の強制力がこの世界にないことは、今までの様子から分かってきている。オリヴィエが原作のヒロインだからと言って、必ずしも誰からも好意的に思われるわけではないのだろう。

それでも絶対に大丈夫だと断言出来る要素もない。

「リュシー」

ルルに後ろから抱き締められる。

「イイコト教えてあげるよぉ」

よしよしと頭を撫でられる。

「良いこと？」

それは何だろう、と見上げればルルが笑う。

へらっとした笑いはどこか愉快そうだ。

「あの男爵令嬢の悪い噂、聞いたことあるぅ？」

「ううん、エカチェリーナ様達から聞いたのと、報告書で読んだだけ」

「あれねぇ」

ルルがこっそり耳元で囁く。

「オレが依頼して流してもらってるんだぁ」

その言葉にギョッとする。

「えっ、いつから？」

「リュシーが全部話してくれたちょ～っとあとからかなぁ」

「それってほぼ最初からだよね？」

ルルが「うん」といい笑顔を浮かべる。

確かに最初の頃の報告書では、オリヴィエ＝セリエールは家ではかなり横暴だったけど、社交にはあまり出ておらず、社交界での評価は何もなかった。

それなのに、いつの間にか報告書には、オリヴィエが社交の場に相応しくない行動をしたとか、癇癪持ちで礼儀作法が出来ていないとか、そういう内容の噂が書かれるようになった。

「何で噂なんて流したの？」

ルルがわたしの頭に頬を寄せる。

「ん～、そりゃあリュシーの敵になるかもしれない相手だからねぇ。敵の評判を落として相手の味方を減らすって一番手っ取り早くて効果あるし～？」

本当、ルルって敵と判断すると容赦ない。

というか、全く知らなかったし、気付かなかった。

「じゃあ噂は嘘なの？」

「ううん、全部本当だよぉ。オレはただ事実を少しだけ誇張して噂を流すようオネガイしただけぇ」

「ちなみにお願いしたのって……」

「闇ギルドだよぉ。あそこは人脈すごいからねぇ、あっという間に噂が広がって面白かったなぁ」

つまり闇ギルドはルルにオリヴィエ＝セリエールの調査と同時に彼女の悪い噂を流すように依頼を受けて、噂を流しつつ、さも無関係な顔でその噂が社交界で流れていると報告していたわけだ。

……何それ闇ギルド怖い。

「だからぁ、あの男爵令嬢が頑張ってても噂を完全に払拭するのは難しいんだよねぇ」

「また流すから？」

「大正解〜。人目のある外では猫を被っててもさぁ、屋敷では相変わらず横暴なんでしょ〜？　それを広めるだけでも十分効果あるしねぇ」

……確かに。

貴族は体面や世間体を気にする。いくら表向きは優しく天真爛漫なご令嬢をオリヴィエが演じたとしても、自宅である屋敷の中まではそうではない。

オーリの手紙にも書いてあるけれど、恐らく家の中のことは漏れないと思っているのだろう。

……貴族の使用人って実は他所の貴族の使用人と意外なところで繋がっているんだけどね。

もしオリヴィエが本物のオリヴィエであるオーリを真似して良い子のふりをしても、自宅での使用人への態度が酷ければ本性は違うという証明になる。

「ついでに新しい噂でも流しておこうかなぁ」

ルルの言葉に問う。

「どんな噂？」

「王女殿下とニコルソン男爵は相思相愛でぇ、常に片時も離れず傍にいるっていう噂〜？」

「噂というか事実だね」

しかもルルを狙っているオリヴィエを盛大に煽っていくスタイルである。

……ルルもなかなかに性格悪いなあ。

止めないわたしも悪いけど。

＊　＊　＊　＊

オリヴィエは苛立っていた。

あの新歓パーティーから数日。作戦を実行するためにも、まずはと自分の社交界での評価について母親にお願いして調査をしてもらったが、結果は散々なものだった。

礼儀作法がなっていない。常識がない。癇癪持ち。流行や風潮を学ばず、派手好きで金遣いが荒い。婚約者のいる異性に近付く恥知らず。

その他諸々、色々と書かれていたが、要は社交界でも爪弾きにされていたのである。

今までも届いた招待状は少なく、それも出席すると馬鹿にされるので行かなくなっていた。

……ヒロイン《わたし》を馬鹿にするなんて。

そう思い、馬鹿にされた時は怒りのままに席を立ってお茶会から帰ったが、それすらも笑いの種にされている有り様だった。まるで見世物扱いだ。

オリヴィエは社交界で流れている自分の噂を目の当たりにして、その書類を母親の手から奪うと、自室に飛び込んだ。書類を破り、踏み付け、それでも怒りは静まらない。

……何よ！　ゲームで名前すら出てこないような脇役達のくせに!!

紙がぐしゃぐしゃになるまで踏み付け、オリヴィエは怒りのままにテーブルの上に置かれた菓子を手で払い落とす。

母親が数日前に言っていたが、この質素で面白みのないクッキーは王女がよく行く孤児院の子供達が作って売っているものらしい。

あの女が行く孤児院のものを食べていたなんてと思うと、クッキーですら憎らしく見えて、オリヴィエはそれも踏み付けた。美しい絨毯に砕けたクッキーが広がった。

腹立たしい噂が広まっているのは心外だが、しかし、オリヴィエは「それなら」と思う。

「悪い噂を良い噂で上書きすればいいのよ」

オリヴィエは最近、外での行動を変えていた。

学院の授業を真面目に受けるようにした。

苦手なダンスも逃げずに練習しているし、面倒くさい魔法についても学んでいる。

前世のアニメでは異世界に転生した者は魔力が物凄く高かったり、イメージで色々な魔法が使えたり、身体能力が高かったり、転生者最強みたいなものが多かった。

だからオリヴィエも期待した。

そして、確かにオリヴィエは魔力が一般人より高い。

でも貴族では中の上くらいで、珍しく聖魔法が得意だけれど、この世界はもう魔物がいないらしい。魔物がいた時代であれば、防御や治癒に特化した聖魔法使いはとても尊ばれたのだとか。

しかし、この世界の魔法にはきちんとした理論があって、それを理解し、魔法式と呼ばれる図形を覚えないと魔法は使えない。

元の世界でも数学や化学など式を覚えるのが苦手だったオリヴィエには不得意な分野である。

……なんでイメージするだけで魔法が使えないのよ！

だが、出来ないからと放っておくわけにもいかず、現在は学院の授業を真面目に受けている。

一応、前世の授業に近い部分もあって、オリヴィエは何とかついていけていた。

放課後は仕方なく訓練場で魔法の練習をしている。

初歩の初歩しか使えないオリヴィエを笑う者もいる。

それらは無視したが、内心では笑った者達に魔法を叩きつけたいほど腹立たしかった。

しかしそれはヒロインのすることではない。

オリヴィエは改めて、ヒロインであるオリヴィエ＝セリエールとして振る舞うことにしたのだ。

原作のオリヴィエは明るく、優しく、元気で、誰にでも分け隔てのない性格の少女である。

……わたし、攻略対象の前ではそうしてたけど、他は脇役だから放置してたのよね。

でもそれではダメだとオリヴィエは悟った。

原作のヒロインであるオリヴィエは攻略対象だけでなく学院の他の生徒からも慕われていた。

オリヴィエはそれを目指すことにしたのだ。

オリヴィエの味方を増やし、悪役王女の味方を減らし、オリヴィエを信じる者が多くなったら、あの女に虐められたと涙ながらに訴えるのだ。そうすれば、きっと原作通りになる。

アリスティード達もヒロインであるオリヴィエを見てくれるだろう。

そしてあの女の本性に気付くはずだ。

「そのためにも面倒だけど社交も慈善活動も参加しなきゃ……」

社交界に出て、あの酷い噂を消さなければならない。

母親について行って慈善活動にも積極的に参加し、オリヴィエ《ヒロイン》の優しいところもアピールしていく必要がある。やりたくないが勉強や礼儀作法にも力を入れなければ……。

「……それもこれもあの女のせいよ」

悪役王女リュシエンヌ＝ラ・ファイエット。

オリヴィエと同じ転生者だろう、ヒロイン《わたし》の居場所を奪った性悪女。

「絶対にルフェーヴル様は渡さないわ」

オリヴィエが彼を愛しているように、彼もオリヴィエ《ヒロイン》を愛するべきだ。

それこそが正しい世界なのだから。

「お母様に慈善活動に参加するって話しておかないとね」

オリヴィエはそう呟いて部屋を後にした。

魔法実技授業にて

何度か既に受けている魔法の実技授業。

訓練場で行われるそれを、わたしはいつも、少し離れた場所から見学している。

……わたしには魔力がないから。

最初のうちは、皆、知っていても戸惑ったような様子だったけれど、何度も授業を行うと慣れてきたらしく、今では誰もわたしが見学しているのを気にしない。

わたしの横にはルルが立っている。

「今日の授業は火魔法の中級ファイアウォールとファイアランスを訓練する」

授業は教師が二人。

一人は魔法の座学を担当している、わたし達三年生の上級クラス担任のアイラ＝アーウェン先生。

アイラ先生は授業の補助が多いけれど、治癒魔法が得意なため、もしもの時に生徒を治療する役目も担っている。

そして授業を進めるのは、攻略対象の一人である、リシャール＝フェザンディエ。原作と違ってリシャールはどのクラスの担任も務めておらず、全学年の魔法実技の授業を担当しているようだ。

「まずは俺とアーウェン先生とで実演してみせるからな。よく見ておくように！」

リシャール＝フェザンディエ侯爵令息。攻略対象の中で一番年上――隠しキャラのルルを除けば――で、原作では女好きの軟派者だったが、現実の彼は随分性格が違う。女好きでも軟派者でもない。原作と同じ甘いマスクの教師だけれど、教師にも生徒にも平等に接しており、誰に対してもそれなりに人当たりが良いらしい。

意外にも、女生徒だけでなく、男子生徒からも教師として慕われているそうだ。

アイラ先生とリシャール――……先生が訓練場の中央で互いに距離を置いて向き合う。

「ではアイラ先生はファイアランスをお願いします。俺がそれをファイアウォールで防ぎます。単位は五十でお願いします」

「分かりました」

二人が同時に詠唱を開始する。

リシャール先生の前に約二メートル五十ほどの厚みのあるファイアウォールがぶわりと生まれる。

それを確認するとアイラ先生が片手を上げる。

その掌の先に長さ一メートルほどの炎で出来た太い槍が一本出現する。

「いきます！」

アイラ先生が言い、ファイアランスをファイアウォールへ向けて投げる動作をした。

ボウっと音を立ててファイアランスがアイラ先生の手を離れてリシャール先生へ向かっていく。

そしてそれはファイアウォールへとぶつかった。

ゴオッと炎同士のぶつかる音と微かな熱風が広がり、ファイアウォールはファイアウォールに負けて、潰れて四散した。

リシャール先生がかざしていた手を下げるとファイアウォールがぶわりと空気に溶けて消える。

「今のがファイアウォールとファイアランスだ。詠唱はきちんと予習してきたな？　予習してこなかったり詠唱を忘れたりした生徒は、俺かアーウェン先生のところへ訊きに来るように」

まだ空気中には熱が残っているような気がする。

「最初は的に向かって練習してくれ。火の親和性が低い生徒もいるから、最低の五十単位で行うように。いいか、魔力切れと魔法を放つ方向には注意するんだぞ！」

リシャール先生の注意に生徒達が返事をする。

そして複数ある的の前へ列を作り、それぞれの先頭にいる生徒が的へ手を向け、詠唱を行う。

その様子をルルと二人で眺める。

「ファイアウォールってそんなに難しいの？　確か土魔法のウォールは下級魔法だったよね？」

ルルが「ああ」と納得した風に頷いた。

「土魔法のウォールはただ土を盛り上げるだけなので技術は必要ありません。ですがファイアウォールは炎を生み出し、それを均一な厚みで維持するには集中力が必要なのです。気を緩めれば炎は消えてしまうので」

「その厚みまで精霊に頼めないの？」

「厚みは頼めます。ただ、それは最初だけです。長時間形を維持させるには使用者が魔力を固定しなければなりません」

ルルの説明によるとこういうことらしい。

五十単位の魔力を精霊に捧げ、詠唱を行うことで、まず最初のファイアウォールの形は精霊が生み出してくれる。それは使用者の魔力を使った魔法なので、使用者が大きさや厚みを調整することが出来る。その方法についてはルルが「これは魔法が使える人間にしか分からない感覚で、言葉で伝えるのは難しいです」と答えた。

ともかく、その調整には集中力が要る。慣れないうちはすぐに炎が消えてしまうらしい。

実際、初めてその魔法を使った生徒達が生み出したものは、どれも数秒ほどで消えてしまった。

「でもファイアアローとかは手から離れても形を維持してるよね？」

「ボールやアロー、ランスは魔力が四散する前に標的に当たります。しかしファイアウォールは元から手より離れているため魔力制御が上手く出来ないと、あのように数秒で消えてしまうのです」

「手から離れなければ制御は難しくない？」

それなら掌のすぐ近くでファイアウォールを展開させれば制御しやすいのではないだろうか。

「ええ、ですが炎なのであまり近いと火傷してしまいますよ」

「あ、そっか」

ウォーターウォールならともかくファイアウォールは名前の通り炎である。

わたしの想像したように掌のすぐ近くで展開させたら、ルルの言うように、掌を火傷してしまう。

……うーん、こういうところはやっぱり魔法が使えないと不便だなあ。

わたしの場合は魔法が使えないから、使える人間にとっては常識的なことでも気付きにくい。

生徒達がファイアウォールとファイアランスの練習をしている。

属性に親和性を持たない者はわたしと同じように少し離れて見学しているが、さすが貴族の子息令嬢が多いだけあって、半数以上は練習に参加していた。それに魔力量も多いようだ。

生徒の中には平民の子もいるけれど、それでも数回は使えている。

しばらく様子を眺めていると面白いことに気が付いた。

……平民のほうがファイアウォールの習得が早い。

何故だろう、と眺めていると声をかけられた。

「王女殿下」

声のした方へ顔を動かせば、リシャール先生がこちらへ歩いてくる。

「遅ればせながら、改めましてフェザンディエ侯爵家が次男リシャール＝フェザンディエがご挨拶申し上げます。王女殿下がご公務を始められたばかりの頃に出席された園遊会以来でございます」

礼を執ろうとしたリシャール先生を手で制する。

「ここでは教師と生徒です。どうかわたしへは他の生徒へするように接してください。学院内では敬語も不要です」

「……分かった」

礼を執るのをやめたリシャール先生が安堵した様子で薄く笑った。

「実は堅苦しいのが苦手でな」

困ったように頭を掻く姿はとても原作のリシャールとは似ても似つかない。

私は思わず小さく笑ってしまった。

「ふふ、わたしもそうです」

「そういえばアリスティード殿下も同じようなことを言っていたっけ」

「まあ、そうでしたか」

人の好さそうな、穏やかな感じがする。

わたしもリシャール先生も生徒を眺めている。

不思議な感覚だった。リシャール先生ときちんと言葉を交わしたのは、彼の言う通り十二歳の時の園遊会以来だというのに、どこか懐かしい空気に包まれる。

……何が懐かしいんだろう？

ぼんやりとその感覚について考えているとリシャール先生が「おっ」と声を上げた。

それに意識が引き戻される。

顔を上げれば、お兄様が綺麗な形のファイアウォールを生み出し、それを維持していた。

「さすが王族だな。あんなに綺麗に維持出来るなんて……」

リシャール先生が感心した様子で言う。

しかもお兄様はファイアウォールを縮めると、そのまま、その炎をファイアランスに作り変えて的へ向かって放った。

これには他の生徒達もどよめいた。

「なるほど、同じ火魔法同士、そのまま応用したのか。あれなら初動に使用する魔力量が少なくなるし、上手く使えば防御からすぐに攻撃に転じることが出来る」

リシャール先生がお兄様の放ったファイアランスが的に当たるのを見ながら、呟いている。

思わずリシャール先生の顔をまじまじと見れば、それに気付いた先生が照れたように笑った。

「ああ、すまない。昔から魔法が好きで、つい」

「それでしたら宮廷魔法士を目指したほうがよろしかったのではありませんか？」

「ん？　うーん、まあ、そっちも考えたけど昔から教師になりたかったからな。それに宮廷魔法士はアリスティード殿下の側近になったら入ることが決まっているから。殿下が学院を卒業するまで、学院の教師をさせてもらえることになっただけでも十分さ」

ははは、とリシャール先生は笑う。

その少し困ったような笑みに、もしかしたら家の事情もあるかもしれないと思う。

どの貴族も王太子であるお兄様に近付きたがっている。

フェザンディエ侯爵家も、お兄様の側近にならせるためにリシャール先生を出したのだろう。

そしてリシャール先生は選ばれた。

「そうなのですね」

ざわ、とまた生徒達が騒めく。

今度はミランダ様がファイアランスを生み出して、投げる格好をしている。

「……綺麗」

ミランダ様の生み出したファイアランスはとても形が整っていた。

「アリスティード殿下もボードウィン侯爵令嬢も魔力の制御に関して、他の生徒より頭一つ飛び抜けてるな。あの二人は元から実技の成績がいいが、最近は気合が入ってるみたいだ」

ミランダ様の手を離れたファイアランスが的へ向かい、そして的を撃ち抜いた。

威力もあるし、命中率もなかなかである。

横にいたリシャール先生が「去年も感じてたが、やっぱり優秀な者が多いな」と嬉しそうに言う。

別の列ではロイド様がファイアランスを連続で生み出し、的へぶつけている。お兄様達よりかはやや小さかったが、連続して同じ大きさのものを生み出せている点がすごいらしい。短時間で魔法を連続使用するには集中力も制御力も必要で、詠唱を間違えず、正確に唱えることも重要だ。

……ロイド様は火の属性との親和性が少し低いのね。

だから同じ五十単位の魔力を使っても、ファイアランスの大きさがやや小さめなのだ。

横の列のミランダ様が生み出すファイアランスは逆に大きく、お兄様やリシャール先生のものよりも厚みがあり、長さもあった。

……ミランダ様は火の属性の親和性が高いんだろうなぁ。

あの燃えるような赤い髪と苛烈な性格からしてそうではないかと感じていたけれど、まさにそうだった。ただミランダ様は魔力の制御が少し苦手らしく、長時間魔法を維持するのは難しいようだ。

他の人よりも威力が高いから、制御も、多分他の人よりも大変なのだろう。

「やはり同じ五十単位でも親和性で差が……。親和性による威力の差は……。補うとしたら……」

生徒の訓練を眺めながら、横でリシャール先生がまたブツブツと呟いている。

わたしのことは恐らく忘れているのだろう。

反対側に顔を向ければルルが暇そうに立っていた。

誰も見ていないからか、くあ、と小さく欠伸をこぼしていて、わたしに気付くと小首を傾げた。

「ルルは火魔法、得意？」

「ん～、得意ってほどでもないけどぉ、それなりかなぁ。ファイアウォールとファイアランスくらいなら使えるよぉ」

周りに聞こえないように小声でルルが返事をした。

お兄様がこちらに気付いて手を振ってくる。

それに振り返していると、ミランダ様もわたしに気付いてニコリと微笑んだ。

二人がそれから何やら話し合い始める。

多分、ファイアウォールとファイアランスについて議論しているのではないだろうか。

……ああ見えて二人とも真面目だから。

そこでふと疑問が湧く。

「……ルルの一番得意な属性は？」

小声で問いかけると、ルルがわたしに顔を寄せてくる。

そうして耳元で囁いた。

「闇だよぉ」

なるほど、ルルらしい属性だなと思った。

訓練場ではあちこちで炎が上がっている。

その綺麗な赤色を眺めながら、わたしとルルはのんびりと過ごしたのだった。

カフェテリアデート

「すまない、今日は一緒に帰れそうにない」

珍しくお兄様がそう言った。

どうやら生徒会の仕事が残っているようで、それを済ませると帰りが遅くなってしまうらしい。

同じ馬車で登下校しているため、別の馬車を呼んで先に帰っても良いと言われたが、わたしはお兄様を待つことにした。

「ではルルとカフェテリアで待っていますね」

お兄様が嬉しそうな顔をする。

「待っていてくれるのか?」

「はい、お兄様と一緒に帰りたいので」

「分かった。出来るだけ早く終わらせよう」

よしよしとお兄様に頭を撫でられる。

そうして生徒会室へ向かうお兄様達を見送った。

その姿が階段の上に完全に消えたところで、振っていた手を下ろし、ルルと手を繋ぐ。

「カフェテリアデート、しよ？」

実を言えばそれが目的だった。

それを理解していたのかルルがおかしそうに笑う。

「カフェテリアデート、しましょうか？」

繋いだ手を一旦離して、ルルの腕に改めて手を添えて、エスコートしてもらいながら二人でカフェテリアへ向かう。学院内でエスコートというのは珍しいので少し人目を引いたけれど、ルルもわたしも特に気にしなかった。

そうしてカフェテリアに着き、二階へ上がる。

放課後だけど人はいない。

目立たない場所にある席を選び、ルルが椅子を引いてくれる。

「どうぞぉ」

人がいないからかルルの口調が戻っている。

「ありがとう」

二人がけの小さなテーブルの、向かい側にルルが座る。

「何食べよっかぁ？」

テーブルには注文表が置かれていた。

ルルがテーブルの上に広げてくれたそれを覗き込む。

……わ、思ったよりデザートも充実してる！

前回昼食を摂った時はデザートより、食事のほうを集中して見ていたので気付かなかった。

「わたし、ケーキ食べたい」

「じゃあオレもケーキにしよっかなぁ。それぞれ別のを注文して、分け合っちゃう～？」

「いいの？」

「いいよぉ」

品が決まるとタイミングを計ったように給仕が注文を取りにやって来た。

わたしはフルーツタルトを、ルルはチョコレートケーキ二つとクッキー、そしてマカロンを、飲み物は二人とも同じ種類のストレートの紅茶を頼んだ。

給仕が下がっていくとルルは頬杖をつく。

「そういえば、街に出てもカフェに入ったことなかったよねぇ」

「そうだね。あんまり出掛けないから、出た時は思わず屋台の食べ物に意識が向いちゃうし」

今まで何度か街に出たことがある。

でも、いつもオシャレなカフェより道端の屋台の食べ物が食べたくなってしまう。

……あの誘引力からは逃げられないよね。

「あ～、街の屋台ってなぁんか食べたくなっちゃうよねぇ。前は滅多に食べられなかったしぃ？」

ルルが納得したふうに頷く。

「前って？」

「リュシーの侍従になる前のことぉ。匂いの強いものとかは体に匂いがついちゃうからぁ、翌日仕事がない日じゃないと食べられないんだよねぇ」

「そっか、普段の生活から気を付けなきゃいけないんだね。……今はいいの？」

ルルは今も、夜は闇ギルドで仕事をしている。昼間はわたしについて侍従や護衛の仕事をして、夜は闇ギルドの依頼を受けて、こんな生活で大丈夫かといつも心配になってしまう。

でもルルに言っても「前よりずっとラクだよぉ」と返ってくるばかりなのだ。

「うん、今はそこまで厳しくしなくてもいい仕事を選んでやってるよぉ」

「そうなんだ、良かった」

「良かったって何がぁ？」

ルルが小首を傾げる。

「ルルが好きなもの我慢しなくていいんだなって思ったら、なんか嬉しい」

きっと暗殺業をしている間、普段の生活も色々と制限がかかっていたのではないかと思う。食べ物、身に着けるもの、行く場所、その他諸々、気を付けなければいけないことは沢山あるのだろう。

ルルが目を丸くし、それからふっと笑う。

「リュシーのそういうとこ好き」

緩くない口調で言われてドキッとしてしまう。

「き、急に言わないでっ。……恥ずかしい……」

「あはは、リュシー顔真っ赤だよぉ」

伸ばされた指がツンとわたしの頬をつつく。

思わず頬を膨らませたが、ルルは笑って二度、三度とわたしの頬を軽くつついている。

しかし不意にスッと手を引っ込めた。

視線をルルに戻すと、ルルの視線がわたしを通り過ぎていることに気が付いた。

何だろうと思いかけたが、盆を持った給仕が現れたので、それで離れたのだと分かった。

給仕が注文品を並べ、漏れがないことを確認すると、一礼して下がっていく。

給仕が姿を消すとルルが立ち上がった。

ルルは椅子の背を掴み、ズリズリとそれを引きずってわたしの横へ持って来て座り、注文した品を引き寄せた。肩が触れ合うほど近くに座ったルルに何となく安心感を覚える。

学院では授業があって、その間、ルルは廊下で控えている。

だから以前よりも一緒にいる時間が減った。

それが少し残念で、寂しく感じていた。

こうして肩が触れ合うほど近い距離が一番心地好い。

「はい、リュシー、あーん」

先に一口食べたルルが、自分の注文したチョコレートケーキをフォークで切り分けて、わたしの口元に差し出してくる。わたしはぱかりと口を開けた。

「あー、ん」

丁度食べやすい大きさに分けてフォークで差し出されたそれを食べる。

……ん、このチョコレートケーキ濃厚だ！

「これ美味しいよねぇ」

ルルの言葉にうんうんと頷いた。

あまりの美味しさに口元に手を当ててしまう。

……すごく美味しい！

口の中にケーキがあるので喋れず、きちんと味わってから呑み込んだ。

「チョコレートがすごく濃いね。まったりしてて、甘くて、でもちょっと苦味があって、スポンジ部分がしっとりしてるからチョコレートの濃厚さと合うね」

「うん、リュシーの離宮のケーキに劣らないくらい美味しいねぇ」

ルルが自分のケーキを一口食べる。

わたしの離宮のお菓子専属の料理人は、ティータイムでルルが沢山食べてくれるから、いつも頑張って作ってくれているのだ。

でも学院に通うようになってからは時間の関係上、平日は離宮でティータイムをしなくなったので、お菓子専属の料理人が少ししょんぼりしているらしい。

メルティさんがこっそり教えてくれた。

わたしが自分のケーキを切り分けていると、それに気付いたルルが口をぱかりと開けた。

まるで親鳥から餌をもらう雛みたいだ。さっきはわたしもそうだったのかな。

「はい、あーん」

「あー、ん」

ルルが差し出したフォークにかじりつく。

ナイフを入れた時に感じたけど、このフルーツタルト、タルト部分がかなり硬めでサクサク感があるのだ。しっとり生地も好きだけど、サクサクした硬めのものの方が、水分が多いフルーツともったりしたクリームとの食感の違いがあって個人的に好きだ。

「うん、これも美味しいねぇ」

食べながらルルが言う。

わたしも一口食べる。

「そうだね、こっちも美味しい！」

ちょっと酸味のあるフルーツ達と甘いクリーム、そしてサクサクなタルトの部分。さっぱりしたフルーツと甘いクリームは相性抜群だけど、そこに硬めのタルト部分が合わさると食べた感が出る。

……あ、これ間にカスタードクリームも入ってる。

フルーツにクリーム、カスタードにサクサクのタルト部分。

……なんだか得した気分だ。

横を見ればルルがチョコレートケーキを黙々と食べている。

ルルはチョコレートが好きだ。

ティータイムでチョコレートやチョコを使ったお菓子が出ると、それを優先して食べるくらいだ。

そんなところが好きなものに夢中になる子供みたいで、ルルのほうが大人だし、男性だけど、すごく可愛いと思う。

……全然フォークから手を離さない。

紅茶もあるのに一口も飲んでない。

わたしは紅茶を一口、口に含む。

ルルは一つ目のケーキをあっという間に食べ終えて、二つ目にフォークを入れる。

そしてモッモッと食べている。

……かわいい～、癒される～……。

わたしがジッと見ているとルルが気付いて、フォークを咥えたまま、不思議そうに小首を傾げた。

「リュシー？　どうかしたぁ？」

と、問われて首を振る。

「ううん、ルル、美味しそうに食べてるなって思って」

「え、オレ顔に出てたぁ？」

「顔というか雰囲気？　好きなもの食べてますって感じがしてたよ」

ルルがぺたりと自分の頰を触る。

「ん～？　まあ、チョコレートは食べ物の中でも一番好きだからねぇ」

あむ、とまたチョコレートケーキを食べる。

ふと浮かんだ疑問を口にする。

「ルルは何でチョコレートが好きなの？」

ルルがチョコレート好きなのは知ってる。

だけど何で好きなのかは知らない。

ルルが「ん？」とケーキを呑み込んだ。

「昔のぉ、オレがまだ娼館にいた頃の話ってしたことあったっけぇ？」

「ううん、ない」

ルルは自分の過去をあまり話さないから。

ぺろりと唇を舐めたルルが、思い出すように視線を斜め上へ向けた。

「オレがいた娼館はさぁ、いわゆる高級娼婦だけのお貴族様専門店でねぇ。オレはそこで七歳まで暮らしたんだけどぉ――……」

＊　＊　＊　＊

ルフェーヴル＝ニコルソンが生まれたのは、貴族御用達の高級娼婦のみが住んでいる娼館だった。

子供の頃は父親が誰なのか知らなかった。

母親がルフェーヴルを産んだあと、しばらくして体調を崩してこの世を去ってしまったからだ。

ルフェーヴルは非常に母親に似ており、他の娼婦達は、早くに母親を亡くしたルフェーヴルを母親の代わりのように可愛がってくれた。

娼館の主人である老女はルフェーヴルをいずれは娼館の護衛として働かせるために育てていて、娼婦達もそれを知っており、ルフェーヴルもまた、そう聞かされていた。

ルフェーヴルは生きることに困らなければ自分の道は何でも良かった。

娼婦達はよく抱き締めたり頭を撫でたり、我が子のように皆でルフェーヴルの面倒を見てくれた。それに多少の感謝は感じているが、彼女達を家族と思うことはなかった。

そもそもルフェーヴルには母親の記憶もなく、父親も会ったことがなく、家族の情というものが理解出来なかった。ただ同じ場所に住み、自分に構ってくる人間達という認識だった。

だからルフェーヴルは娼婦達の名前を覚えていない。大抵は「ねえ」で事足りたし、娼婦達の会話はあまり興味がなくて聞き流していた。

子供の頃のルフェーヴルは物静かな子供で、外で遊びたいとか、誰かと遊びたいとか、そういうことは一切感じず、元々母親が使っていた部屋で、一人で過ごすのが当たり前だった。

それを気にした老女が他の子供と外へ遊ばせに行かされたこともあったが、ルフェーヴルは他の子供よりも運動神経が良く、一緒に遊んでもつまらなかった。

子供にしては感情も乏しくて、きっと可愛くない子供だっただろう。

それでも娼婦達は客がくれた菓子や高級な食べ物などをルフェーヴルによく分け与えてくれた。

その中で唯一、ルフェーヴルが素直に美味しいと感じたのがチョコレートだったのだ。

「このちゃいろいの、なに？」

初めてチョコレートを見た時は何だこれはと思った。

茶色くて、妙にツヤツヤしていて、高そうな綺麗な箱にたった十粒ほどしか入っていなかった。チョコレートを最初にくれた娼婦が誰だったかは忘れてしまったが、綺麗な箱から漂う甘い匂いだけはよく覚えている。

娼婦はルフェーヴルに「チョコレートよ」と言った。

変な色の食べ物だったが、今まで嗅いだことのない独特な甘い匂いに釣られてルフェーヴルは近寄った。とても興味を引かれる、甘い甘い、魅惑的な匂いだった。

そして差し出された箱から一粒手に取った。

「ずっと持ってると溶けてしまうから早くお食べ」

と、言われて、それを口へ放り込む。

つるりとした感触が口の中に転がり込んできて、それが緩く溶けると、ふわりと口の中で甘さが広がった。砂糖のしつこい甘さだけではない。香ばしくて、少し苦くて、でもそれ以上に甘い。

「！」

口を押さえたルフェーヴルに娼婦が笑った。

「気に入った？」

ルフェーヴルが頷くと、娼婦は箱から一つだけ自分用にチョコレートを取り、残りを箱ごとルフェーヴルへくれた。

「……いいの？」

「ええ、でも溶けやすいから早めに食べるのよ？」

「うん、ありがとう」

受け取った箱を両手で持ち、ルフェーヴルは神妙に頷いた。

「あんたの母親もそれが一番好きだったよ」

娼婦はそう言ってルフェーヴルの頭を撫でた。

そしてその箱を持って部屋に戻った。

とても甘くて美味しいこのチョコレートという菓子は高価なものなのだろうと分かった。

もしそれほど値の張るものでなければ、きっと、もっと娼婦達がもらっているはずだ。

部屋に戻るとルフェーヴルは机の上に丁寧に箱を置き、椅子に座り、またチョコレートを一つ食べた。母親のことは覚えていないが、このチョコレートが好きだということは、ルフェーヴルと食べ物の好みは似ているのだろう。全く覚えていないのに好みが同じということに不思議さを感じながら、ルフェーヴルはチョコレートを食べていく。

その甘さは体に染み込むようだった。

その感覚は好きだなと思った。

それからチョコレートは好物になった。

そしてルフェーヴルが娼館の護衛ではなく、もっと金になる仕事に就きたいと思うきっかけにもなった。

＊　＊　＊　＊　＊

「――……でもぉ、もしかしたらあの頃のオレも子供なりに母親が恋しかったのかもしれないねぇ」

そう締め括ってルルがチョコレートケーキの最後の一口をわたしへ差し出した。

いいの、と目で問いかければルルが笑う。そんな昔から好きなものをルルはわたしへ分けてくれていたのだと思うと、ルルがくれるチョコレートの特別感が増した。

差し出されたチョコレートケーキを食べる。

甘くて、苦くて、香ばしい。

チョコレートを初めて食べた子供の時のルルを想像する。

……その時のチョコはとても美味しかったんだろうなあ。

だからルルはいつもチョコレートを持っているのだ。

子供の頃から好きなものをずっと好きでいて、それをいつも持っているって……。

「ちょっとかわいい」

ルルが目を丸くする。

「かわいい？　オレが？」

「うん、子供の頃から好きなものを持ち歩いてるって、なんだか、ちょっと子供っぽくてかわいい」

「あ～、そういうことぉ？　自分でも子供っぽいかなぁとは思ってるけどさぁ。やっぱ、やめたほうがいいかなぁ？」

困ったような、照れたような顔で、ルルが頬を掻く。初めて見る表情だ。

「ううん、そのままでいいと思う」

それにルルの傾向が分かった。

ルルは多分、好みがあまり変化しないのだ。

だから子供の頃好きだったものは今でも好きで、いつも持っているくらい、執着している。

そして、それはわたしを安心させた。

ルルは時々わたしをチョコレートみたいだと言う。

それはつまり、チョコレートと同じくらいわたしを好きだと思って、執着しているんじゃないかと思う。肌身離さず持っているチョコレート。それと同じだと言ってもらえるなら嬉しい。

「ルルはわたしをチョコレートみたいだって言ってくれたよね。それって、ルルの好きなチョコレートと同じくらい、わたしのことを好きでいてくれてるってことだよね？」

ルルが頷く。

「オレの今の一番はリュシーだよぉ。リュシーに会う前はチョコレートが一番だったけどぉ、今は、チョコレートは二番かなぁ」

そう言って、チョコレートクッキーを一口かじると、それをわたしに差し出した。

それを受け取ってわたしも一口かじる。

「美味しい～？」

「美味しい」

「それなら良かったぁ」

ルルがふわっと笑う。

その二番もわたしにくれるところに、ルルがどれだけわたしを想ってくれているかが伝わってくる。

わたしは自分の分のタルトを切って、それをルルへ差し出した。

「わたしの一番もルルだよ。二番は、多分、食べ物かな？　昔はあんな暮らしだったから。でもルルと一緒にいると、ルルと美味しいものを分け合いたいって思うよ」

ルルがフォークにかじりつく。

「オレが好きだからぁ？」

「うん、ルルが好きだから。大好きなルルに、わたしの好きなものを分けたいのかも」

「そっかぁ、それは嬉しいなぁ」

ルルの表情は言葉通り嬉しそうだ。

テーブルの上にあるルルの手に、自分のそれをそっと重ねれば、ルルの手が裏返って掌同士で繋ぎ合う。互いにきゅっと指に力がこもる。

ルルの手は昔から大きくて、筋張っていて、指が長くて細く、優しくわたしへ触れる。

ずっと触れている肩に寄りかかる。

……早く結婚したいなあ。

リュシエンヌを見守る会の話

学院の第二学舎、三階。

生徒会室で書類を捌きながら、アリスティードはふと気が付いた。

「……もしや、リュシエンヌは今頃ルフェーヴルとデートしているのか？」

リュシエンヌはアリスティードと一緒に帰ると言った。

そして別れ際にルフェーヴルを連れてカフェテリアへ行くと言った。

……それはリュシエンヌが以前言っていた『放課後デート』というやつなのでは？

アリスティードの言葉にエカチェリーナが顔を上げた。

「あら、お気付きではありませんでしたの？」

ロイドウェルとミランダもうんうんと頷く。

「いや、まあ、ルフェーヴルが一緒にいるのは分かっていたが……。カフェテリアに行くのがデートになるのか？　学院の中だろう？」

デートというものは意中の相手と外出するもののことを言うのではないか、とアリスティードは首を傾げた。同性の友人達から聞くデートも、街へ買い物に出たり、しゃれた店に食事をしに行ったり、観劇をしたりといったものばかりだった。

ロイドウェルがアリスティードの疑問に答える。

「リュシエンヌ様は学院も街と同様に捉えているんじゃないかな。まだ入学して二ヶ月ほどだし、カフェテリアも普段は行かない場所だから」

「なるほど」

「まあ、でもリュシエンヌ様はニコルソン男爵がいれば、どこでも楽しいのだと思うけどね」

ロイドウェルの言葉にアリスティードは思わず押し黙った。

全くもってそうであるからだ。

リュシエンヌは基本的にルフェーヴルさえいれば、どこでも、何をしていても、楽しそうだ。

それが喜ばしくもあり、少し悔しくもある。

アリスティードのリュシエンヌに対する想いは消えたわけではない。相変わらずリュシエンヌのことは大事で、自分の中では唯一の存在で、妹に対して以上の気持ちを持っている。

だが、傍にいるのはあのルフェーヴルだ。

リュシエンヌを手に入れるために、王になることが確定していた父を平然と脅すような人物だ。

リュシエンヌに良からぬことをしようと考えている者が近付こうものなら、何の躊躇いもなく排除するだろう。それが分かっているから安心して任せられるのだが。

リュシエンヌとルフェーヴルの関係が良いことはリュシエンヌの身を守る上で喜ばしいことだ。

でも同時に恋敵でもあるルフェーヴルとの仲が深まっていくことに、羨ましさと、そこが自分の居場所ではないということに僅かな悔しさを感じることがある。

その感情は兄が妹に持つものではない。

アリスティードはリュシエンヌの兄になることを決めた。

その日から、良き兄でいようと心がけてきたし、今でも、そうありたいと願っている。

「そうだな、リュシエンヌは多くを望まない」

ドレスも、食事も、住む場所も。リュシエンヌは自分の立場上、王女という地位に見合ったものを受け入れているだけで、それについて我が儘を言ったことがない。

それでいて、人でも物でも大事にする。

けれどもこだわりはなく、執着もない。

幼い頃の記憶は強くリュシエンヌの中に刻まれているのだろう。

どれを手に入れたとしても、いつかは自分の手からこぼれ落ちてしまうかもしれない。

リュシエンヌはそんな様子で何に対しても一線を引いている。

欲しがらない。縋らない。嫌がらない。

その様はアリスティードを不安にさせた。

このまま、リュシエンヌ自身すら、いつかあっさり消えてしまうのではないか。

時折、そんなことを考えてしまう。

だからルフェーヴルに執着し、依存するリュシエンヌを見ると安堵する。

何かに執着している、もしくは何かに依存している人間は、死を望まないことが多い。

ルフェーヴルがいる限りリュシエンヌは存在する。

ルフェーヴル頼りになるのは正直に言えば面白くないが、自分の感情よりもリュシエンヌのほうがずっと大事なのだ。

「そこがリュシエンヌ様の素晴らしいところでもございましょう？　……ご自身に流れる血を気にしておられるのかもしれませんが」

「旧王家の血か……」

……くだらないことを。

旧王家の血など、どの貴族も歴史を遡れば大抵流れているものだ。

この国の歴史の長さを見れば当然である。

アリスティードや父のベルナールにだって旧王家の血がそれなりに流れている。

たった数代王家の直系と婚姻しなかっただけで、その血が消えるはずもない。

確かにリュシエンヌは前国王の子だ。

しかしその心根は旧王家のものとは全く違う。

「平民はともかく貴族であればどの家だって旧王家の血が多かれ少なかれ入っているというのにな。血の濃さが愚かさに繋がると言うのならば、いっそ平民を王に据えるべきだ」

「アリスティード……」

「それは……」

ロイドウェルとエカチェリーナが言葉を詰まらせる。

血筋で言えば、むしろこの二人のほうがリュシエンヌよりも旧王家の血が濃い可能性が高いのだ。

リュシエンヌは伯爵家の母と王家の父の子供だ。

だがこの二人の家、アルテミシア公爵家とクリューガー公爵家は、何度も直系の王族と婚姻を繰り返し、ここまでその血を絶やさずに連綿と受け継いでいる。

元々、公爵家には王家の血を残す役割がある。

そのため直系の王族が公爵家に嫁ぐ、もしくは婿入りすることはよくあることだ。

さして目立たなかった伯爵家の血よりも公爵家の血のほうが旧王家の血は濃い。

リュシエンヌという直系がいるおかげで公爵家はその血筋を問題視されていないだけだ。

リュシエンヌがいなければ、恐らく大半の公爵家は叛意《はんい》なしと証明するために地位の低い家と婚姻するしかなかっただろう。

それでいて王太子《アリスティード》は旧王家の血を濃く引く公爵家と婚姻を結ぶという、相反する状態を保っているのだから笑えない話である。

「このような愚痴《こと》を言ったところで意味がないのは分かっている」

ただでさえリュシエンヌは様々なものを奪われてきた。

愛され、大切にされるべき幼少期も、正統な血筋としての威厳や矜持も、未来の女王になる道も、子を産み育てる女性の喜びも、自身の好みを口にする自由さえも。

それなのにリュシエンヌは王女としての役割を、文句も言わずに果たしている。

本当ならば全てを手に入れられる立場だったのに。

その血筋を言い訳に、この国は、王家は、貴族達は、国民は、たった一人の成人もしていない少女に重責《つみ》を押し付けた。そしてアリスティードもその一人だ。

リュシエンヌに覚える罪悪感も、リュシエンヌに何かしてやりたいと思う気持ちも、もしかしたら自身の心を軽くしたいだけのアリスティードの自己満足にすぎないのかもしれない。

それでも、だからこそ、兄であるアリスティードだけでも妹の味方であらねばならないのだ。

その気持ちすら失くした時、アリスティードはもはや王に立つべき人間ではなくなる。

犠牲を忘れた王は暴君に成り下がる。

「ところで、お前達は街によく出ているのか？」

こほん、とアリスティードは重くなってしまった空気を払拭するように小さく咳払いをした。

ロイドウェル、エカチェリーナ、ミランダは目を瞬かせた。

少々無理やりではあったが、話題が変わったことに三人は素直に乗った。

「わたくしは時折出掛けております」

「私はあまり……。何せあれと遭遇する可能性もあるからね」

「私はよく出掛けておりますが……」

エカチェリーナ、ロイドウェル、ミランダが言う。

仕事を大体終わらせたアリスティードは机の引き出しから新しい紙を取り出した。

「この間、リュシエンヌが『王都でデートをするならどこがいいでしょうか？』と悩んでいてな、私もそういう場所を知らなくて教えてやれなかったんだ。お前達ならばデートはどこに行く？」

真面目な顔でそんなことを訊くアリスティードに、三人は顔を見合わせて、小さく噴き出した。

「それって今訊くこと？」

ロイドウェルの問いにアリスティードは頷く。

「ああ、腹立たしいがリュシエンヌとルフェーヴルが上手くいくことが私の望みだ。そして私とエカチェリーナは『リュシエンヌを見守る会』という同好会の会員でな」

「何だいそれ？」

「言葉通り、リュシエンヌ様を見守り、心安らかにお過ごしいただけるように陰ながらお支えする会ですわ」

呆れ気味のロイドウェルにエカチェリーナがやや胸を張って説明する。

「ちなみに、アリスティード様が会長でわたくしが副会長、ニコルソン男爵は特別会員ですの」

ロイドウェルが驚いた顔をする。

「え、ニコルソン男爵も入っているの？　と言うか、よく男爵が許したね」

ルフェーヴルはリュシエンヌを害そうとする人間には容赦をしないが、リュシエンヌを守ろうとする人間には比較的寛容なところがある。

「ええ、おかげさまで時折リュシエンヌ様の情報をいただけるので、リュシエンヌ様とも以前より良好な関係を築けておりますわ」

「実は私も加入させていただいておりますの！」

ミランダが嬉しそうな顔をする。

現在の王家に忠誠心を持っているミランダは、リュシエンヌの存在の意味も正しく理解していた。

旧王家の罪を一身に背負い、王家への不満の対象とされていて、それでもなお王女として立ち続けるリュシエンヌに畏敬の念を抱くのは自然なことだった。

「ミランダ嬢は加入条件に適っていたからな」

アリスティードが頷いた。

「私の会員番号は五番です」

「そうなんだ？」

「ああ、一番は私、二番がエカチェリーナだ」

「……ちなみにニコルソン男爵は？」

思わずといった様子でロイドウェルが訊く。

「あいつは特別会員だから番号はない。特別会員はそもそもあいつだけだからな」

「ああ、そう……」

「ロイドも入るか？」

「いや、やめておくよ。あんまりリュシエンヌ様に近付き過ぎるとニコルソン男爵が怖いからね」

アリスティードが納得したように「だろうな」と頷いた。

父の戴冠式の日に見た夢の中では、ロイドウェルがリュシエンヌの婚約者になっていた。

それを知っているルフェーヴルはロイドウェルがリュシエンヌとあまり親しくなるのを良く思っておらず、たまにロイドウェルを牽制することもある。

ロイドウェルのほうはリュシエンヌのことを友人の妹、そして自国の王女としか認識していない。

好みで言えばミランダのほうが好きだ。

苛烈で、勝気で、それでいて実は暗躍するのが苦手な純粋さもある忠誠心の高いミランダは、自分《ロイドウェル》とは違って面白い。それに燃えるような赤い髪に緑の瞳は、貴族にありがちな金髪にそれと同色の金眼のロイドウェルからしたら、鮮やかで美しく見える。

それに存外可愛らしいところもある。

勝気過ぎて口調の強いミランダは同級生に対してもそうなのだが、あとになって自身の言葉のキツさを反省してこっそり肩を落としている時があり、そういう姿は普段との差があって可愛らしい。

今も『リュシエンヌを見守る会』について嬉しそうに語っている姿も可愛くて良いと思う。

その気持ちはロイドウェルには分からないが、もし『アリスティードを支える会』があればロイドウェルは迷わず加入しているので、恐らくそういうことなのだろう。

「良かったね、ミランダ」

「はい、今後もリュシエンヌ様のために頑張りますわ！」

勝気な顔が嬉しそうに笑っている。

ロイドウェルも釣られて笑った。

「では、先ほどの話に戻りますが、王都で今人気のカフェや劇について、多少でしたら情報を提供出来ると思います」

「何、それは本当か？」

「ええ、こう見えて休日にカフェ巡りや観劇をするのが趣味なのです。貴族、平民両方の流行りは押さえておりますわ」

と自信満々に言い切るミランダに、アリスティードが「教えてくれ」と言う。

ミランダも真面目な顔で深く頷いた。

「はい、まず貴族に流行りのカフェからご紹介いたします。二店舗あるのですが、それぞれデザートを扱っているお店でして、どちらのお薦めデザートもとても美味しくて――……」

「ふむ」

「まあ」

ミランダの話を真面目に聞き、アリスティードは取り出した手元の紙にメモを取り、エカチェリーナも感心したふうに聞き入っている。

和やかな雰囲気に包まれる中で、ロイドウェルは穏やかに微笑みながら書類を片付ける。

それから三十分ほど、その話題で三人は盛り上がったのだった。

それぞれの決意

深夜、月が西へ傾き始めた頃。

ベッドの中にいたオリヴィエ＝セリエールことオーリは目を覚ました。

むくりと起き上がり、ベッドから出ると、すぐに部屋を出て隣の控えの間に向かう。

そこにはメイドが一人いた。よく見る気の弱い、けれど命令に忠実なメイドだ。

「手紙は届いてる？」

オーリの問いにメイドは頷き、すぐに手紙を持ってきた。

それを受け取ったオーリは部屋へ戻った。

お礼を言いたいが、普段のオリヴィエの態度を考えると急に使用人に礼を言うのはおかしいので、いつも言えずにいた。

今日は荒れていない部屋の中。

椅子に座り、机の上に置いてあったペーパーナイフで慎重に手紙の封を開ける。

同時に手紙からふわりと甘く優しい花の香りが漂ってくる。

……香水の匂いかしら？

心安らぐその香りに束の間、オーリはうっとりと心を和ませた。

手紙に香水を使用するなんて思いもしなかった。手紙の送り主の姿を想像して、華やかだけど優しく甘いその匂いは彼女にとてもよく合うと思った。

それから、改めて手紙に視線を落とし、そっと便箋を取り出した。

しつこくない程度にほのかに漂う香水の匂いに背中を押されて、手紙を読み出した。

決して短い手紙ではない。

でも、オーリは何度もそれを読み返した。

……王女殿下……。

手紙には近況報告とオーリを気遣う言葉が綴られており、オリヴィエの時と区別するためにも自分のことは名前で呼ぶようにとまで書かれていた。

「…………リュシエンヌ、さま……」

恐れ多いと思う気持ちと、久しぶりに誰かの名前を呼ぶことが出来た喜びとで、オーリは胸が熱くなるのを感じた。

オリヴィエの目を通して見ていたので、最近、王女殿下と王太子殿下、その周囲の人々に迷惑をかけていないことは分かっていた。

それはオーリの精神的な負担を減らしてくれた。

逆にオリヴィエの精神的な負担は増えたようだ。

今日のオーリが自分の意思で出てくることが出来たのも、恐らくオリヴィエが精神的に疲れているからだ。オリヴィエにとって、他のご令嬢とのお茶会や勉強、慈善活動への参加などは相当な精神的負担になっている。外では良い子に振る舞っているが、自宅では癇癪を起こすことが増えた。

そのことで使用人達に申し訳ないとオーリは思う。

オリヴィエの使用人に対する傍若無人な振る舞いは元からだが、最近はいっそう酷くなっていた。

「いけない、早くお返事を書かなくちゃ……」

こうして夜の間にオーリが起きていると、翌日、オリヴィエは体のだるさを感じるのだ。

意識が分離していても体は同じ。

夜中に長時間起きているとオリヴィエに怪しまれる可能性がある。

オリヴィエはオーリと違い、もう一つの人格、つまりオーリの存在を知らない。

出来る限りオリヴィエに気取られてはいけない。

オーリの存在を知った時、きっとオリヴィエはオーリの存在を許さないだろう。

何故ならオリヴィエは自分こそがヒロインのオリヴィエ＝セリエールと思っているから。オーリが本物だと知ったらどのような行動をするか、長年見てきたオーリにすら想像もつかなかった。

引き出しから便箋と封筒を取り出す。

便箋も封筒も減ったら補充されるので、数枚なくなったところでオリヴィエは気付かない。

ペン立てからペンを取り、インク壺に先を浸して、オーリはまず挨拶の言葉を便箋に綴っていく。

色々と書きたいことがあるけれど、とにかくオリヴィエの行動と現在のその結果について、王女殿下にご報告申し上げなければ。

オリヴィエの計画は上手くいっている部分と上手くいっていない部分がある。

悪い噂を払拭するために積極的に社交の場に出て、良い子を演じているけれど、一度流れた噂はなかなか消えずに残っていた。特に『家では我が儘放題』だとか『使用人に暴力を振るう』だとか、真実である噂は全く消える気配がない。

オリヴィエが態度の悪い令嬢だとか、慈善活動も出来ない子供だとか、そういう噂はオリヴィエの行動により薄れつつあるが、オリヴィエ＝セリエールの悪評はいまだ根強く残る。

それがオリヴィエを苛立たせている。

以前よりかは評価は良くなったが、それでもまだ悪評のほうが大きいのだ。

お父様とお母様はオリヴィエが真面目になったことで、心を入れ替えたと思っているらしい。

実際のオリヴィエは欲望のためだけに良い子のふりをしているだけだ。

……お父様とお母様まで騙すなんて許せない。

オーリはふつふつと湧き上がる怒りを何とか溜め息と共に吐き出した。

精神的負担が大きくなるとオーリの意識を保つのが難しくなる。

今は少しでもそれを減らして、自分が出てくる時間を増やすことが目的である。

「…………よし」

手紙を書き終えたオーリはインクが乾くのを待った。

ふと思い出して、引き出しを開ける。

そこにはレアンドルからの手紙が仕舞われていた。

……レアンドル……。

今、レアンドルはオリヴィエのせいで非常に危うい立場にいる。婚約者がいる男性が他の女性とこっそり手紙のやり取りをするだなんて、浮気と思われても仕方がないことだ。

しかもレアンドルからの手紙には段々と友人以上の感情が読み取れてきて、オーリは悲しくて、それ以上につらかった。

レアンドルの婚約者に申し訳なくて、オーリのふりをしてレアンドルに近付いたオリヴィエが羨ましくて、レアンドルにオリヴィエを諦めてほしくて。

オリヴィエのせいでレアンドルの立場が悪くなっているのは明白で、それが何よりもつらい。

オーリはレアンドルのことが好きだ。

だがその気持ちは許されないと理解している。

それなのにオリヴィエは全くレアンドルのことを考えておらず、自分を想ってくれている相手を利用して、その想いに応えるわけでもないくせにいつまでも引き留めるような態度を見せている。

オリヴィエが「レアンドルの気持ちには応えられない」と言えば良いだけなのに。

「そうだ、私がそれを書けばいいんだ……」

もう手紙を送らないでほしいと。

もう関わらないでほしいと。

そう、告げれば良い。

オーリは震える手でペンを取り、泣きそうになるのを我慢しながらレアンドルへの手紙を綴った。

……これで彼が解放されるなら……。

たとえ自分との繋がりが絶えたとしても構わない。

オーリの気持ちよりも、レアンドルの未来の方が大切だから。

手紙を書き終えたオーリはインクを乾かして封筒に入れ、封をすると、メイドに二通の手紙を託した。これまでと同じようにオリヴィエに悟られないようにしなければならない。

部屋に戻り、ベッドへ寝転がる。

オーリは唇を噛み、枕をギュッと抱き締めた。

……もっと早くこうすれば良かった。

レアンドルとの繋がりを絶ちたくないという我が儘のせいで、彼の立場を更に悪くしてしまった。

……最初に別れの手紙を出すべきだった。

オリヴィエは不審がるかもしれないけれど、レアンドルは手紙を見ればもうオリヴィエと関わらないだろう。そうなるように冷たい文面で書いた。

こうすることしかオーリには出来なかった。

＊　＊　＊　＊　＊

レアンドルは届いた手紙を呆然と見下ろした。

手元には紋章の入っていない封蝋がされた封筒と、一枚の便箋がある。

それはオリヴィエからのものだった。

手紙はこれまでの優しい文面とは違っていた。

挨拶もなく、そこにはレアンドルとの関係に疲れたからもう自分と関わらないでくれという内容が冷たい文面で書かれていた。

いわく、自分は目が覚めた。婚約者やムーラン伯爵家の人々の目を盗んで、婚約者のいるレアンドルと連絡を取り合っていることに罪悪感を覚えていた。これまではそれでも友人と思っていた。

だが、レアンドルからの手紙には友人以上の感情があるように見受けられた。

自分はそれに応えることは出来ないし、このような関係はレアンドルの婚約者にも申し訳なく、自分も罪の意識で苦しいので、もう関わり合うのはやめようという内容だった。

つい先日届いた手紙では「友人なのに会えないなんておかしい」「一緒に話せなくて寂しい」と書いていたのに……。

レアンドルは手元の手紙を見て、ふと、違和感を覚えた。

それが何なのか確かめるために再度手紙を読み直し、違和感の正体に気が付いた。

慌てて、今までオリヴィエから送られてきた手紙を引っ張り出した。

そして便箋を見比べる。便箋も封筒も同じものだが、今までオリヴィエから届いたものと、今回届いたものは、字体が少し違っていた。

今まで送られてきた手紙の文字は丸みがあり、所々バランスが崩れていて、筆圧が強い。

対して今回届いた手紙は同様に丸みを持っているが、こちらは丁寧に書かれているのかバランスの悪い文字はなく、あまり筆圧も強くない。

……違う人間が書いたのか？

しかし見たところ、使われている封筒や便箋だけでなく、インクも同じもののように思える。

……一体、どういうことだ？

しかし今回届いた手紙には、レアンドルも考えさせられる部分が大きかった。

レアンドルはオリヴィエに自分の想いを伝えたことはなかったが、何度も手紙のやり取りをして、親しくなっていく中でその気持ちは強くなっていった。

出来る限り友人らしく振る舞って手紙を書いてきたけれども、オリヴィエが読み取れるほど、分かりやすくなってしまっていたのだろう。

いつかやめなければと考えていた。

そして、今がその時なのではないだろうか。

もしこの手紙がオリヴィエの書いたものでないとしたら、誰かが書いた警告とも受け取れる。

レアンドルとオリヴィエの関係を知っていて、この関係を終わらせろ、という意味だ。

もしこのまま続けたら、レアンドルだけでなくオリヴィエにまで何らかの害が及ぶかもしれない。

……それはダメだ。

これまでの関係はレアンドルの我が儘で続いてきたものであり、優しいオリヴィエはそれに付き合ってくれていただけだ。責任を負うのはレアンドルだけでいい。

「……俺が悪いんだ」

手紙には今後一切、手紙を送らないように書かれていた。

学院でも、会っても関わりを持たないともあった。

「それに、殿下に言われていたな……」

婚約者と良好な関係を築け。

婚約者を大事にしろ。

不義理な行いはするな。

父と同じことをアリスティード殿下は言っていた。

今まで、レアンドルはそれを理解していながら、意図的に無視していた。

どうしてもオリヴィエとの関係を、繋がりを、絶ちたくなかったから。

……でも、もう決めなければ。

オリヴィエから届いた手紙を全て纏めると、机の奥へ放り込んだ。

「申し訳ありません、殿下……」

……俺の我が儘に付き合わせて。

それでもレアンドルはオリヴィエ＝セリエールを忘れることは出来そうになかった。

手紙には、もし自分が話しかけたとしても気の迷いなので対応しないでほしいと綴られていた。

その手紙を強く握る。

レアンドルの頬に一筋の涙が伝い、それに気付くと乱暴に袖口で拭う。

「俺に泣く資格なんてない」

殿下があれほど何度も言葉を重ねていたのは、多分、レアンドルとオリヴィエの関係を知っていたからだと今なら分かる。

婚約者にも酷いことをしていたのだ。

責務は果たしている、なんて、とんでもない。

婚約者として最も重要なことをレアンドルは守らなかった。

……だからフィオラ嬢は俺に冷たいのだ。

彼女が何を考えているのか分からないのも当然だ。レアンドルは婚約者を知る努力をせず、上辺だけ婚約者として振る舞い、全く彼女に関心を持たなかった。

「……そういえば、最初の頃はそうじゃなかったよな……」

あの頃のフィオラ嬢はもっと表情豊かで、よくレアンドルに話しかけていたし、婚約者であるレアンドルのことを知ろうとしてくれていたように思う。

それに不義理な行いをしたのはレアンドル自身だ。

何もかも、レアンドル自身の行いが返って来ただけである。

……明日、殿下と父上、フィオラ嬢に謝ろう。

許されなくても。叱責されても。

レアンドルに出来るのはそれだけだ。

決別の手紙をただ黙って眺め見た。

レアンドルは茨の道を進むと決めたのだった。

レアンドルの謝罪

「殿下、お話があります。少しお時間をいただいてもよろしいでしょうか？」

アリスティードが学院に到着した早朝。

まだ人気のない正門で、レアンドルが一人で待っていた。

その頬には大きな布が当ててある。

「それは構わないが……。その頬はどうした？　大丈夫なのか？」

目立つそれにアリスティードが眉を寄せた。

馬車を降りたリュシエンヌも、レアンドルの顔を見て驚いた表情を見せる。

だがレアンドルは苦く笑うだけだった。

「少し痛いですが大丈夫です。これは俺自身の愚かさが招いた結果ですから」

アリスティードは一瞬目を丸くし、そして、一言「そうか」とだけ返した。

「リュシエンヌ、すまないが先に教室へ行ってくれないか？　私はレアンドルと大事な話がある」

「分かりました。ではお兄様、また後《のち》ほど」

「ああ」

リュシエンヌはルフェーヴルを伴い、アリスティードとレアンドルに浅く頭を下げると先に正門を潜っていった。

それを二人は見送り、そして互いを見やる。

「人に聞かれたくない話か？」

「はい、出来れば人気のない場所がよろしいかと」

「分かった。では、私の休憩室に行こう」

アリスティードとレアンドル、そしてアリスティードの護衛の騎士が歩き出す。

第二学舎の三階、生徒会室だけでなく、三年生の上位十名までが与えられる休憩室。

その中の、第一位専用の部屋へ向かう。

アリスティードが扉の前へ立つと、魔法が展開し、扉の鍵が外れる音がした。

上位十名に与えられたバッジにはそれぞれ識別出来るようになっており、それによって、休憩室やカフェテリアなどが利用出来る仕組みになっている。

「入れ」

アリスティードの言葉にレアンドルが入室する。

「失礼します」

護衛の騎士達も同席しているが、騎士達は職務中に見聞きしたことは口外禁止なので、ここで聞いたことを誰かに話すことはない。もし話すとしたら、それは国王だけだ。

アリスティードがレアンドルに椅子を勧めたが、レアンドルは座らず、深く頭を下げた。

「まずは謝罪を。これまで、俺は殿下のお言葉を無視してオリヴィエ＝セリエール男爵令嬢と密かに手紙のやり取りを続け、殿下の信頼を裏切り続けました。……申し訳ございません」

アリスティードは驚かなかった。レアンドルの話が何なのか見当はついていた。

今朝、リュシエンヌから本物のオリヴィエ＝セリエールが書いた手紙を見せられた。

そこにはリュシエンヌへの手紙の返事があり、最後に追記のように、レアンドルへ関係を絶つための手紙を送ったと書かれていた。

オリヴィエ＝セリエールはこちらの事情を知らないので、学院在学中の様子によってはレアンドルが側近から外されることも知らないはずだった。

……いや、彼女《オーリ》は違うのだったな。

少々礼儀に疎い部分も見受けられるが、アリスティード達に纏わりついていたオリヴィエ＝セリエールよりかはずっと常識的である。

それはリュシエンヌから見せられる手紙を読んで理解していた。

……でもまさか彼女のほうからレアンドルとの関係を絶つとは。

もう一人のオリヴィエ＝セリエールは恐らくそれを良しとしないだろう。

「……ようやく気付いたか」

それでもアリスティードは内心でホッとした。

レアンドルが自身の間違いに気付いてくれた。

今後の行動次第だが、それでも、これ以上問題を起こさなければ側近の道へのチャンスはある。

「はい……」

「それはオリヴィエ＝セリエールから受け取った手紙を読んだからか？」

レアンドルが驚いた様子で顔を上げた。

「何故それを……？」

アリスティードは一瞬、躊躇ったが、全てをレアンドルへ話すことを決めた。

レアンドルが自身の行いを悔い改めた時は、これまでの事情を説明しても良いと、父から許可は得ていた。これ以上レアンドルに馬鹿な真似をさせないためにも、教えておくべきだと思ったのだ。

アリスティードは話が長くなるからとレアンドルを椅子に座らせる。

「これから話すことは全て事実だ。恐らく信じられないと思うところもあるだろう。だが証拠もある。もし信じられないとお前が感じたなら、後日証拠を見せる」

そうしてアリスティードは父の戴冠式の日の夜に見た夢の話から、今日までのオリヴィエ＝セリエールの行動、そしてリュシエンヌも見た夢の話をレアンドルへある程度かい摘んで説明した。

レアンドルはアリスティードの話を始終驚いた様子で聞いたのだった。

特にオリヴィエ＝セリエールの中に二つの魂、二つの人格がある話をすると、非常に驚いていたが、同時に納得したふうに頷いてもいた。

「だから今回俺のところに届いた手紙は文体や字体が違っていたのですね」

そしてレアンドルは肩を落とした。

自分が思いを寄せていたオリヴィエ＝セリエールが幻想だったのだ。ショックも受けるだろう。

「……信じるのか？」

意外にもあっさり受け入れたレアンドルに、アリスティードが問う。

レアンドルはそれに頷いた。

「実は、少し変に思っていたことがありました。オリヴィエは俺に対してとても優しくて、親しげで、でもいつも殿下やロイドウェルについて色々と訊いてきたり会いたがったりしていました。俺は利用されていたのに気付かなかった大馬鹿ですね……」

と、レアンドルが悲しげに笑った。

「私やロイドの行動について話したか？」

「いえ、さすがにそのようなことはしておりません」

「そうか、ではやはりオリヴィエ＝セリエールも私やリュシエンヌのように夢を見て、いくつかの未来を知っていたのだろう」

「だから俺のことも知っていて、あれほど親身になって話を聞いてくれたんですね……」

気落ちするレアンドルにアリスティードは、その事実を言うべきか、言わないでいるか、考えた。

だが、それも話すことにした。

「お前に別れを切り出したほうのオリヴィエ、本人はオーリと名乗っているが、彼女はお前を利用するつもりはなかったようだ。それどころかオリヴィエの行動に酷く心を痛めている」

「オーリ……？」

「本物のオリヴィエ＝セリエールだ。リュシエンヌと手紙のやり取りをしており、これまで、ほとんど表に出られなかったほうの人格だ」

レアンドルの茶色の瞳が揺れた。

「本物のオリヴィエ……」

「お前を騙していたのは偽物のオリヴィエ＝セリエールだ。きっと、本物のほうはお前を利用するもう一人の自分の行いに耐えられなかったのだろう」

レアンドルの瞳はしばらくテーブルに落ち、そしてアリスティードを見た。

「オーリ嬢を救うことは出来ないのでしょうか？」

その問いにアリスティードは小さく唸る。

それはリュシエンヌも考えていたことだ。

しかし、そもそも一つの体に二つの魂、二つの人格ということ自体が非常に珍しい。

少なくともそのような事例は聞いたことがない。

「それは私にも分からない」

「そう、ですか……」

レアンドルが視線を落としたものの、それはすぐに上げられ、茶色の瞳がアリスティードを真っ直ぐに見た。

「それでも、俺も調べてみようと思います。……オリヴィエに騙されたショックはありますが、そのオーリ嬢は俺の目を覚まさせてくれました。もしお許しいただけるなら彼女を助けたいです」

アリスティードが片眉を上げた。

「それは、つまり、オリヴィエ＝セリエールを選ぶということか？」

レアンドルは頷いた。

「はい。俺は彼女を選びます。……それに、フィオラ嬢は俺には過ぎた女性です。きっと、俺なんかと婚約しないほうが、フィオラ嬢はもっと上を目指せる」

「側近候補から外れるぞ」

「それも覚悟の上です。何より殿下の言葉を聞かなかった俺に、側近になる資格なんてありません」

「……そうか……」

アリスティードはそれ以上、何も言わなかった。

レアンドルの茶色の瞳は真っ直ぐにアリスティードを見据えて「今までありがとうございました」とハッキリと言葉を口にする。

もう、その瞳は揺れていなかった。

＊　＊　＊　＊

その日の昼休み、レアンドルは二年の上級クラスに向かった。

フィオラは突然のことにも拘らず、いつもの微笑を浮かべて、レアンドルと顔を合わせた。

「レアンドル様、何かご用でしょうか？」

「あなたに話したいことがあります。……人目につかない場所でしたいのですが……」

後半は声を落としてレアンドルは言った。

フィオラはそれに頷いた。

「では、裏庭に行きましょう」

断られなかったことにレアンドルはホッとした。

そして二人で学舎を出て、裏庭の、人が滅多に来ない、学舎からやや離れた東屋へ向かった。

そこは周りを植物の壁に覆われており、誰にも見られず、会話を聞かれる心配もなさそうだ。

レアンドルはまず頭を下げた。

「フィオラ嬢、今まで私はあなたを欺いていました。もうご存じかもしれませんが、私はオリヴィエ＝セリエール男爵令嬢に懸想し、彼女と何年も手紙のやり取りを行っていました。それは婚約者であるあなた《あなた》を裏切る行為です。そして、私は優秀な婚約者に劣等感を抱き、向き合う努力を怠っていました。……申し訳ありません」

深く頭を下げたレアンドルにフィオラは驚いた。もう何年も変わらなかったレアンドルの態度が変化したこともそうだが、素直に自分の非を認めたことも意外であった。

フィオラは、レアンドルが劣等感を持っていたことは気付いていた。

最初の頃はそれを消すためにフィオラも努力した。

だが、フィオラがレアンドルをフォローすればするほど、レアンドルは頑なになっていった。

「顔を上げてください」

フィオラの言葉にレアンドルはゆっくりと顔を上げる。

「何故、今になってお気付きになられたのですか？」

「それは――……」

レアンドルは包み隠さず全てを話した。オリヴィエ＝セリエールの中に二つの人格があることは伏せたものの、それ以外、自分の考えもこれまでの傲慢さも話した。

話を聞き終えたフィオラは言った。

「全て、あなたの自己満足ですね」

突き刺さる言葉に言い返せなかった。

レアンドルは結局、誰に対しても誠実になれなかったのだから、当たり前だった。

友人と言いながら思いを寄せて密かに繋がり続けたオリヴィエ。

側近になりたいと言いながら、心配をかけ続けた挙句に道を違えることとなったアリスティード。

婚約者として支えてくれていたというのに、一方的に劣等感を抱き、突き放し続けたフィオラ。

家族や他の側近候補達にも迷惑や心配をかけた。

そして今もレアンドルは結局、身勝手で、自己満足な謝罪をしている。

「私との婚約を解消すれば、アリスティード殿下の側近候補から外れるということです」

「分かっています。父にも、アリスティード殿下にも、既に許しをいただきました」

「それで頬が腫れているのですね」

今朝、レアンドルは父親に全てを話した。

父親は全てを知っていて、そして茨の道を選んだレアンドルの頬を打った。

馬鹿者、愚か者、情けないと散々言われた。

そして学院を卒業したら家を出ろと言われた。

それは家名を捨てろということだった。

婚約者以外の女を愛して殿下の側近候補を外れたなどと、醜聞以外の何ものでもない。

それでも今すぐではなく、学院を卒業したあとというところにレアンドルは感謝した。

本来ならば貴族籍から抜かれて、即座に叩き出されても仕方がないことだった。

「婚約の解消については我が家から申し出ます。もちろん、私の不貞による解消であり、ムーラン家から納得していただける額の慰謝料もお支払いすることになっています。もし望むのであれば、私もどのような罰も受けます」

それでもレアンドルはオリヴィエを選ぶ。

たとえオリヴィエがレアンドルを騙していたとしても、二つの人格があったとしても、それでも、レアンドルとオリヴィエが繋がっていた時間だけは本物だ。

……オリヴィエを助けたい。

そう思いつつも、戸惑う部分もあった。

……俺は、一体、どっちのオリヴィエが好きなんだろうか。

今までのオリヴィエはオーリという本物のオリヴィエの真似をしていたらしい。

レアンドルはそんなオリヴィエに惹かれた。

だが本物のオーリとは恐らく会っていない。それなのにいまだオリヴィエ＝セリエールが好きで、殿下の側近の道を諦めても、家名を失うと分かっていても、諦められなかった。

フィオラが息を吐く。

それは初めて聞く、彼女の感情のこもった重い溜め息だった。

「分かりました。レアンドル様が選ばれたのでしたら、私が何か申し上げることはありません。婚約を解消後はどうなさるおつもりですか？」

「学院卒業後は家を出ます。家名を捨てて、平民として生きることになるでしょう」

「そうですか……。では、それが罰になるでしょう。貴族が平民に落ちて暮らしていくのはそれだけで大変ですもの。十分な罰と言えますわ」

レアンドルは無言でもう一度頭を下げた。

フィオラは追加の罰を希望しない。

それはレアンドルへの情というより、今後は他人として関わりを持たないという宣言でもあった。

だがレアンドルはそれに感謝の念を感じた。

フィオラはレアンドルを罵倒しても、頬を打っても許される立場にいる。

しかしそのようなことは一切しない。

けれど、それこそがレアンドルへの罰でもあった。

罵倒されたほうが、頬を打たれたほうが、レアンドルの罪悪感は少しは軽くなったことだろう。

フィオラの言葉はレアンドルの胸に重くのしかかった。

「本当に申し訳ありませんでした」

レアンドルの謝罪にフィオラは目を伏せた。

「さようなら、ムーラン伯爵令息」

「……今までご迷惑をおかけしました、ナイチェット伯爵令嬢」

そしてフィオラ、いや、ナイチェット伯爵令嬢はいつもの微笑みを浮かべたまま一礼して、先にその場を離れた。

レアンドルはナイチェット伯爵令嬢の背が見えなくなるまで頭を下げ続けた。

早ければ数日中に二人の婚約は解消される。

婚約者となって三年、二人の道はついに違えたのだった。

＊　＊　＊　＊

その日、お兄様は放課後に生徒会室へ寄らず、珍しく真っ直ぐに王城へ帰った。

昼食の時も、授業中も、どこか上の空だ。

ぼんやりとしたお兄様と共に馬車で帰ったけれど、あまり顔色も良くなかった。

恐らく、レアンドルに関することだと思う。

今朝お兄様はレアンドルと大事な話があるからと言って、そのまま、二時間目の授業まで戻らなかった。それから様子が変なので十中八九レアンドル関連だというのは予想出来た。

でも、どこか気落ちした様子のお兄様にどうだったか訊くのは憚《はばか》られた。

……お兄様が話してくれるまで待とう。

そうして、お兄様がその件について口を開いたのは、それから五日後のことだった。

＊　＊　＊　＊　＊

休日、久しぶりにお兄様がわたしの離宮へティータイムをしに訪れた。

ここ数日の落ち込みようを心配していたけれど、今日のお兄様は少し雰囲気が柔らかい。

レアンドルのことで何か進展があったのだろう。

気分転換に良いだろうと庭園の東屋を整えて、ティータイムの準備をしてもらった。

お兄様は東屋に入ってくると腰を下ろした。

「お兄様、今日は顔色が良いですね」

そう声をかければ、お兄様がふっと眉を下げて微笑んだ。

「ああ、すまない。ちょっとあってな。それで色々と考えていたんだ」

「ムーラン伯爵令息のことですか？」

「はは、リュシエンヌにはバレバレだったか」

苦笑を浮かべ、お兄様はリニアさんが入れてくれた紅茶に口をつける。

わたしも同じく紅茶を口にした。

そしてお兄様がティーカップを置いた。

「今日、正式にレアンドル＝ムーランとフィオラ＝ナイチェット伯爵令嬢との婚約が解消され、ムーラン伯爵家よりレアンドルを私の側近候補から辞退させるという手紙を受けた」

思わぬ言葉にわたしは驚いた。

「え、それは……」

「レアンドルの意思だ」

更に驚いた。

レアンドルは確か、お兄様の側近、近衛騎士になることを目標にしていたはずだ。

それを諦めるなんてよほどのことだろう。

「何故かお訊きしても？」

お兄様は頷いた。

レアンドルのところにオーリの手紙が届いたこと。

それにより、レアンドルは自身の行動について考え、自分の気持ちを理解したそうだ。

その選択が、フィオラ様との婚約を解消して、お兄様の側近から外れるという道だった。

レアンドルは伯爵家の次男で王太子の側近になるには少々立場が低い。

そのために侯爵家の母を持ち、人脈のあるフィオラ様との結婚がレアンドルには必要であった。

しかしレアンドルはそれを解消した。自分の不貞の証拠であるオリヴィエの手紙を父親に見せ、婚約者を蔑ろにしたこと、お兄様の言葉を無視し続けたことを正直に話したそうだ。

そして、それでもオリヴィエ＝セリエールを想う気持ちは消えなかった。

だからレアンドルはフィオラ様との婚約を解消したのだという。

お兄様の側近から外れ、レアンドルは学院卒業後、家名を取り上げられることとなるそうだ。

……そんなにオリヴィエが好きなんだ。

未来を失っても、地位を失っても、それでもレアンドルはオリヴィエを選んだ。

「正直に言えば残念だ。レアンドルは昔から知っていた仲だし、側近候補に挙がってからの付き合いも長い。……レアンドルは自分の道を進むことにしただけだと分かっていても、少しつらい」

肩を落としたお兄様は悲しげだった。

……それはそうだろう。

側近となる予定だった友人が自分から離れる道を選び、そして、恐らく今後は関わる機会が減る。

レアンドル自身も、ムーラン伯爵家も、お兄様の期待を裏切ってしまうことになったのだから、お兄様と顔を合わせるのも気まずいはずだ。

他の貴族からもムーラン伯爵家は後ろ指を指されるだろう。

「お兄様……」

そっと近付き、その背中をさする。

何と声をかければいいのか分からない。

慰めの言葉なんてお兄様は望まないだろうし、それで癒されるほど浅い傷でもないはずだ。

お兄様が困ったように眉を下げつつ微笑んだ。

「ありがとう、大丈夫だ」

そして改めてレアンドルについて聞いた。

レアンドルは家同士の契約である婚約を守れなかったこと、王太子の側近候補から外れること、不貞を働いたこと。色々な件で罰を受ける。

まず、卒業後、ムーラン伯爵家から放逐される。貴族籍を抜けて平民となるのだ。

そしてフィオラ様との婚約は解消。これもレアンドルの有責で解消されるため、ムーラン伯爵家はナイチェット伯爵家にかなりの額の慰謝料を支払うことが決まった。

そしてフィオラ様は本人の希望通り、お兄様とエカチェリーナ様の結婚後、王太子妃となったエカチェリーナ様の侍女になることが決定した。傷心を言い訳にしばらく婚約する気はないそうだ。

お兄様は「ナイチェット伯爵令嬢は恐らく今後も結婚しないだろう」と言っていた。

フィオラ様は自活の道を行きたいので、結婚はせず、一生を侍女として王太子妃となったエカチェリーナ様に仕えたいと以前からおっしゃっていたそうだ。

レアンドルは学院卒業後、恐らくどこかの地方に移住して、そこで一騎士として身を立てていくのではないかということだった。少なくとも王都には残らないだろう、とお兄様は予想している。

……まあ、お兄様達とは顔を合わせ難いよね。

レアンドルとフィオラ様の婚約解消は公表されるそうなので、レアンドルが側近候補から外れるのは明白で、きっと、次の候補が選ばれる。

フィオラ様も婚約者に浮気された女性としてしばらく好奇の目にさらされることだろう。

レアンドルのほうもすぐに社交界から爪弾きにされるか、逆に噂の的として注目されるか、いずれにしても二人のことはそれなりの間、噂になるだろう。

「それでも学院を卒業させる辺り、ムーラン伯爵も我が子には甘いようだ」

確かに、と思う。

王太子の不興を買う可能性もあるのだ。普通なら即刻、家を叩き出されているだろう。

「私も残念には思うが、レアンドルの意思を尊重したい。道が分かれたとしても、どこかでそれなりに元気に暮らしてくれたら嬉しい」

期待を裏切られても、お兄様はレアンドルに対して友人としての情を持ち続けているようだ。

……でも、それこそがレアンドルを苦しめるかもね。

お兄様の優しさはきっと、レアンドルの罪悪感や後ろめたさを強くするだろう。

けれどそれをお兄様に伝える必要はない。

罪悪感を抱えながら平民として生きる。それがレアンドルに与えられた罰なのだ。

「では、ムーラン伯爵令息はオリヴィエ＝セリエールとの関係を続けるということですか？」

お兄様やフィオラさまと道を違えた。

オリヴィエ＝セリエールの下に行くのだろうか。

「いや、レアンドルには男爵令嬢の中に二つの人格があることを含めて大体は説明した。今のレアンドルはオリヴィエではなく、オーリを助けたいと思っているようだ」

「オーリを？」

「ああ、自分の行いを気付かせてくれたオーリに一言礼を言いたいそうだ。そのためにもレアンドルのほうでもオリヴィエ＝セリエールの二つの魂問題をどうにか出来ないか調べると言っていた」

オーリはレアンドルのことが好きだ。

そしてレアンドルはオーリのふりをしたオリヴィエに恋をした。

もし許されるならオーリとレアンドルが会い、良い関係になってくれたらと思う。

オリヴィエにレアンドルが利用されることに、オーリは酷く心を痛めていたから。

少しでもオーリの心が軽くなればいいのだが……。

「オーリからの手紙はどうだ？」

お兄様の問いに頷き返す。

「最近、頻度が増えています。どうやらオリヴィエは良い子のふりをすることで大分心労を感じているようで、そのおかげで、オーリが出る時間が増えたみたいです」

「そうか」

良い子のふりをするのはオリヴィエにとって相当なストレスらしい。

オリヴィエの精神が弱ったおかげでオーリが表に出られるなんて、何というか、皮肉である。

でも今のところはオリヴィエが眠っている夜の間しか出られないそうだ。

オーリはオリヴィエから体の主導権を取り戻したいと手紙に書いていた。

「ちなみに男爵令嬢の噂は少し改善されてきているが、それでも、悪評の方がまだ多い。この様子だとルフェーヴルの流している噂は消えないだろう」

悪評を払拭し、味方を増やすためにオリヴィエは良い子のふりを演じ続けているが、ルルの流している噂のせいで、思ったように進んでいないようだ。

……まあ、ルルが流してる噂も事実だし。そういうのはどこからか出てくるものだよね。

オリヴィエは外面だけ正せば良いと思っているから悪評が消えないのだ。

貴族の家に仕える使用人というのは、それぞれの屋敷で独立しているようで、実は意外なところで繋がりがある。いくら表向きはオーリのふりをしていても、家で癇癪を繰り返し、使用人達に暴力を振るったり傲慢な態度をしていたりすれば、それは使用人達の間で広まってしまう。

そこから他の貴族の耳に入ったのだろう。

オリヴィエはそこを分かっていない。

演じるなら常に演じるべきだった。

「その噂、いつまで流すの?」

控えていたルルに問う。

「ん〜、特に期限は設けてないかなぁ。でもあの男爵令嬢があのままならずっと続けるかもねぇ」

オリヴィエはかなり頑張っている。

母親について行って社交の場にも出ているし、慈善活動にも参加して、人目のある場所では良い子を演じているため、貴族達からの評価は少しずつ回復しているらしい。

そうは言っても微々たるもののようだ。

ルルが闇ギルドに依頼して流している噂は、使用人達の証言もあり、信憑性が高く、なかなか消えない。

……事実だから余計に消えないんだろうなあ。

それが嘘であったなら長くは続かないし、人々もそこまでおおっぴらに話はしないだろう。

しかし事実となれば話は別だ。

自分は事実を話している、伝えている、という思いから口が軽くなる。

事実なので本人が抗議しにくいという点もある。

ムキになって噂をしている者達に噛み付けば、更に笑い物にされるのは目に見えている。

今はとにかく噂を払拭するために、自分がそういう人間ではないとオリヴィエは暗に示す他ない。

「でもあの男爵令嬢、友達は出来たみたいだよぉ」

ルルの言葉にお兄様が眉を寄せる。

「友達？　よく出来たな」

……お兄様ってオリヴィエに対してはかなり辛辣だよね。

行く先々で付き纏われたのが相当嫌だったのだろう。

「まあ、似たり寄ったりなのの集まりだけどねぇ」

「ああ、そういうことか」

お兄様が納得した顔をする。

「男爵令嬢みたいな人が他にもいるの？」

ちょっと想像が出来ない。

「そうだねぇ、似てるって言ったけどぉ、噂好きな口の軽～いご令嬢だったり、人の不幸が好きなご婦人だったり、色々だねぇ」

「……そういう感じなんだ？」

「オレも自分のことあんまりまともじゃないって思ってるけどぉ、男爵令嬢の周りもかなりまともじゃない人間が集まってるんじゃないかなぁ」

それは友達と呼べる関係なのだろうか。

何となく、噂好き《ゴシップ》な人々がオリヴィエ＝セリエールの行動を面白おかしく眺め、話している光景しか想像出来ない。

「そういう人っているんだね」

「貴族は元々噂好きだしねぇ」

「そっか、そうだった……」

別にオリヴィエの心配はしていない。

ただ、そういう人もいるのかと何とも言えない気持ちになっただけだ。

友人と称しているからと言って本当に友人になれるとは限らない。

わたしの周りは良い人ばかりだけど、優しい顔をして近付いて来る人が全員良い人というわけではない。笑顔の裏でこちらを傷つけようと考えている者だっているかもしれない。

「あれじゃあ悪評は消えないだろうねぇ」

「何せ良くない噂ばっかの人達と一緒にいるからねぇ」とルルが笑う。

オリヴィエの努力は実らなさそうだ。

その努力をもっと別の方向に向けてくれるといいんだけれど。

思わず溜め息をこぼすとお兄様と重なった。

側近候補《レアンドル》を失ったお兄様からしたら、オリヴィエ＝セリエールは厄介な存在だろう。

それによりオリヴィエがお兄様のルートに入ることは絶対になくなったが。

放課後の手伝い

放課後の第二学舎、生徒会室横の休憩室でいつものように勉強をしながらお兄様を待っていると、部屋の扉が叩かれた。

傍にいたルルが扉へ向かう。

「はい」

ルルが扉を開けると、その陰から誰かの声がした。

「うわ、え？　何で、ニコルソン男爵が？」

その声にわたしは思わず声をかけた。

「フェザンディエ先生？」

「ん？　その声はもしかして王女殿下か？」

ひょいとルルを避けて顔を覗かせたのはリシャール先生だった。

ちなみに心の中ではリシャール先生と呼んでいるが、実際に呼ぶ時は家名である。

「今は一生徒ですのでリュシエンヌとお呼びください」

「そうか、俺のこともリシャールでいいぞ。他の生徒達もみんなそう呼んでるからな」

「分かりました、リシャール先生」

これならうっかり心の中の呼び方になってしまっても問題ないので助かった。

……これからも、リシャール先生って心の中でも呼ぼう。

わたしがリシャール先生と話す意思があると分かったのか、ルルが扉の前から横に避ける。

それに気付いたリシャール先生も姿勢を戻した。

「ところで、何かご用でしょうか？」

確かリシャール先生は生徒会の顧問のはずだ。

生徒会役員に用があるなら隣へ行くべきだが、リシャール先生が「あー……」と言葉を濁す。

「いや、ちょっと手が空いてる奴がいるなら、次の生徒集会で使う書類を作る手伝いをしてもらおうかと思ってたんだが……」

やや困ったような表情にピンとくる。

生徒会役員は皆、隣室で仕事をしており、手の空いている者がいなかったのだろう。

「アリスティード殿下が『手の空いていそうな者なら隣にいる』と言ってたんだが、まさかリュシエンヌ様だったとはなあ」

その顔には、王女殿下にこんなことを手伝わせるわけにもいかないし、と書いてあった。

「わたしでよければお手伝いしましょうか？」

宿題も終わらせ、明日の授業の予習も大体終えていたので、お兄様の予想通り手は空いている。

むしろ、お兄様が終わるまでどうやって時間を潰そうかと思っていたくらいだ。

「え？　でも、書類を作る作業だぞ？」

「書類をまとめたり綴じたりするのですよね？　それくらいでしたら、わたしでも出来ます」

「ええ？　……うーん、本当に良いのか……？」

王女にそんなことをさせるなんて、と思っているのがよく伝わってくる。

「はい、わたしでよろしければ」

少し考えた後、リシャール先生が困ったように眉を下げて笑った。

「じゃあ、ちょっと頼む」

「はい。ルル――……ニコルソン男爵も一緒にいますが、構いませんか？」

「ああ、もちろんだ。書類と道具はあっちの準備室に運んであるから、こっちに来てくれ」

「分かりました」

勉強に使っていたものを手早く片付ける。

席を立ち、カバンを椅子に置いておく。

廊下へ出て、生徒会室を挟んだ反対側にある準備室へ向かう。

リシャール先生が扉を開け、わたしとルルを中へ招き入れた。

「片付いてなくて悪いな」

並んだいくつかの机の上に束になった書類やそれを切ったり綴じたりするための道具が置かれている。書類の多さのせいかどこか雑多な感じがした。

「失礼します。書類はわたしが見ても大丈夫ですか？」

もし一般生徒が見てはいけないものだったりしたら困るので、教室の出入り口で一旦立ち止まる。

「ああ、大丈夫だ。見ても問題ない」

手招かれて教室の中へ入っていく。

「机の上に置いてある書類を向こうから一枚ずつ取って、こっちまで全部取り終えたらまとめて、これで左側を綴じる。出来たらこの机に置いて、また最初から同じのを作ってくれ」

「はい」

手作業で書類を一部ずつに分けて、綴じる。

その作業は前世のわたしもよく学校でやっていた記憶がある。お手本のようにリシャール先生がやり始めたので、わたしもそれに続いて、書類を一枚ずつ取っていく。

ルルは何も言わなかったけれど、黙って同じ作業に参加してくれた。

書類は今年度分の学院の予算についてのもので、色んな項目や、学院のイベントの予算なども組まれていた。

「悪いな、こんな雑用させて」

書類をまとめながらリシャール先生が言う。

「いいえ、わたしも丁度時間が空いておりましたので、お気になさらないでください。それにこういう作業は初めてで楽しいです」

「ははは、まあ、リュシエンヌ様はこういうことをする機会はまずないだろうな」

前世ではあったけれど、今は王女という立場上、そういうことをする機会はなかった。

だからこそ、この懐かしさを感じる作業がより楽しいのだ。

たとえ単純な作業でも普段しないことというのは、それだけで新鮮なのだ。

書類をまとめたら、紙を挟んで押さえる道具で左側を二カ所留め、空いている机に置く。

「ん、上手いな?」

わたしの作った書類を手に取り、リシャール先生が感心した様子で眺める。

「そうでしょうか？」

「ああ、前に他の生徒に頼んだ時はページを間違えたり、角を揃えてなかったりして、二度手間になったことがある。リュシエンヌ様のは完璧だ」

「ありがとうございます」

前世の記憶のおかげだけれど。

リシャール先生が「これならこっちは任せて大丈夫そうだな」と安心した顔をする。

先生も他にやることがあるようで、わたしとルルが書類作りを、リシャール先生は他の書類をまとめ始めた。

それにしても、と思う。

この書類のまとめ方と言い、この紙を纏めるための道具と言い、前世のことを思い出す。

……なんだか凄く懐かしい。

「リシャール先生はいつもお一人でこのような作業をされていらっしゃるのですか？」

こちらに背を向けている先生に問う。

その後ろ姿は、前世、学校に通っていた頃によくやっていた教師の手伝いを思い起こさせる。

「そうだなあ、生徒会の皆も手伝ってくれるが、まあ、確かにこういう雑務も顧問の仕事のうちだ」

「大変ですね」

「ああ、全くだ。集会前はいつも、猫の手も借りたいくらいだよ」

そうなのですね、と返そうとしてハッとする。

……猫の手も借りたい？

この世界にはそんな表現はない。

手が止まったわたしにルルも止まる。

「リシャール先生、それは、どこの国の言葉ですか？」

わたしの声は震えていた。

「どこだったか。悪い、随分前に聞いたから覚えてないなあ」

振り返れば、先生はまだ背を向けている。

「そうですか。……先生は『日本』という国を知っていますか？」

ドキドキと鼓動が速くなるのが分かる。

「……は？」

リシャール先生がバッと振り返った。

その表情は驚きに染まっていた。

口が何度か開閉し、そして呟くような問いがぽろりとこぼれ落ちた。

「……まさかリュシエンヌ様も、転生者……？」

呆然とした表情にわたしも口を手で覆う。

「『も』ということは、やはりリシャール先生も……？」

「っ、ああ、俺はこの世界に来る前は日本で教師をやってた。向こうで死んで、気付いたらこっちの世界に生まれてた」

「わたしも、向こうで死んで、多分こちらに転生したのだと思います。……記憶を思い出したのは四歳の時でした」

「そうか！　俺以外にも転生者がいたのか！」

リシャール先生が持っていた書類を落とす。

大股で近付いて来たリシャール先生に、ルルがわたしの前に立ち、進路を遮る。

わたしに伸ばされた手を、ルルの手が掴んでいる。

「リュシエンヌ様に触れたらこの手を切り落とす」

ギリ、とキツく握られたそれに先生はすぐに我へ返ったようだった。

「あ、す、すまない……！」

わたしが王女であることを思い出したらしい。

一歩引いたリシャール先生の手をルルが離す。

立ちはだかってわたしを守るルルの背にそっと触れた。

「ルル、大丈夫。この人はわたしを傷つけるつもりはないよ。驚いただけ」

「分かっています。それでも、許可を得ずにリュシエンヌ様に触れようとしたことは事実です」

「そうだね。守ってくれてありがとう、ルル」

先ほどのリシャール先生の様子は少し変だった。

だから余計にルルは警戒しているのだと思う。

「悪い、もう近付かないから、その、それを抑えてくれ。さすがに、苦しい……」

リシャール先生が両手を上げて言う。

ルルは黙ってジッとリシャール先生を見た後、わたしの前から半歩ズレた。

重かった空気が軽くなる。

リシャール先生がフラ、と机に寄りかかる。

「とんでもない魔力量だな……」

はあ、と息を吐くリシャール先生にルルが不機嫌そうに目を眇《すが》めた。

そうして先生は何度か深呼吸を繰り返し、息を整えると、礼を執った。

「王女殿下、無礼を働いたこと謝罪申し上げます」

深く下げられた頭にわたしは頷いた。

「謝罪を受け取ります」

「ありがとうございます」

ゆっくりと顔を上げたリシャール先生がホッとした様子で胸を撫で下ろしている。

確かにわたしと先生は学院内では一生徒と教師だが、同時に王女と臣下という立場でもある。

学院は学びに貴賤《きせん》はないと謳っているが、だからと言って、地位や立場が変わるわけではない。

心配ないと言ってもなお、ルルはわたしと先生の間に立ち、わたしを守れる位置から動かない。

「本当に申し訳ない。まさか同郷の人間が同じように転生してるとは思わなくて……」

その言葉に、おや、と思う。

「一年のオリヴィエ＝セリエール男爵令嬢とはお会いにならなかったのですか？」

「セリエール？　……ああ、あのご令嬢か。会ったけど、あのご令嬢がどうかしたのか？」

「恐らく彼女もわたし達と同じ、日本人の転生者だと思います」

「そうなのか⁉」

リシャール先生が「気付かなかったな……」と呟き、思い出すように顎に手を当てて宙を見やる。

……もしかして。……うん、そうだよね、先生は男性だし……。

「先生は『ヒカキミ』を知らないのではありませんか？」

だから、オリヴィエ＝セリエールが原作と違うことに気付かなかったのでは？

リシャール先生が目を瞬かせた。

「ヒカキミ？」

「前の世界にあった女性向けの、いわゆる乙女ゲームです。正式名称は『光差す世界で君と』というのですが、この世界に非常によく似ていて、登場人物達も同じなんです」

「そうなのか？」

リシャール先生は目を丸くした。演技には見えないし、そのようなことをしたところで先生が得をすることもないため、本当に知らないのだろう。

そこでわたしは『光差す世界で君と』について大まかな説明を先生にした。

主人公がオリヴィエ＝セリエールであること。

攻略対象と呼ばれるイケメン達がおり、主人公と攻略対象が友人になったり恋仲になったりすること。リシャール先生は意外にも乙女ゲームのことは知っていたようで、自分が攻略対象に含まれていると知ると、非常に驚いていた。

攻略対象の名前を伝えると「なるほど、確かに全員顔は良いな」と納得していた。

それはつまり自分の顔が整っている自覚があるということか。

……まあ、前世の記憶があるならそれもそっか。

実際、わたしもリュシエンヌとして生きているけれど、時々、自分の整った容姿に感心することがある。前世のわたしはごく普通な容姿だったのだろう。もうほとんど覚えていないが。

そしてわたしはそのゲームを遊んでおり、原作の流れを知っていること、ルルが隠しキャラであること、オリヴィエは攻略対象に今まで付きまとい、彼女を調査した結果同じ転生者であること。

そして彼女がルルを狙っていることを伝えた。

リシャール先生がルルをまじまじと見る。

「なるほど、セリエール嬢の『推し』がニコルソン男爵なのか。……俺達も結構整った顔してるけど、確かに男爵は別格だよな」

熱心に見られて、ルルが眉を寄せる。

「でも俺は全然セリエール嬢と会ってないけどな」

「先生はずっと学院にこもっていらしたので、生徒でない男爵令嬢は会う機会がなかったのです」

「あー……」

先生が気まずそうに頭を掻く。

「そういえば俺、こっちに転生してからずっと魔法の研究ばっかりしてたな。卒業後はすぐに新人教師としてここに残ったし、婚約者のハーシアに会いに行く時と必要最低限の社交以外は全然外に出てなかったから」

それではオリヴィエがリシャール先生に会うことは出来なかっただろう。

原作と性格というか中身自体が違うので行動も違うし、学院の敷地内にこもっていたのなら、オリヴィエも勝手に立ち入ることは出来ない。

婚約者に会いに行く時、貴族は馬車で移動する。

だからリシャール＝フェザンディエとオリヴィエ＝セリエールが出会うことは難しい。

「それに俺、社交が苦手で」

「前世でも教師だったのに？」

教師ならば生徒や同じ教師達、生徒の親など、人と関わることは多かったはずだ。

「仕事中は良いんだ。でも私生活ってなると、あんまり人と関わらなかったんだよな。正直ハーシアがいなかったら社交の場に出たいとも思わない」

そう言ってリシャール先生は肩をすくめた。

コンコン、と部屋の扉が叩かれる。

リシャール先生が「どうぞ」と声をかければ、扉が開いて、お兄様が顔を覗かせた。

「資料の準備は終わったか？」

全員が思わず書類を見て、わたしとリシャール先生の「あ」という言葉が重なった。

……全然終わってない。

それに気付いたのかお兄様が首を傾げた。

「まだみたいだな。私も手伝おう」

お兄様が教室に入ってくる。

リシャール先生に視線で問われて首を振る。

お兄様は転生者ではないし、事情も知らない。

書類作りに戻り、お兄様とルルと三人がかりで作業を終わらせる。

先生はまだ話したそうだったけれど、これ以上は今日は無理だろう。

カバンを取りに行くと言ってルルと休憩室へ戻る。そしてメッセージカードに素早くペンを走らせて、それをルルに「リシャール先生にこっそり渡して」と託す。

ルルは眉を寄せつつも「分かったぁ」と頷いた。

そうして休憩室を出て、お兄様と合流する。

その時に先生もまだいたので、ルルがカードを上手く渡してくれたそうだ。

メッセージカードには「明日、また放課後にお手伝いします」と書いておいた。

明日の放課後、続きを話そうということである。

……まさか転生者がもう一人いたなんてね。

帰りの馬車の中でわたしは小さく息を吐いた。

だからリシャール先生は攻略対象の中で一番性格が変わっていたのだ。

中身が違うのだから当然のことだった。

＊　＊　＊　＊

翌日の放課後。

ルルと共に生徒会室の隣の休憩室でわたし達はリシャール先生を待った。

休憩室で少し待っていると扉が叩かれる。

昨日と同様に、まずはルルが対応した。

訪問者はやはりリシャール先生だった。

「昨日の今日で悪いな」

そう言った先生にわたしは首を振った。

「いいえ、わたしもお話を聞きたかったので」

「そうか……」

リシャール先生が部屋の中に入ると、ルルがパタンと扉を閉めた。

先生がルルを振り返り、そしてわたしの方を見る。

「えっと、もしかしてニコルソン男爵も転生者だったりする、のか……？」

戸惑った様子の先生にもう一度首を振った。

「いいえ、ルルは違います。でも前世についてはわたしから話してありますので、大丈夫ですよ」

「そうなのか……」

どこか残念そうに先生は肩を落とす。

先生はわたしから一番離れた席に座った。

ルルがわたしのところへ戻ってくる。

「それで、昨日の話を聞いて考えたんだが、俺はオリヴィエ＝セリエール嬢に近付かないほうが良いんだよな？」

「ええ、彼女に好意を抱いていないのであれば極力近寄らない方がよろしいかと。彼女はその、少々しつこい性格のようなので、下手に関わると粘着されます」

実際、お兄様やロイド様がどれだけ粘着されていたか説明するとリシャール先生が眉根を寄せた。

「俺はハーシア一筋だ」

……なるほど、ハーシア様が婚約者ともっと仲良くなりたいと言うわけだ。

家同士の婚約だろうけれど、両思いらしい。

原作のリシャールの面影は欠片もない。

「ふぅん？」

「っ」

ルルの視線にビクリと先生が肩を跳ねさせる。

ちょっとその顔色が悪い。

「ルル、先生で遊んじゃダメ」

横を見上げれば、ルルがふふっと笑う。

「はい」と返事をしたルルから漂っていた冷たい空気が四散する。

リシャール先生が疲れたように息を吐いた。

「あー、ニコルソン男爵は大丈夫なのか？　オリヴィエ＝セリエール嬢はあなたを狙っているんだろう？　……色々、勇気あるな」

ぽつりと呟かれた言葉に思わず笑ってしまう。

……確かにそうだね。

オリヴィエもルルが暗殺者だと知っているはずだ。しかも王女《わたし》の婚約者だと知っていて、それでも狙ってくるのだから、ある意味では勇者だろう。

ルルがどういう意味だとジッとリシャール先生を見て、リシャール先生が視線を泳がせる。

昨日のことがあったからか、どうもルルはリシャール先生に対して冷たくて、リシャール先生はルルを少し苦手に感じているようだ。

「リシャール先生はこのまま、男爵令嬢と関わらないように気を付けてください」

先生が頷きつつも残念そうな顔をする。

「同じ転生者同士、仲良く出来ないか？」

……それが出来たら良いんだけど。

「彼女はヒロインで、わたしは悪役です。そして彼女はわたしが転生者であると恐らく気付いています。気付いた上で、わたしを原作通り悪役にして、ルルを奪おうと考えているのです」

「……和解は無理ってことか」

「はい。彼女が変わらないのであれば、わたしと彼女の関係は平行線のままでしょう」

オーリとは仲良くしているけれど、オリヴィエと仲良く出来る気がしない。

そもそもルルをわたしから奪おうとしているのだ。仲良くする必要性がない。

それにお兄様も彼女のせいで色々と苦労している。

行動も制限されているし、ストレスも感じているようだし、レアンドルの件もある。

今更、仲良くなんて無理な話である。

「レアンドル＝ムーラン伯爵令息のお話はお聞きになりましたか？」

「ああ、側近候補を外れるらしいな。……ちょっと待ってくれ。レアンドルは女絡みで問題を起こしたって聞いたが、まさか……？」

リシャール先生が呆然とこちらを見る。

わたしはそれに肯定の頷きを返した。

「はい、レアンドルはオリヴィエに攻略されたも同然でした。そして彼は側近の道を諦めて、オリヴィエ＝セリエール男爵令嬢を選んだのです」

「っ、あの馬鹿……！」

「……お兄様もとても残念そうにしておりました」

リシャール先生が唸り、悔しそうに顔を顰めた。歳が違うと言っても同じくお兄様の側近を目指していた者同士、それなりに交流も深かっただろう。色々、先生も思うところがあるに違いない。

「オリヴィエ＝セリエール嬢はレアンドルと両思いってわけじゃないんだよな？　ニコルソン男爵が推しってことは」

先生が不快そうに顔を顰めたまま問うてくる。

「はい、彼女はレアンドル＝ムーラン伯爵令息を利用してお兄様やアルテミシア公爵令息に近付こうとしました。結局それは叶いませんでしたが、彼女自身は伯爵令息に恋愛感情はないようです」

「なんて奴だ……最低だな……」

「ですので、リシャール先生もオリヴィエ＝セリエール男爵令嬢に近付かないようお願いします」

「分かった、そういう奴なら近付かないよ……頼まれたって近付きたくもない」

そう言った先生の顔は心底嫌そうだった。

これでリシャール＝フェザンディエが攻略されることもなくなった。

……まあ、今のオリヴィエはそれどころではないだろうけれど。

自分の悪評を払拭することに彼女は奔走している。

最近のオリヴィエに関する報告書を読んだ感じでは、レアンドル以外の攻略対象とも上手く出会えていないようだし、そちらの心配はもうしなくても良さそうだ。

「もし何かあれば遠慮なく手紙を送ってくれ。そうだ、ニコルソン男爵は風魔法の警報《アラーム》を使えるか？」

「ええ、使えますが」

「なら、もしセリエール嬢が何かやらかしたら、その時はすぐに警報《アラーム》を鳴らすなり、他の生徒を寄越すなりしてくれれば教師として止めに入る」

警報《アラーム》は基本的に探知魔法と併用し、特定の人物が指定範囲に入ると範囲内にいる者に警報音が聞こえるという魔法だ。

でも警報《アラーム》単体でも使用出来る。初級だけど、意外と覚えるのが難しい魔法らしいが。

「分かりました」

そこは反発する必要性を感じなかったようで、ルルは一つ頷いた。

「それじゃあ、そろそろアリスティード殿下達も終わる頃だろうから失礼するよ」

リシャール先生が立ち上がった。

「同じ転生者がいてくれて嬉しかった」

「わたしもです」

互いに略式の礼を執った。

そして先生は部屋を後にした。

ルルがふと声を上げた。

「あ、あのセンセーに『男爵令嬢に転生者であることは秘密』って言った方が良くなぁい？」

「うーん、あの様子なら言わないと思うけど……」

「あのセンセーうっかり多そうだから一応ねぇ。ちょっと言ってくるよぉ」

……うっかり前世の言葉を使っちゃったしね。

「分かった、行ってらっしゃい」

ルルが後を追って部屋を出て行った。

……さて、明日の予習でもしようかな。

＊　＊　＊　＊

「フェザンディエ先生」

休憩室を出て、ルフェーヴルはリシャールを追いかけた。

幸い、まだリシャールは近くにおり、ルフェーヴルの声に呼ばれて振り返る。

「ん？　あ、ああ、ニコルソン男爵か。どうかしたのか？」

　やや困ったように眉を下げてリシャールが問う。

「お伝えするのを忘れたことがございまして。オリヴィエ＝セリエール男爵令嬢に、あなたとリュシエンヌ様が転生者であることは内密にするようにお願いしたいのです。あちらも、リュシエンヌ様が転生者であることは薄々気付いているかもしれませんが」

　それにリシャールが頷いた。

「分かった。まあ、いくら同郷と言っても気の好い人間じゃあなさそうだし、俺も極力近付かないつもりだ」

「そうですか、それならば良いのですが……」

「？」

　ルフェーヴルにまじまじと見つめられたリシャールは首を傾げた。

　昨日の件もあり、リシャールは少しルフェーヴルのことが苦手だった。

　いくら主人を守るためと言っても魔力で圧をかけてくるとは、とリシャールは思った。

　この世界で、いわゆる殺気と呼ばれるものの正体は魔力である。普段は体の中を循環している魔力を、敵意を込めて相手へ向ければ、それが殺気となる。

　その魔力量が多ければ多いほど強い殺気になる。

　だから魔力のないリュシエンヌは殺気を感じ取ることが難しい。

　スッとルフェーヴルがリシャールに近付いた。

「先生のお祖父様はドルフザーツ様でしたでしょうか？」

「え？　ああ、祖父《じい》さんの名前は確かにドルフザーツ＝フェザンディエだが……」

すぐ目の前に立ったルフェーヴルがリシャールに顔を寄せる。

どちらも長身だが、僅かにルフェーヴルの方が高いらしく、戸惑うリシャールの耳元で囁いた。

「あの男に『母に種をくれてありがとう』と伝えておいてください」

顔を離したルフェーヴルがニコ、と笑う。

リシャールは一瞬、何を言われたのか理解出来なかった。

目の前にいる男の顔をまじまじと見る。

「ははに、たね……？」

ルフェーヴルは頷いた。

「そうです、私はドルフザーツ＝フェザンディエと没落して娼婦に落ちた元貴族の令嬢との間に生まれた子なので、まあ、あなたの叔父とも言えますね」

「え、えっ⁉　だけど全然似てないだろうっ？」

「あなたも父君に似ていらっしゃらないではありませんか。私も、あなたも、母親似だったようです。……でも、右目の泣きボクロはあの男と一緒ですね」

ハッとリシャールが言葉に詰まる。今まで気にしていなかったが、確かに向かい合った二人の右目のほぼ同じ位置に泣きボクロがあった。祖父も、右目の下に泣きボクロがある。リシャールは非常に母親似で、父親には似ていなかったが、唯一その泣きボクロだけは祖父に似ていた。

もしも目の前の人物もそうであったとしたら、とリシャールは考えた。

「ああ、別に侯爵家に興味はありません。ご心配なく。それに今更父親だと名乗り出られても不愉快なだけですので、その辺りをよく伝えておいていただけますか？」

ルフェーヴルは微笑んでいるけれど、目は全く笑ってはいなかった。

父親であるドルフザーツには感謝している。母に種をくれ、自分が生まれたことで、ルフェーヴルはリュシエンヌという唯一に出会うことが出来た。だが感謝するのはそれだけだ。

母の妊娠後、ドルフザーツは娼館に訪れるのをやめた。

腹の子を堕ろせと何度も母に迫ったようだが、母は頑として譲らず、ルフェーヴルが生まれた。

今更我が物顔で父親だと名乗り出られても不快で腹立たしいだけである。

ヒンヤリとした殺気にリシャールが冷や汗を掻く。

「っ、わ、分かった。祖父さんにはあんたに関わらないよう、俺のほうから言っておく」

「リュシエンヌ様に近付くのもやめてください」

「ああ、必ず、伝えるよ……」

リシャールが頷けばふっと圧力が消える。

しかしそれに安堵したのも束の間、風が通り抜け、リシャールの横の髪が数本散った。

壊れた人形のように緩慢な動きでリシャールが後ろを見る。

壁には細身のナイフが一本、突き刺さっていた。

「もし警告を無視したら、殺す」

首がもげそうなほどリシャールが頷く。

それにルフェーヴルは満足そうに口角を引き上げたのだった。

＊　＊　＊　＊

ルフェーヴルが休憩室に戻るとリュシエンヌが明日の授業の予習をしているところであった。

すぐに顔を上げたリュシエンヌに問われる。

「先生に追いついた？」

「うん、追いついたよぉ」

そう声をかけ、リュシエンヌの傍に立つ。

フェザンディエ前侯爵はルフェーヴルの父親だ。

だが、母に種を残しただけの男であり、自分を殺そうとした男でもある。

一度も会ったことのない男を父と認識すること自体がルフェーヴルにとっては無理な話だった。

しかし、その前侯爵がルフェーヴルについて調べようと最近闇ギルドに来た。

当然、情報は売らなかった。

しかしリシャールを通して伝言を送れば、そう頭の悪い人間でなければ理解するだろう。

ルフェーヴルは前侯爵の行いを知っている。そして繋がりを持つつもりはない。

ルフェーヴルを利用して、王族に、リュシエンヌに近付こうとしたら、殺《け》してやる。

「ルル、なんか怒ってる？」

リュシエンヌの言葉にルフェーヴルは笑った。

「ん〜、そんなことないよぉ？」

「そう？　気のせいならいいけど……。リシャール先生に何か言われたとかじゃないよね？」

「うん、何もなかったから大丈夫〜」

髪形を崩さないように、そっとリュシエンヌの頭を撫でる。

ルフェーヴル＝ニコルソンがリシャール＝フェザンディエの叔父などということは、リュシエンヌは知らなくても良いことだ。

リシャールへ興味を持たせたくない。

同じ転生者というだけでもルフェーヴルからしたら面白くないのに、もしリシャールとルフェーヴルが甥と叔父という関係だと知ったら、リュシエンヌは絶対にリシャールに興味を持つだろう。

……教えるのは結婚後でいい。

ルフェーヴルはニコニコと微笑みながら、リュシエンヌの授業の予習に付き合ったのだった。

オリヴィエの誤算

レアンドルからの手紙が途絶えて半月。

オリヴィエはいつにも増して苛立っていた。

ただでさえ攻略対象達と全く関わりが持てずに焦っている中で、唯一関係が続いていたレアンドルとも連絡が取れなくなったのだ。既に二度ほど手紙を送ってみたが返事はない。

……放置しすぎたかしら。

最近、社交や慈善活動などに力を入れていて、レアンドルとの手紙のやり取りは以前より間隔が空いてしまっていた。それでもレアンドルが友人達にオリヴィエの悪評が嘘であると伝えてくれていたそうなので、安心していた。

だが、数日前、突然レアンドルの噂が耳に入ってきた。

何とレアンドルは婚約を解消したという。

やはり自分を選んだのかという優越感がオリヴィエの胸の中を占めた。

でもそれは一瞬だけだった。

噂を教えてくれた令嬢や夫人達が「これでムーラン伯爵家は王太子殿下の側近から外れるわね」と言ったからだ。何故そうなるのかは分からず、オリヴィエは令嬢や夫人達に訊いた。

「それはどういうことですか？」

令嬢や夫人達は顔を見合わせた。

「あら、セリエール嬢はご存じではありませんの？」

そうしてレアンドルの婚約についてオリヴィエは知った。

家同士の政略ではあるが、レアンドルと相手の令嬢との婚約は、レアンドルに有益なものだった。

侯爵家の母親を持つ伯爵令嬢は公爵家や侯爵家と繋がりを持っており、ただの伯爵家の次男にすぎないレアンドルが側近となるためにはそれなりに力のある家の令嬢と結婚する必要があった。

この婚約はレアンドルを側近に押し上げるためのものだったのだ。

その伯爵令嬢との婚約を解消するということは、側近になることを諦めるのと同義なのだ。

……何それ、そんなの知らない！

「そ、そうなのですね……」

「しかも聞くところによると、ムーラン伯爵家のレアンドル様は婚約者がおりながら、他のご令嬢に懸想《けそう》したため婚約を続けられなくなったとか」

「へ、へえ～」

それが自分のことだと分からないほどオリヴィエは鈍くはなかった。

同時にレアンドルが側近候補から外れたことに失望した。いずれ側近になるレアンドルと繋がりを持っていれば、他の攻略対象に近付く機会があると思っていたからだ。

オリヴィエは期待を裏切られて腹が立った。

「何よ、使えないわね……！」

レアンドルがいるから攻略対象と関われる。そう考えていたオリヴィエの思惑は打ち砕かれた。

思わず、まとめて残しておいたレアンドルの手紙を投げ捨てる。

それが部屋の中に散らばった。苛立ちを叩きつけるようにそれを踏みつける。

わざわざヒロインのオリヴィエが書きそうな内容を考えて、毎回、面倒くさいのを我慢して手紙の返事をしていたというのに。バン、バン、と何度も手紙を踏みつける。

それでもオリヴィエの苛立ちは収まらない。

「もうっ、これで、どうやって、近付けって、いうのよ!!」

散らばった手紙を踏み、整頓された飾り棚の上にあったヌイグルミを叩き落とす。

このヌイグルミはオリヴィエの好みじゃない。

しかし昔からあるので恐らく自分が何かの折に欲しがったのだとオリヴィエは思っていた。

だから自分の物であるヌイグルミを掴んだ。

手触りの良い柔らかな絹で作られた人形の頭と腕を掴み、苛立ちに任せて引っ張った。

ぶち、と音がしてヌイグルミの肩が裂ける。

その瞬間オリヴィエの意識が一瞬暗転した。

「やめて!!」

オリヴィエ、いや、オーリがヌイグルミから手を離す。

それはボトリと床に落ちた。

しかしすぐにオリヴィエの意識に戻った。

「っ、た、立ち暗みかしら……?」

一瞬暗転した視界にふらりとオリヴィエはよろめいた。

ここ最近はずっと活動していたので疲れてしまったのかもしれない。

床に落ちた人形や手紙を放って、オリヴィエが自室の扉を開けた。

「ちょっと！　誰か部屋を片付けて！　それから庭にティータイムの準備をして!!」

荒れた部屋でティータイムをしてもつまらない。

そうしてオリヴィエは扉を荒々しく閉め、庭へ向かった。当たり前だが、今言ったばかりなので、庭に出たところでまだティータイムの準備など出来ていない。

それなのにオリヴィエは庭へ出るとまた癇癪を起こした。

「何でティータイムの準備をしてないのよ⁉」

まだ準備どころか厨房にすら伝えられていない。

そもそも今はいつものティータイムの時間よりもかなり早い時刻だ。

当然、お茶やお菓子の準備もまだ整っていなかった。

メイドが「も、申し訳ありません……！」と頭を下げて、慌ててティータイムの準備をするために駆け出していく。

それにオリヴィエはふんっと鼻を鳴らし、庭先に置かれた可愛らしいテーブルセットに近付き、椅子に腰掛けた。

テーブルに頬杖をつき、もう片手の指で苛立ちを示すようにテーブルを叩いている。

それから数名のメイドが現れて、急拵えのティータイムが用意された。

だが、当然ながらお菓子は少ない。

まだ作っている途中なので、出来上がったものだけが運ばれてきたのである。

それらを睥睨《へいげい》してオリヴィエが目を据えた。

「まさかこれだけ？」

明らかに不機嫌なオリヴィエの声にメイド達はビクビクしながら互いに顔を見合わせ、そして一人が恐る恐る口を開いた。

「その、まだ、ティータイムまで時間がありまして、お菓子のご用意が出来ておらず……」

「はあ？　何よ、どいつもこいつも使えないわね！　主人が何を言っても出来るようにしておくのが使用人の仕事でしょ⁉」

「も、申し訳――……きゃあっ⁉」

淹れられたばかりの紅茶が入ったティーカップを、オリヴィエは口答えしたメイドに投げつけた。熱い紅茶がメイドの服や手にかかる。

「使えないわね、あんたはクビよ‼」

オリヴィエの怒鳴り声にティーカップを投げつけられたメイドは怯え、震え、耐えられないというふうにその場を逃げ出した。

残ったメイド達はティーカップを片付けたり、新しい紅茶を淹れたり、そのティーカップをそれとなくオリヴィエから離れた位置に置き、一人は厨房へ駆け出した。

オリヴィエが満足するお菓子を少しでも早くオリヴィエに届けるため。

その慌てた様子はオリヴィエを不愉快にさせるだけだった。

「それより、どうやって攻略対象に近付けばいいのよ……」

頼みの綱のレアンドルが切れた今、オリヴィエが攻略対象に近付くには、彼らのイベントが発生する場所に通い詰めるしかないのだが、それも徒労に終わっている。

イベントが起こるはずの場所には学院入学当初から足繁く通っているが、一度も出会えていない。

レアンドルですら会える確率は低かった。

アンリやリシャール、ロイドウェルやアリスティードに至っては全く関われりを持てていない。

「絶対にあの女が邪魔してるんだわ！」

原作でも悪役だった、リュシエンヌ＝ラ・ファイエット。

ヒロイン《わたし》の場所だけでなく、他の攻略対象達の心まできっと奪っているに違いない。

「悪役のくせに……」

……いや、悪役だからこそわたしを邪魔するの？

「でも、いつまでも好き勝手にはさせないんだから」

悪評はまだ払拭出来ていないけれど、オリヴィエの噂は少しずつだが良くなってきている。

それに交友関係も広くなり、色々な家の令嬢や夫人達とも仲良くなった。

オリヴィエに味方してくれる者も増えた。

「待ってなさいよ、悪役王女……！」

絶対にヒロイン《わたし》の場所を取り返してやる。

オリヴィエはそのためにも、席を立つと、友人達へ手紙を書くために自室へ戻る。

ティータイムなどどうでも良くなっていた。

メイド達がお菓子を携えて戻って来た時には、もうオリヴィエはそこにいなかった。

＊　＊　＊　＊　＊

「あら、まあ」

落ち着いたグリーンで整えられた部屋の中。

まだ結婚したばかりの妙齢の夫人は声を上げた。

その手には、最近親しくなり始めたとある男爵令嬢からの手紙が握られていた。

その内容をもう一度読み返した夫人は、子供の悪戯を見つけた大人のような顔で頬に手を当てる。

「こんなことして、いけない子ね」

相談があるという書き出しから始まった手紙には以下のようなことが書かれていた。

名前は伏せるが、とある高貴な女性が自分に嫉妬して、自分は虐げられている。その女性は自分と仲良くする男性に近付き、男性達を自分から遠ざけ、両思いだった男性を奪っていった。

そして高貴な女性は我が物顔でその男性を己の婚約者に据えると、自分の色を二人で着て、平然と自分の前に現れた。学院で自分が下位クラスになったのも、何か手を回したからに違いない。

そのような非道な行いをどう思うか。絶対に許すべきではないだろう。

まあ、そんなような内容であった。

「学院の成績結果やクラス分けは王族ですら介入出来ないという法をご存じないのかしら？」

公平性を保つため、学院では、生徒がどのような身分であっても成績や実績によってクラス分けされる。王族でも能力が低ければ容赦なく下位クラスに落とされるし、平民でも能力が高ければ上位クラスに入れる。クラス分けや成績に関することは王族であっても捻じ曲げることは許されない。

現国王ベルナール＝ロア・ファイエット陛下がそのように法を定めたのだ。

それを知らないという時点で手紙の送り主の知性の低さが察せられる。

しかもこの高貴な女性というのは恐らく王女殿下のことを指して言っているのだろう。

男爵令嬢がムーラン伯爵令息に近寄り、そこから王太子殿下の側近候補達に、ひいては王太子殿下に擦り寄ろうとしていることは一部の耳聡い者達の間では有名だった。

そして男爵令嬢は彼らに避けられていることもまた、その話では当たり前に知られていた。

高貴な女性ということは大抵、王族や公爵家を示す。

少し前に学院の新歓パーティーで王女殿下と婚約者がお揃いの色とデザインの衣装を身に纏って出席したと社交界で持ちきりになっていた。

二人は仲睦まじく、まるで一対の妖精のようで、衣装もとてもよく似合っていたそうだ。

他にそういった噂を聞かないので、この男爵令嬢の示す人物は王女殿下で間違いないと思う。

「それにしても、どこをどうしたらニコルソン男爵が彼女と相思相愛、なんて思考になるのでしょうね……」

ニコルソン男爵は婚約を発表した三年前からずっと、王女殿下一筋を貫いてきた人物だ。

舞踏会や晩餐会、茶会や園遊会。どこで見かけてもニコルソン男爵は常に王女殿下の傍におり、殿下を見守り、護衛し、とても大切にしているのが見ていて分かるほど、王女殿下を溺愛している。

王女殿下を狙っていた男性達も、ニコルソン男爵から殺気の交じった冷たい目を向けられ、恐れ戦いていたほどである。それを見ていないのだろうか。

「いいえ、見ても理解出来ない。……したくないのでしょうね」

だからこんなふうに馬鹿な真似が出来るのだ。

この手紙は多分、よく男爵令嬢をお茶会に招待するご令嬢やご夫人に送られているのだろう。

そしてその人々も手紙を読んで、笑うか、困るか、我関せずの態度を取るはずだ。

噂としては面白いが、それが王族に関わるものとなれば、誰だって我が身が可愛いものだ。

手紙にはこれを密かに広めてほしい、高貴な女性なので訴えることは出来ないが、せめて人々にこの非道な行いを知らしめてほしいとも書かれていた。

もしこれが王族や公爵家でなければ噂は広まったかもしれない。そうして、そのご令嬢は広まってしまった噂に耐えかねて社交界から姿を消すことになっただろう。

これを悪質だと夫人は感じた。手紙ではまるでさも自分は被害者で、相手を訴える気はないけれど、自分のような被害者が増えないように協力してほしいという体で綴られている。

それは正義を重んじる人間が読んだら信じてしまうかもしれないような文章で書かれていた。

だが男爵令嬢と何度も顔を合わせ、言葉を交わしたことのある夫人はそれが演技であることはすぐに見抜けた。人前では人当たりの良い、いい子を演じているものの、所々で他人を見下すような言動もあるし、同じ女性として少々わざとらしく感じる可愛さはかなり人を選ぶ。

今、男爵令嬢の周りにいるのは彼女と同族か、彼女をお喋りの種か玩具と思っている者か。

そして夫人のように誰かの『耳』として情報収集のために近付いている者か。

それを理解出来ないから、こんなことが出来るのだ。

「この手紙は即時報告が必要ね」

夫人は困ったようにもう一度微笑んだのだった。

前期試験

大分暑さが増してきた季節。

原作『光差す世界で君と』の中で必ずあるイベントの一つ、前期試験が近付いてきた。

このイベントはゲーム中では攻略対象の好感度上昇に欠かせないものだ。

明るく優しいヒロインが良い成績を収めることで、攻略対象は努力するヒロインに更に好意を抱く。そういうイベントなのだ。そしてこのイベント、ヒロインを操作するプレイヤー側が何かせずとも、自然に好感度が上がる。

このゲームが好かれた点はそこもある。攻略対象を選び、きちんと会う回数を重ねておけば、最低でもトゥルーエンドは見られるのである。

むしろバッドエンドにするためには選択肢を外しまくらなければならない。

そして選択肢を全て正解すればハッピーエンドルートに入れる。

原作のイメージがあると前期試験と聞いてもただの好感度上昇イベントにすぎないが、今は違う。

「リュシエンヌ、良かったら試験に向けて勉強会を開かないか？」

そろそろ試験勉強しようかと考えていたわたしに、お兄様がそう声をかけてきた。

わたしはそれに一も二もなく頷いた。

「勉強会、いいですね」

……そういうのって学生らしくて懐かしい。

「メンバーはエカチェリーナとロイド、ミランダ嬢、フィオラ嬢、アンリ、エディタ嬢にしようと思っている」

「学年別ではないのですね……？」

「ああ、二年生と一年生には私達が教えられるし、私達も互いに教え合えるからな」

なるほど、と少し疑問を感じながらも頷いた。

そうして勉強会はお兄様がセッティングして、三年生の第一位、お兄様に与えられた休憩室で行われることになった。

試験一週間前になると、授業は大体、試験に向けての勉強に割り当てられることが多くなる。

そこで今日、わたし達は一堂に会して勉強することに決めた。

授業が終わり、廊下で待機していたルルとお兄様の護衛の騎士と合流して、お兄様とロイド様とミランダ様の大所帯で三階へ向かう。

他の第十位までの人達も何人か三階へ上がってきて、それぞれの部屋へ入っていく。

やはり個室のほうが勉強も捗るのだろう。

わたし達は一足先にお兄様の休憩室へ入った。お兄様の休憩室は広く、十人ほどが座れる大きなテーブルが部屋の中央にあり、端の方には簡易のキッチンが備え付けられている。

……わたしに与えられた部屋とほぼ同じだ。

違いがあるとするなら、お兄様に与えられた部屋の家具は最高級品だということ。

わたしの部屋もそうだけれど、僅かにこちらのほうが装飾も豪華なものになっている。

そのせいか非常に華やかな部屋だった。

「勉強会をするのでお菓子を持って来たよ」

ロイド様が持ってきたバスケットを持ち上げて、ニコリと微笑んだ。

「私は紅茶をお持ちしました」

ミランダ様もそう言って綺麗な柄の紙袋を取り出した。

恐らく二人とも示し合わせて持ってきたのだろう。

わたしを椅子に座らせるとルルが「じゃあオレがお茶の準備をするよぉ」と簡易のキッチンへ向かう。珍しく袖を捲り、キッチンで手慣れた様子で紅茶を淹れたり、皿にお菓子を盛り付けたりする姿をぼんやり眺める。

……ルルの腕、細いなあ。

あれで、同年代の中では長身のリュシエンヌをひょいと抱え上げてしまえるのだから驚きだ。

「アリスティード、今日はどの科目を勉強する？」

「私は算術だな」

「じゃあ私もそれをやろうかな」

「ミランダ嬢はどうする？」

「私も算術にします」

ロイド様とお兄様とミランダ様が話している。

お兄様がわたしの方を向いた。

「リュシエンヌは？」

「わたしも算術にします。みんなで同じ科目を勉強した方が、お互いに教え合えるし、一緒に考えることも出来るので」

「そうだな、せっかくだからそうしよう」

そんな話をしているうちに部屋の扉が叩かれる。

騎士が対応し、エカチェリーナ様が現れる。

レアンドルと婚約を解消したフィオラ様とフィオラ様だが、その後、エカチェリーナ様の侍女を目指すと公言し、既にエカチェリーナ様の配下としてよく一緒にいるのを見かけるようになった。

こう言っては何だがフィオラ様はレアンドルの婚約者だった時よりも輝いていて、表情も明るく、聞くところによると次期王太子妃の覚えめでたい有望な女性として、貴族の男性達の中にはフィオラ様に婚約を申し出た者もいるらしい。

けれどフィオラ様はそれを断ったそうだ。

「ご機嫌よう、皆様」

「遅くなり申し訳ありません」

「いや、私達もまだ来たばかりだ」

エカチェリーナ様の傍に控える姿は既に侍女のようで、どこか生き生きとした雰囲気がある。

目が合うとフィオラ様にニッコリと微笑まれた。

私も思わずニッコリしてしまうような、その笑みは、とても楽しそうなものだった。

エカチェリーナ様とフィオラ様が座ると、また扉が叩かれる。

今度はアンリとエディタ様だ。

「お、お待たせしました」

「本日は勉強会にお招きくださり、ありがとうございます」

ちょっと息の乱れたアンリと平然としたエディタ様。もしかして急いで来たのだろうか。

「いや、こちらこそ集まってくれて礼を言う」

勉強会は数回開かれる予定だが、多分、全員参加することになる。

アンリとエディタ様も席に着く。

これで扉から一番離れた席にお兄様がおり、そこから右手側にわたし、ルル、ミランダ様、アンリ、エディタ様。左手側にロイド様、エカチェリーナ様、フィオラ様となっている。

ちなみにミランダ様は当たり前のように私の横を一席分空けて座り、お菓子を並べに来たルルがそれを見て、無言で口角を引き上げていた。

「どうぞぉ」

ルルがお菓子を並べ、淹れたての紅茶をそれぞれに配ってくれる。

……あ、わたしのだけミルクティーだ。

紅茶はストレートでも飲むけれど、こういう頭を使う時にはお菓子は控えめにして、蜂蜜とミルクたっぷりのミルクティーをよく飲む。わたしの好みを覚えていてくれるルルに嬉しくなった。

全員に紅茶を淹れ、ちゃっかり自分の分も用意して持ってきたルルがわたしの横に腰掛ける。

「今日は算術を勉強しようと思うが、大丈夫か？」

お兄様の言葉に全員が頷いた。

そうして各々、勉強道具を取り出し、テーブルの上へ広げていく。大きなテーブルなので勉強道具をあれこれと置いても全く狭さを感じないし、隣の人と肘が当たることもない。

「ではそれぞれ勉強を始めてくれ。もし分からないところがあれば、遠慮なく訊くように」

そうして勉強会が始まった。

みんな集中力が高いようで、始まっても静かな時間が続いていく。

これならわたしも集中出来そうだ。

今まで勉強してきた範囲を、まずは教科書を読んで思い出し、それから自分が授業中に書き留めたノートの内容を分かりやすく別のノートとして使っている本へ纏めていく。

お兄様達は教科書に載っている問題を解いて復習しているらしかった。

……勉強というか、この時間は好き。

授業中に書いた雑多なノートを、後から読み返して自分なりに分かりやすく纏めるこの作業。

人によっては面倒くさいと感じるだろうけれど、わたしからしたら、復習と共に、忘れてしまった内容を思い出す作業でもあるので結構楽しいのだ。

自分なりに纏めるので、今どれくらい理解しているのか分かっていい。

ノートに色々と書き込むわたしを横でルルが見守っている。

「リュシエンヌは面白い勉強の仕方をするよな」

横からお兄様もわたしの手元を覗き込んでくる。

それに他のみんなも顔を上げた。

「そうなのですか？」

エカチェリーナ様が興味を示したふうにこちらを見たので、わたしはノートをお兄様とロイド様経由で手渡した。

ロイド様、エカチェリーナ様、フィオラ様が身を乗り出してテーブルに広げたノートを覗き込む。

「へえ、分かりやすいね」

「あら、注意点も書いてありますわ」

「公式の解き方が細かく書いてあってよろしいですね。これなら読み返すだけでも勉強になります」

感心するようにノートを見られてちょっと照れる。

「実は私もリュシエンヌの勉強方法を真似させてもらって、いつも予習と復習をしているんだ」

お兄様の言葉にみんなが「へえ」「確かに真似したいわ」と言う。

返ってきたノートが今度はミランダ様達の方へ流れていく。

ミランダ様とアンリとエディタ様もノートを見て、感嘆の声を上げた。

「授業で書き写したものより分かりやすいですわ」

「そ、そうですね、これを本にしたら勉強もしやすいと思います」

「本……。いいですね。これが本になったら是非購入させていただきたいです」

それぞれの言葉にお兄様がふと目を瞬かせた。

「確か、私が教えた一年生と二年生の分も残っていたよな？」

お兄様の問いに頷き返す。

「ええ、ありますが……？」

「いっそ、それらを本にしないか？　教科書とは別に勉強用の参考書として出せば、きっと皆ほしがるぞ？」

今度はわたしが目を瞬かせる番だった。

「え、わたしが自分の分かりやすいように書いたものなので、他の方もそうとは限りませんよ？」

中にはわたしなりの解釈で公式を解いている部分もあり、それが正しいかと言われると困る。

お兄様がふむ、と腕を組む。

「これを見る限りは大丈夫だと思うが、もしそういうところがあるなら少し修正すれば良い」

「それは名案ですわ、わたくしも本になるのでしたら一冊購入したいですもの」

エカチェリーナ様までお兄様に同意する。

思わずロイド様を見やれば、微笑み返された。

「うん、そういうものがあったら生徒は勉強がしやすくなっていいね」

「ロイド様まで……」

「本になればリュシエンヌ様にとっても良いことだと思うよ？　私財が増えるし、学院の生徒の学びの質が上がれば国のためにもなるし、それってリュシエンヌ様の功績にならないかな？」

ロイド様の言葉にお兄様とエカチェリーナ様が「リュシエンヌの功績……」「リュシエンヌ様の功績……」と同時に呟き、顔を見合わせ、頷いた。

……これは絶対本にするやつだ……。

お兄様とエカチェリーナ様が動くなら、絶対になる。

「これについては試験が終わったら話を詰めよう」

「そうですわね、今は勉強に集中しましょう」

と、いうことになった。

どうやらわたしの勉強ノートは本になるらしい。

……でも字の上手な人に書き写してもらおう。

ルルが「良かったねぇ」というので、とりあえずは頷いておいた。

ルルと結婚する前に少しでも私財が増えるのは良いことだし、ロイド様の言う通り、学生の学力が上がるなら、それは何れ国のためになることだろう。

……でもまさか参考書がないなんて。

だけど、そういえば、勉強で使う教科書や問題集はあっても、試験向けの参考書や学習を手助けするような本は見かけたことがない。確かにそういうものはあってもいいと思う。

将来国を担う子供達の学力が上がれば、きっと、それは国のためにも、お父様のためにも、そしてお兄様のためにもなるだろう。

……わたしは途中で王族から抜けちゃうしね。

少しでも王族として協力出来ることがあるなら、それはわたしにとっても多分良いことだから。

＊　＊　＊　＊　＊

そして一週間後。前期試験の始まりである。

試験期間中は午前中のみの授業となり、お兄様達も生徒会の仕事はしないため、午後もみんなで集まって、受けた試験について話し合おうということになっている。

「では試験を始めます。机の上には筆記用具のみ、もし不必要な物があった場合、不正行為と判断されることもあります。筆記用具以外は全て仕舞うように！」

先生の言葉に生徒達が改めて机の上を確認する。

……うん、筆記用具以外はないね。

全員が準備を終えると、先生がまず、解答用紙を配る。

入学試験の時よりも解答用紙の空欄が多い。

多分、あの時よりも問題数が多いのだろう。

……さすがに授業が始まってからの試験のほうが難しいかな？

配られた解答用紙を後ろの席のロイド様に回す。

「どうぞ」

「ありがとう」

それから全員に解答用紙が行き渡ると、今度は問題用紙が配られる。

裏面が白い問題用紙はどうやら二枚あるらしい。

裏向きで配られているので中身は分からない。

それも全員に行き渡ると先生が教卓に戻る。

「全員、解答用紙と問題用紙二枚が手元にありますか？　試験時間は九十分。早く終わっても席を立たずに、見直しをして、時間になるまで席で待つように。……では、始めてください！」

ぺらりと問題用紙を捲る。

最初の試験は魔法座学である。

魔法式の構築に関する試験なので、わたしの最も得意な試験だ。

前回と同様にまずは問題を全て読んでいく。

……………うん、大丈夫。

恐らく、全部答えを書けると思う。

問題用紙を机に置いてペンを取る。

……よし、いける。

わたしも周りの人達と同じように、解答用紙に向かってペンを走らせたのだった。

＊　＊　＊　＊　＊

一日目の試験を終え、お兄様の休憩室にお兄様とわたしとロイド様、ミランダ様が集まった。

今日受けた試験で難しかったり、分からなかったりした問題などについて話し合うのである。

試験一日目を終えたみんなは少しホッとしていた。とは言え、まだあと二日ある。

「試験の手応えはどうだった？」

お兄様の問いにわたしは頷いた。

「かなり出来たと思います。分からない問題はありませんでしたし、解答内容も悪くないかと」

自分の中でもなかなかの出来だったと思う。

問題も入学試験の時より、やはり難しくて、でもそれが面白かった。

……試験問題って作る先生の性格が出るよね。

今回の試験は基本をしっかり盛り込んだ真面目な内容でありながらも、所々に応用や引っ掛けがあって、全体的に面白かった。

「そうなんだ、僕は最後の応用問題の自信が少しないかな」

「私も最後の応用問題が分かりませんでした……」

ロイド様とミランダ様が言う。

「確かに応用は難しかったな」

お兄様がノート用の本と筆記用具を取り出して、ペンを走らせていく。

きちんと覚えていたようで、お兄様は、二人の言っていた最後の問題を書き出した。

最後の応用問題は『発動時に相反する属性の魔法が混合する魔法式を構築せよ』と言うものだ。

前期では混合魔法について座学で学んでいた。

だがそれは基本的に親和性の高い属性同士の混合についてや混合時のそれぞれの魔法の比率、効果、魔力の必要量などで、相反する属性に関しては習っていない。

「あれって相反する魔法を同時発動するのが前提だよね？　でも難しくないかい？」

ロイド様が小首を傾げて言う。

「そうだな、相反する属性は反発して発動しないものだと思っていたから、かなり悩まされた」

「私も色々書きましたけど、恐らく間違っていると思います」

………………うん？

「もしかして、前期に習った混合魔法を基に皆様お考えになりました？」

わたしの問いに全員が首を傾げた。

「ええ、そのように考えましたが、リュシエンヌ様は違うのですか？」

ミランダ様の問いかけにわたしは頷く。

「問題は『発動時に相反する属性の魔法が混合する魔法式を構築せよ』ですよね？」

「うん、そうだね」

「あの問題、恐らく引っ掛け問題ですよ」

「引っ掛け問題？」

ロイド様とお兄様がよく分からないという顔をした。

そこでわたしは一から説明することにした。

最後の問題は『発動時に相反する属性の魔法が混合する魔法式を構築せよ』というものだった。

問題文には必ずしも相反する魔法が同時に発動する魔法でなければならないとは明言していないし、それまでの問題が混合魔法のものばかりだったため、そのように考えてしまいがちだ。

だがもう一度問題文を思い出してほしい。

『発動時に相反する属性の魔法が混合する魔法式を構築せよ』

これ、混合魔法で考えると確かに同時発動が前提になる。

しかし問題文には混合魔法を使用する旨は書かれていない。

そしてわざわざ『発動時に』と付け加えられている。

つまり『発動した時に相反する属性の魔法効果が混合する結果になればいい』のだ。

逆を言えば同時発動させる必要はない。

そもそも大前提として相反する属性同士の混合魔法は発動しない。

闇属性と光属性を同時に発動しても反発して、結果的にどちらも効果が表れないか、魔力量の多い方のみが発動する。魔力が同量であった場合は打ち消し合うのだ。同時に発動は出来ないという点は明確で、それを行えというのは無理な話である。

それなのに試験でその魔法式を考えろというのは変だ。

そう考えると『結果が混合する魔法式』を構築せよ、ということになる。

「だから、わたしは時間差で魔法が発動する魔法式を考えました。最初に光属性と水属性の混合魔法を発動させ、そのすぐ後に闇属性と水属性の混合魔法が発動し、水属性を介して二つの属性が一つに纏まるように計算して構築しました」

三人とも、ポカンとした顔をしている。

「これなら光魔法と闇魔法は別々に発動するけれど、両属性を持つ結果を生み出せますよね？」

不意にルルが噴き出した。

そして、あはは、と笑い出した。

「リュシーって本当凄いよね！」

それに釣られるようにお兄様達も、ふふ、はははと笑うので、わたしは首を傾げてしまった。

何か変なことを言っただろうか？

ルルによしよしと頭を撫でられる。

「まさか、あの問題にそんな解き方があるとはな……」

そして反対側からお兄様にも頭を撫でられる。

「確かに相反する属性魔法は同時に発動することは出来ない。でもほんの僅かでも時間差があれば発動は可能だし、どちらにも親和性がある属性を使えば、確かに相反する属性の魔法でも混合しやすいかもしれない」

ロイド様がわたしの話について頷く。

ミランダ様が両手を合わせた。

「素晴らしいですわ！　時間差で魔法を発動させ、発動後に魔法の効果を混合するなんて考えてもおりませんでしたわ！」

「リュシエンヌにはいつも驚かされるな」

お兄様が朗らかに言う。

「何であんな仮定の問題を出したのだろうと思っていたが、あれは魔法式の構築について理解力を試す問題ではなく、魔法そのものへの理解力と、まさに応用力を試すものだったというわけか」

「リュシエンヌ様の考え通りだったとしたら、魔法座学において、今回はリュシエンヌ様が最高得点を叩き出すかもしれないね」

ロイド様が言い、お兄様も頷いている。

……あ、そっか、お兄様達が最後の問題を解けていなかったとして、もしわたしの解き方が合っていたとしたらお兄様達より点数が高くなる可能性があるのか。

「いえ、でも、もしかしたらお兄様達の方が合っているかもしれませんし……」

「そうだったとしてもリュシエンヌの解答だって間違ってないはずだ。先生はきちんと評価してくださるだろう」

……自分で言っておいて何だが、間違っていたら恥ずかしい……。

「リュシエンヌ様、よろしければ先ほどお話ししてくださった魔法式について教えていただきたいのですが……」

「あ、はい、構いませんよ」

「それは私達も知りたい」

そういうことで、その後は先ほどの魔法について魔法式の構築から細かく説明することとなった。

お兄様もロイド様もミランダ様も、目を輝かせて聞いてくれた。

わたしも久しぶりに魔法について語れて、思いの外、楽しい時間を過ごすことになった。

＊　＊　＊　＊

そうして試験期間は無事、終了した。

どの教科も難しかったが、どれも手応えはあったし、わたしの感覚で言えばなかなかに楽しかった。お兄様達はこの三日の試験を終えて少し疲れたようだったけれど。

……普通はそうだよね。

試験が楽しいなんて少数派だろう。

試験が終わったからか学院内の空気は普段よりも少し明るいような気がする。

どうしても試験中は緊張した空気だったが、前期試験が終わったので夏期休暇が待っている。

みんな、それを楽しみにしているようだ。

かく言うわたしも、この世界での初めての夏休みというものに期待しているところがある。

「ようやく試験が終わったな。これからは夏期休暇だ」

「お兄様も夏期休暇は楽しみですか？」

真面目なお兄様にしてはちょっと意外だった。

お兄様が一つ頷いた。

「もちろん。特に去年までは可愛い妹との時間が学院に通うことで短くなっていたから、長期の休みは重要だった」

「今はわたしも学院に通っていますよ？」

「ああ、だけど家族で過ごす時間は減っただろう？　最近は父上と三人で過ごすことも少なかったし」

お兄様もわたしも学院と公務とで忙しく、お父様と三人で過ごす時間が減っていた。

仕方ないと思っていたけれど、お兄様はそうではなかったようだ。

……それに、わたしがお兄様やお父様と過ごせるのはこの一年間だけだ。

わたしも、もっと、この時間を大切にするべきではないのだろうか。

「……そうですね」

今を大切にするべきなんだろう。

「わたしも、久しぶりにお父様とお兄様と三人でゆっくり、食事がしたいです」

わたしの言葉にお兄様が嬉しそうに笑う。

「そうだな、父上に訊いてみよう。きっと時間をつくってくれるさ」

「じゃあ、帰りにどこかのお店に寄って、美味しいお菓子を買って帰りませんか？」

「王城の料理人達が作ったもののほうが美味しいと思うが……」

お兄様が不思議そうな顔をする。

「わたし達で選んで、買って、お父様に贈るんです。お仕事の時間に食べてもらいましょう？」

「ああ、なるほど、それは良いな」

わたしの言いたいことが分かったのかお兄様が頷いた。

お兄様とわたしと、兄妹《ふたり》で選んだ贈り物をしようということだ。

食べ物にすれば、さほど値も張らないのでわたし達の自由に使えるお金で十分良い物が買えるし、食べ物だからお父様も気軽に受け取ってくれるだろう。

「この間、ロイドが美味しいと言っていた焼き菓子専門店が帰り道の近くある。そこはどうだ?」

お兄様の提案に頷き返す。

「いいですね、焼き菓子なら日持ちもしますし、お仕事中に片手間で食べられそうです」

「私達の分も買って帰ろう」

「ふふ、そうですね、そうしましょう」

ちゃっかりしているお兄様に笑みが漏れる。

いつもわたし達は王城か自分達の宮の料理人が作ったものを口にしている。

だけどたまには市販品も食べてみたい。

振り返ってルルを見上げる。

「ルルの分も多めに買おうね」

灰色の目が返事の代わりに細められた。

宮廷魔法士長と

前期試験が終わり、夏期休暇までは授業が午前中のみとなる。

丁度公務も少なかったので、わたしはかねてより気になっていたことについて訊くために、宮廷魔法士団を訪ねることにした。

宮廷魔法士団には、実は以前から何度も行っているのだが、一応、試験前に手紙を出して訪問を了承する返事はもらっている。

やはり訪問する前にはきちんと連絡を入れておかなければ迷惑をかけてしまうから。

自分の離宮から王城に向かい、宮廷魔法士団がいる塔へ行く。王城の一角にあるその塔には研究室などがあり、宮廷魔法士団はそこにいることが多い。

昔はあまり好きではなかった王城も、何度も通ううちに平気になったし、迷路のような造りも覚えて、今では迷うことなく塔へ辿り着けるようになった。

塔へ入ると、時折、宮廷魔法士とすれ違う。誰もがわたしが何者か知っていて道を譲ってくれる。

それにわたしも「ありがとうございます」と声をかけて、宮廷魔法士長室まで進んでいく。

宮廷魔法士長室は塔の真ん中辺りにある。

目的地に着くと内側から扉が開けられた。

「王女殿下にご挨拶申し上げます。ようこそ、宮廷魔法士団へお越しくださいました」

丁度部屋にいた副魔法士長様が開けてくれたようだ。

副魔法士長様は四十代前後ほどの、茶髪にくすんだ金の瞳の、平凡な顔立ちの男性だ。

ただ、見た目とは裏腹に攻撃魔法を専門に扱う凄腕の魔法士である。

「ご機嫌よう。開けてくださり、ありがとうございます」

突然開く扉にも今は慣れたが、最初は驚いたものだ。

魔力がある者の中でも特に魔力操作に秀でた者達は他者の魔力を感じ取ることが出来るそうだ。

宮廷魔法士団に属する人々のほとんどはそれが可能らしく、わたしが行くと、いつも到着した瞬間に待ち構えていたように扉が開けられるのだ。

ちなみにわたしは魔力がないので、ルルの魔力を感知しているらしい。

室内へと通される。

「王女殿下にご挨拶申し上げます。こちらまでご足労いただき、ありがとうございます」

執務机にいた魔法士長様が立ち上がった。老齢の男性だが、背筋が真っ直ぐで背が高く、魔力量はいまだに現役の魔法士達に負けないほどに多いらしい。

「いいえ、お訊きしたいことがあるのはわたしのほうですから、足を運ぶのは当然です」

ソファーを勧められて腰掛ける。ルルはわたしの斜め後ろに立った。

魔法士長が向かいのソファーに座る。

「王女殿下でしたらいつでも歓迎いたします。他の者達も、王女殿下と魔法についてて話したいとよく申しております」

「もうすぐ学院が夏期休暇に入りますので、その時に改めてこちらへ伺いたいと思います」

「おお、それは皆も喜ぶでしょう」

好々爺然とした魔法士長様がニコニコと笑う。

……この方、理想のお祖父様って感じだよね。

穏やかで物腰柔らか、ふさふさの白いヒゲに長い白髪、魔法士のローブを纏った姿はまさに魔法使いといったふうだ。こんなに穏やかだけど実は全属性に親和性を持ち、特に攻撃魔法が得意で、でも防御魔法も扱える、国中の魔法士の憧れなのだとか。その辺りはさすが宮廷魔法士の長である。

「さて、今日はどのような魔法についてお知りになりたいのでしょうか？」

副魔法士長様が用意してくれた紅茶とお菓子にルルが手を伸ばし、毒見をする。

それからわたしも紅茶を一口飲み、本題に切り出す。

「実は魔法に関する話ではないのですが……」

わたしはそこで、オリヴィエ＝セリエールについて説明した。

転生者であることは伏せて、一つの体に二つの魂、もしくは人格が存在すること。

現在は片一方が主導権を握っていること。

しかし、本来の人格は抑圧されてしまっている方であること。

どうにか抑圧されている方に主導権を移せないか。

また、二つの魂もしくは人格のうち片方だけを分離させることは出来ないか。

そういったことを話した。

オーリに本来の自分を取り戻してもらいたい。

そしてオリヴィエを分離させて、何とか彼女の問題行動をやめさせたい。

話を聞いた魔法士長様がヒゲを撫でた。

「そのような症例は初めて聞きますな」

魔法士長様でもやはり聞いたことはないらしい。

「魔法でどうにか出来ないでしょうか？」

「そうですね、出来ないことはないかと思われますが、果たしてそれは人が手を出しても良い領域かどうか……」

「やはりそうなりますよね……」

一番の問題はそこなのである。

人の魂や人格に作用する魔法。それは禁忌に触れる可能性が高い。

オーリのことを知ってから、時間のある時には王城の図書室でそういった魔法について調べもしたが、見つからず、お父様に相談して禁書庫の中にも入らせてもらった。

その結果分かったのが『魂へ作用する魔法は禁忌』だということであった。

治癒魔法で身体の治療は許されている。

魅了《チャーム》など精神に作用するものはスキルであれば、ギリギリ許容されている。

だが精神作用系スキルは悪用されることが多いため、そういったスキルを持つ者は国の法律で国家の保護観察下に置かれることが決まっており、場合によってはスキル自体を封じることもある。

禁書庫には精神作用系魔法も多くあった。

記憶を消す魔法、記憶を操作する魔法、精神を支配する魔法、思考を変化させる魔法、感情を封じる魔法——……とにかく色々あり、それらは全て使用が禁止されたものだった。

宮廷魔法士であれば研究は許されるが、法的に一般人の使用や研究は許されていない。

「そもそも魂への干渉は神の領域です。我々人が安易に踏み入れることは、様々な面で問題もありましょう。何より、こういった魔法は悪しき使い方しか出来ません」

魔法士長様の言うことは尤もだ。普通、魂へ干渉する理由などない。もしもそれを行うとしたら、それは魔法を使用する対象の魂を損ない、人格や精神を破壊するしかないからだ。

「そう、ですよね……。出来れば人格を分離して、別々の個として存在させる方法があればと思ったのですが……」

魔法士長様が問う。

「もう一つの魂、または人格を封じるのはいかがですか？　そうすれば本来の人格が表に出られるでしょう」

それはそうなのだが、それではダメなのだ。

「友人のもう一つの人格は問題行動ばかり起こしているのです。もし人格を封じれば、本来の人格が、もう一つの人格の起こした問題の責任を取ることになってしまいます」

「なるほど、一つの体に二つの存在故の問題ですか。周囲からは一人の人間の行動に見えるけれど、実際は別の人格、別の人間による行動であり、もう一方に責はない状況なのですね」

「はい、その通りです」

魔法士長様がヒゲをゆっくりと撫でる。何か考えているようだった。

「だから封じるのではなく分離にしたいと？」

「もう一方の人格は現状、ほぼ表に出てくることはありません。そして表に出ているもう一方の人格が好き勝手に行動してしまっているのです。その問題のある人格のみ分離させ、本来の人格とは別の個体に出来れば、その人格自身に責を問えるのではと考えています」

オリヴィエとオーリを別々の個として分けることが出来れば、オリヴィエにはこれまで起こした問題の責任を取らせることが出来て、オーリは罪に問われない。

「そうですね、分離すれば別々の存在として認識されるでしょう。……正直、分離自体は可能だと思います」

「そうなのですか？」

「記憶を操作する禁忌魔法を応用すればあるいは」

声を落として魔法士長様が説明してくれた。

人格を、記憶を基に分離させることは、難しいけれど出来ないことはない。

ただし一度分けてしまえば個として確立するので、恐らく二度と元に戻すことは出来ないこと。

分離させた場合、本来の人格への影響がどのようなものになるかは想像がつかないこと。

もしかすると寿命が短くなる、記憶が全て消えてしまう、精神が耐えきれずに廃人化してしまうなど深刻な問題になるかもしれないこと。そしてなにより――……。

「分離したほうを入れる器がありません。器がなければ魂または人格は個を保つことが出来ずに消滅してしまうでしょう。我々には空の器としての人間を生み出すことは不可能なのです」

「人間は生まれながらに魂があり、人格があり、そして命を生み出すことは女神様にしか出来ないことだからですか？」

「ええ、王女殿下のおっしゃる通りです。それは禁忌ではなく、もはや神の領域なのです」

……それもそうだ。

オリヴィエとオーリを別々に分けたとする。

本来の人格であるオーリはオリヴィエ＝セリエールの体に残しておけばいい。

しかし分離させたオリヴィエの方は？

体から追い出された魂もしくは精神が器もなく、そのまま自己の存在を保ち続けるのは無理だろう。かと言って人形などの無機質な物や動物では定着しないと思うし、言葉も話せないし、それらに罪を問うことも難しい。オリヴィエが人間でなければ意味がないのだ。

「そして人の魂はそれぞれ違った形や色を有していると教会では言われています。もしそれが事実であれば、分離させたほうを別の器に入れても、その人格も記憶も長くは持たないかと」

丸い容器に四角いものを無理やり押し込めば、どちらかが壊れてしまうように、形の違うもの同士を合わせるのは厳しい。最悪、魂が消滅してしまう可能性もある。

オリヴィエにはお兄様達も迷惑をかけられて、わたしもルルを狙われて腹立たしい気持ちはある。

でも、死なせたいかと言われたら、それは違う。

同じ転生者だから情があるわけではない。

ただ、自分のこれまでしてきたことを償って、オーリに体を返してあげてほしい。

「解決は難しそうですね」

「はい、お力になれず申し訳ありません」

「いいえ、こうして魔法士長様のお話が聞けて良かったです。……分離は無理でも、封じるのは出来るのですよね？」

もしも、どうしてもオリヴィエの暴走が止められなかった時のために最終手段は用意しておきたい。殺すのではなく、オリヴィエという人格を封じて、オーリに体を返すのだ。

その場合、オーリがオリヴィエの罪を背負うことになってしまうだろうけれど。

「はい、封じるのであれば可能でしょう」

「もしもの時のためにその方向で手段を考えておきたいです。……本当に最終手段ですが。国王陛下より許可はいただいております」

ルルが懐から手紙を取り出し、魔法士長に渡す。

魔法士長様は素早く内容に目を通すと頷いた。

「これよりわたし達が生み出す『人格を封じる魔法』は他言無用でお願いします。そして魔法士長様には構築について助言をいただきたいのです」

「かしこまりました。私などでよろしければいくらでもお手伝いいたしましょう」

「ありがとうございます」

そしてわたしと魔法士長様とで新しい魔法を生み出すこととなった。

ベースは三種類の魔法である。

一つは記憶操作の魔法。これで対象の記憶を探り、二つの人格を分ける。

一つは記憶を消去する魔法。これは実際には消すというより、記憶を封じて本人の意思では思い出すことが出来ないようにする魔法である。操作の魔法で分けた記憶のうち、好き勝手しているオリヴィエのほうの記憶だけをこれで封じる。

一つは保護もしくは固定の魔法。消去魔法で封じたオリヴィエの記憶に保護もしくは状態固定の魔法をかけ、封じが緩まないようにする。

これらに追加して、魔法が解けないように制約をつけ、他にも細々と小さな魔法を足して、簡単には解くことが出来ない複雑な魔法式にする。

ちなみに記憶を操作する魔法と消去する魔法は、対象より使用者の魔力が多くないと成功しない。

禁書庫でも魂に干渉する魔法はなかった。魂自体をどうこうするのは無理なのだ。

出来るのは、精神作用系魔法で記憶を分離させてオリヴィエの記憶のみを封じることだけ。

これはオーリにも何かしら影響を及ぼすだろう。

無理に精神に作用するのだ。何も起きないとは考え難い。

最悪、オーリの記憶もいくらか封じてしまうかもしれない。

その日はベースの魔法を決めて解散した。

それから何度も魔法士長様の下を訪れ、その魔法が完成したのは秋の学院祭直前であった。

完成した魔法を知るのはわたしと魔法士長とルルだけで、お父様には魔法士長様が報告したが、その魔法が禁忌魔法として禁書庫に隠されたのは言うまでもない。

前期試験結果

試験から二日後。前期試験の結果が発表された。

各学年の教室がある階に、一年生、二年生、三年生と全生徒の順位と総合得点が張り出された。

誰もが結果を知りたくて朝から早めに登校し、順位表に詰めかける。

わたし達も一応見に来たけれど人が多くて順位表からは大分距離がある。

「昼休みに見たほうが良いかもな」

あまりの人の密度に驚くわたしを他所に、お兄様が慣れた様子で言う。

「早めに来たけど、毎回凄いよね」

「私は早く結果が知りたいですわ」

ロイド様が頷き、ミランダ様は何とか入る隙間がないか人垣の後ろで右往左往していたけれど、結局入れず、ロイド様に「あれを掻き分けていくのは難しいよ」と慰められていた。

ただ人が集まって密度が高いだけなので熱気や騒がしさはそこまでない。

貴族が主に通う学院だけあって、他人を押し退けていく人もおらず、確認を終えた人から順次離れていることから、しばらくすれば人数は減るだろう。

しかし授業が始まるギリギリまではこの状態かもしれない。

「順位と点数でしたら見えますよ」

後ろにいたルルの言葉に全員が振り向いた。

全員の「え!?」という声と行動が揃った。

「本当?」

「この距離であの小さな文字が見えるのか?」

「それは、随分と目が良いですね……」

「リュシエンヌ様は何位でいらっしゃるのですか?」

そしてそれぞれが思わず言葉を発した。

ルルは一つ頷くと小さく詠唱を口にして、片目の前に小さな魔法式を縦に浮かび上がらせる。

お兄様が「部分的な身体強化か」と納得する。魔法で目を強化して視力を上げたようだ。

ルルがふっと笑う。

「おめでとうございます、前期試験一位はリュシエンヌ様です。得点は五教科満点の五百点のようです。ちなみにアリスティード殿下も五百点満点で二位ですね」

今度は全員がわたしを見た。

「リュシエンヌ、おめでとう」

お兄様が嬉しそうな、でも少し残念そうな顔をする。

……順位を抜かされたからだろうか。

「誇らしいが、兄としてリュシエンヌに負けないよう努力すると以前宣言していたのにな……」

どこか悲愴感漂うお兄様の肩をロイド様が軽く叩く。

「まあまあ、アリスティードだって満点だし、気になるなら次の中期試験で頑張ればいいじゃないか。リュシエンヌ様の初めての試験が一位っていう輝かしい成績になったことを今日は祝おうよ」

ロイド様の言葉にお兄様が頷いた。

そこにはもう悲愴感はなく、ちょっと苦笑に近かったけれど、でも笑っていた。

「そうだな、リュシエンヌが良い成績を残せたことは素直に嬉しい。……点数は同じだが、やはり魔法座学の最後の問題の解き方で差が出たんだろうな」

「だろうね。点数以外で加味されたなら、あの問題の可能性が高いよ」

「加味されると違うのですか？」

わたしの問いにお兄様が頷く。

「ああ、同点の時は解答内容がより優れた方が上になる。リュシエンヌは実際に発動出来る魔法を構築したからな。そちらの方が優秀と考えるのは当然だ」

……そうなんだ。

お兄様に頭を撫でられる。

「そうだ、ニコルソン男爵、良ければ私達の分も確認していただけませんか？」

ロイド様の言葉にルルが「いいですよ」と言う。

今回のわたし達の順位結果は以下となった。

リュシエンヌ＝ラ・ファイエット、一位五百点。

アリスティード＝ロア・ファイエット、二位五百点。

ロイドウェル＝アルテミシア、三位、四百九十八点。

ミランダ＝ボードウィン、四位、四百九十五点。

「やっぱり魔法座学の最後の問題を解けなかったのは痛かったですわ……」

ミランダ様が悔しそうにこぼす。

……あ、そういえばそんな話をしてたっけ。

わたしが満点ということはあの解釈と解き方で合っていたのだろう。

ああいう引っ掛け問題は前世のわたしも何度も引っ掛かったし、受験の時には特に苦しめられたので、問題文はよく読んで考えるようにしていたのだ。

魔法座学の試験問題はアイラ先生かリシャール先生が作ったのだろうけれど、先生達、結構容赦ない引っ掛け問題を作ったなあと思う。

「二位か。まだ巻き返すチャンスはありそうだな」

「僕も頑張らないとね」

結果を聞いたお兄様とロイド様が、決意を新たにしている横で、ミランダ様はしょんぼりと肩を落としている。ミランダ様だって学年四位で四百九十五点なら、非常に優秀と言える成績だろう。

……でもわたしがそういうことを言ったら嫌みに聞こえちゃうかな。

どうしようと思っているとミランダ様と目が合った。

「えっと、わたしがこんなことを言うと嫌みに聞こえてしまうかもしれませんが、ミランダ様も十分素晴らしい成績だと思います。学年四位なんて、努力してなければなれないでしょう」

実際、わたしだって今回の試験を難しいと感じた。

ミランダ様も真面目に勉強して、努力して、他の生徒達も順位を上げようとしている中で四位を得ているのだから凄いと思う。

それにお兄様もロイド様もミランダ様も、わたしと違って前世の記憶があるわけではない。

その点ではわたしのほうがズルをしているようなものなので、堂々と胸を張る自信はあまりない。

もしわたしに前世の記憶がなかったとしたら、原作のリュシエンヌと成績は同じだったかもしれないのだ。

「ですから胸を張ってください。ミランダ様はとても優秀な方です」

「リュシエンヌ様……！」

励ますために手を握ると、ミランダ様がキラキラした目で見つめ返してくる。

キュッと握られた手を握り返しつつ、わたしは微笑んだ。

ミランダ様も嬉しそうに微笑んだ。

……ミランダ様って可愛い人だなあ。

王家への忠誠心が厚いのもあってか王女であるわたしや王太子であるお兄様に対してだと、何というか、ちょっと犬っぽくなる。お兄様に対しては忠実でかっこよく。わたしに対しては懐っこく慕うように。今も、もし尻尾が生えていたらブンブン振っているだろう。

「ミランダも次は一緒に頑張ろう」

「ええ、そうですわね、次も頑張りますわ」

横から声をかけたロイド様にミランダ様が頷き、二人は柔らかな笑みを浮かべる。

…………あれ？

そっとミランダ様の手から自分の手を離し、お兄様のほうに近付いて、こそっと話しかける。

「お兄様、もしかして、ロイド様とミランダ様って相思相愛な感じですか？」

お兄様が「気付いていなかったのか」と小声で言う。

「二人とも互いに好意的に思っているが、ミランダ嬢のほうはまだ恋愛まではいっていないようだ」

「ロイド様は？」

「結婚するならミランダ嬢が良いと言っている」

「まあ……！」

思わず口に手を当てて二人を見やる。勝気そうなミランダ様と紳士的なロイド様は美男美女のお似合いで、楽しそうに話している様子からも、親密さが感じられる。

ロイド様がミランダ様を好きならば、リュシエンヌやオリヴィエが入り込む隙間はない。

何より二人の仲が良いことが嬉しい。

わたしがニコニコしているとお兄様も微笑んだ。

そしてお兄様がふとルルへ顔を向ける。

「そうだ、ルフェーヴル、他の者達の成績も見えるか？　エカチェリーナとアンリ、フィオラ嬢、エディタ嬢。……それからレアンドルも」

最後は小声で付け足していた。

側近候補から外れても、やはりレアンドルのことを案じているのだろう。もう関わることがない可能性が高いと言っても友人で、その行く末が気にならないわけがない。

ルルが強化したままの目で順位表を見た。

「クリューガー公爵令嬢は一位で四百九十九点、ナイチェット伯爵令嬢は八位で四百八十八点、ロチエ公爵子息は一位で五百点、エディタ嬢は十五位で四百七十二点。……ムーラン伯爵子息は三十三位で四百五十五点」

お兄様の表情が僅かにホッとしたものへ変わる。

「そうか、レアンドルも真面目にやっているようだな」

お兄様に聞いたところ、一年二年の頃は四十半ばから五十位を行ったり来たりしていて、あまり成績が良くなかったそうだ。それが今は三十位台前半。皆が真面目に試験勉強をしている中で、レアンドルも彼なりに努力して、この結果を残したのだろう。

もしレアンドルがこのまま真面目に努力を続ければ、中期試験の結果によっては上級クラスへ入ることも可能かもしれない。

前期、中期の試験結果ではクラス変更がされるのは、前世の学校との違いである。

順位によってクラスが決まるため、順位を上げれば、当然上のクラスへ移動することが出来る。

レアンドルも中期試験で三十位以内に入れば二年生の上級クラスへ入れるだろう。

「エカチェリーナ様も皆様も優秀ですね」

ちなみに生徒会役員は後期試験の結果で決まる。

各学年の一位から三位までが生徒会入りし、四位から十位までの人々はやりたい人だけが生徒会補佐として入会する。補佐と言っても雑務をこなすことが多いため、あまり入る人はいないようだ。

わたしは生徒会を断ったので入っていない。

お兄様が生徒会にいるし、入学したてで何も分からないわたしが入るより、他の慣れた人の方が戦力になるだろうし、何より生徒会に入ればかなり目立つ。

でも、今回の試験の結果から生徒会補佐くらいには入ってほしいと言われるかもしれない。

……顧問はリシャール先生だしね。

それならそれで、お兄様達のお手伝いをするだけなので、補佐ならば入ってもいいと思っている。

「ああ」

お兄様が満足そうに頷く。エカチェリーナ様達の成績が良かったからだろう。

「アリスティードもそう思わないかい？」

「うん？　何がだ？」

ロイド様の言葉にお兄様が反応して近付いていく。

まだ順位表を見ているルルにこっそり訊く。

「オリヴィエ＝セリエール男爵令嬢は？」

「五十四位、四百三十七点ですね」

「それって上がってるのかな？」

五十四位なら中級クラスである。

「報告では入学試験時が七十二位でした」

……なるほど、勉強も真面目にやり始めたということは本当なんだね。

前世で真面目に勉強していて、こちらでも同じように真面目に授業を受けて学べば、それなりに優秀な成績は残せるはずだ。

オリヴィエが噂を払拭するために勉強にも力を入れていると報告書にはあったけれど、本人なりに努力しているのは確かなようだ。

今回の試験で彼女はクラスが一つ上がるだろう。

この勢いのままならば中期試験で上級クラスに食い込む可能性もある。

本来のオリヴィエ＝セリエール、つまりオーリも努力によって上級クラスに入っていたはずだ。

方向性は違うが、努力家という点ではオリヴィエもオーリも似たところがあるのかもしれない。

「気になりますか？」

ルルの問いに苦笑する。

「ちょっとね。もし上級クラスまで上がったら、ロチエ公爵令息にまた近付こうとするかもしれないし、そうなるとお兄様もわたしも心配の種が増えそうだから」

それにこの間、エカチェリーナ様から嫌な話を聞いた。

どうやらオリヴィエは自分の周りにいるご令嬢やご夫人達にわたしに虐げられていると遠回しに触れ回っているようだ。ただ実名を挙げて話しているわけではない。

自分が悪評で苦労したため、わたしの悪評を広めて、わたしからお兄様やルルなど味方が離れて孤立するように仕向けたいらしい。

……まあ、でも、お粗末な手紙をばら撒いて、茶会で愚痴を言うくらいらしいのだけど。

オリヴィエは噂を広めてほしいと周りに訴えるが、周りはむしろ噂が広まらないように抑えてくれている。

……当然と言えば当然だよね。

ただ愚痴るだけならばお茶会の席の戯言で済むが、王族の悪評を、悪意を持って広めれば、元凶だけでなく、協力した側も不敬だと罪に問われる。勉強を頑張っているわりにその辺は疎いらしい。

「ですがロチエ公爵令息には婚約者がおられます。最近お二人は随分と親しくなったそうですよ」

「そうなの？」

「はい、報告が来ています。それにロチエ公爵令息はアリスティード殿下の言葉に従っております。そういった点から見ても、男爵令嬢が近付いたとしても今まで通り令息のほうが避けるでしょう」

「そっか、それなら良かった」

ロチエ公爵令息とエディタ様はあまり会わないので気になっていたが、関係が良好なのはいいことだ。

ロイド様もアンリも婚約者と親しいなら原作のようにはならないだろう。

オリヴィエの件は相変わらず頭の痛い問題だが、わたしの悪評も周囲が止めているし、そうすることでオリヴィエは自分自身の評価も落としている。

……そのまま自滅してほしいけど、オーリのことを考えると悩ましいなあ。

「リュシエンヌ、そろそろ教室に戻ろう」

「はい、お兄様」

振り向いたお兄様に声をかけられて歩き出す。

とりあえず、前期試験も終わり、良い結果が残せたことを今は喜んでおく。

オリヴィエについては作成中の魔法式もあるし、それが出来上がればいざという時、オリヴィエのみを封じればいい。

……そのことでオーリに許可を得ておかないと。

次に手紙が届いたら訊いてみよう。

ケイン＝フレイスの玉砕

「やった、五十七番……！」

廊下に張り出された順位表を見て、ケイン＝フレイスは拳を握った。

入学時は六十番だったので三人抜いたことになる。

一年の中級クラスにギリギリしがみついているような番号なのは変わらないが、六十番と五十七番では大きな差があるとケインは思っている。

……これならマルクス爺《じい》も文句は言わないはずだ。

ケインが騎士を目指し、学院に入学したいと考えてから約三年。勉強も剣の腕も元騎士のマルクス＝エルドという初老の男性に教えを乞い、三年間、毎日孤児院とマルクスの家とを往復した。

孤児院での仕事もあるので日中は難しく、いつも、夕方から夜まで勉強や剣術を習った。

簡単な読み書きと計算しか出来なかったので文字から覚えさせられたし、剣術では体力をつけるところから始まって、剣を握らせてもらえるまで一年もかかった。

マルクスは頑固爺で、子供のケインに対しても容赦がなかった。

勉強も剣も手を抜くことはなかったし、ケインにもそれを許さず、常に全力で取り組ませた。

貴族や裕福な商家の子供達は幼いうちから勉強も剣も習うが、ケインは十二歳からだったので、たった三年で追いつくためには厳しく指導するしかなかったのだ。

しかもある程度の礼儀作法まで叩き込まなければならない。

幸い、ケインにはやる気があった。マルクスは「時間がないなら努力するしかない」と事あるごとに言ったし、ケインも「確かにそうだ」と思っていた。

だから学院に入学するまでの三年間、ケインは文字通り寝る間も惜しんで勉強と剣術を学んだ。

礼儀作法は孤児院の院長からも教わった。

それでも頑張ることが出来たのは、友人であり王太子であるアリスティードや、自分が騎士を目指すきっかけとなったリュシエンヌが時折孤児院を訪れていたからだ。

特にリュシエンヌはこの三年で少女から大人の女性に近付き、美しさに磨きがかかり、その姿を見られるだけでケインは頑張る気力が湧いてきた。

優しく美しい王女殿下の護衛騎士になりたい。

別にリュシエンヌとどうこうなりたいわけではなく、ケインは、ただ騎士として側に控えているだけで十分なのだ。ただ、もし出来たら一度でいいから、あの琥珀の瞳を真っ直ぐに見たい。

初めて会った日以降、ケインはマルクスの下に通っていたため、二人とはすれ違ったまま会えていない。たまに慰問に来た二人を見かけることもあったが、マルクスの下に行く時間と重なって話をする間もなかったし、ケイン自身、余裕がなかった。

心身を削るような努力をして三年。ケインは学院の試験を無事通過した。

学力はあまり高くはなかったものの、ケインには幸いなことに剣の素質があった。

剣を握ってからたった二年でマルクスが教えることなどないほどに剣術の腕は上がり、そしてマルクスが後見人となってくれた。魔法も身体強化や攻撃系が得意になった。

ケインはその剣の腕のおかげで平民であるにも拘らず特待生制度を受けることが出来て、学費が免除された。

寮に入り、生活費は後見人のマルクスが「出世払いだ」と持ってくれている。

それもあり、孤児院に迷惑をかけることなく、ケインは学院への入学を果たしたのである。

学院生活は楽しかった。授業は難しいが、新しく出来た平民の友人や孤児院育ちでも気にしない貴族の友人達と互いに教え合い、協力しながら勉強した。

魔法実技の授業も楽しい。騎士を目指す者達で放課後に集まって剣の鍛錬をしたり、希望者だけが受けられる剣術の授業では魔法を織り交ぜた戦いを教えてもらったり、充実した日々を送っていた。

「ケイン、何位だった？」

友人に問われてケインは答える。

「五十七」

「上がったね、三人抜きは凄いよ」

「そういうお前は？」

「僕は三十五位」

ケインが溜め息をこぼす。

「俺よりかなり上だし、入学の時は四十だっただろ？　お前の方が凄いじゃん」

「そうかな？　でももっと良い成績を残さないと文官は難しいからね」

子爵家の三男である友人は城勤めの文官が目標で、そのために彼も努力している。

彼の家はいわゆる法服貴族というやつで、領地を持たず、王城で官職について働くことで金を得ている貴族だった。三男で爵位を継げないので、友人は自分で生きる道を探す必要があった。

非常に気の好い性格で、よくケインの勉強を見てくれるし、何かと一緒に行動している。

「文官も大変だな。城勤めするなら、どこか希望の場所とかあるのか？」

一口に文官と言っても就く部署は沢山ある。

「財務部だよ。上の兄の補佐をしたくてね。そういえばケインは何で騎士を目指してるの？」

「俺？」

友人に問われて一瞬言葉に詰まる。

王女殿下に憧れて騎士を目指している、というのは人に話すには少し気恥ずかしい理由だった。

思わず「あー……」と視線を彷徨わせたケインに友人が小首を傾げた。

「もしかして安定した職だから選んだの？」

「いや、まあ、それもあるけどさ……」

騎士は平民の中でも実は人気の職だ。

騎士には大きく分けて三つあり、王都を守護する一般的な警備兵の騎士団と、王城を守護したり任務に赴いたりする衛兵騎士団、そして王族を側で守護する近衛騎士団だ。

一般的な王都を守護する騎士団は学院に通わずとも入れる。

ただ就職率も高いが離職率も高い職である。

理由は理想と現実の違いだ。

平民達が思い描く理想の騎士と、王都を守護する騎士とでは仕事の内容があまりに違うのだ。

彼らが想像するのは王家に剣を捧げ、王族や王城を守護する華やかなものだ。

しかし王都を守護する騎士達が行うのは王都内の治安維持で、彼らが想像する騎士像とは異なっている。おまけに王都を守護する騎士団に入って昇進しても、衛兵騎士団には加われない。

そのため希望を持って入った者達が現実を知り、辞めてしまうことも少なくない。

それでも安定した職なので多少離職者が出ても問題なく機能しているのである。

一旦言葉を切ったケインが声を落とす。

「うちの国、王女殿下がいるだろ？」

友人も思わず顔を寄せて、小声で頷いた。

「うん」

「俺が育った孤児院はよく王太子殿下や王女殿下が慰問に来てて、昔、二人と遊んだことがある」

その時のことは今でも思い出せる。

よく晴れた日で、アリスティードと王女殿下も交ざって子供達で走り回った。

王女殿下は動きやすい地味なドレスに、髪を纏め上げていて、レースで目元を隠していた。

でも走り回るからそれは簡単に捲れて下にある琥珀の瞳がチラチラと覗く。

日の光に煌めく瞳は宝石みたいに綺麗だった。

……思えばアレに惹かれたんだよな。

「確かにお二人は慈善活動に積極的に参加しておられるね。僕の家の担当する孤児院も時々、慰問してくださるよ」

「それでその時に王女殿下を知ってさ、何て言うか『この人の近くに行きたい』って思ったんだ」

友人が目を丸くした。

「え、それって恋愛的な意味で王女殿下を好きってこと？」

ケインの頬が一気に赤くなる。

「そんなんじゃない！　そもそも王女殿下には婚約者がいるだろ！　……ただの憧れって言うか……。ほら、王女殿下って凄く優しいし、気遣いも出来るし、王女なのに威張った感じもないし」

「そうだね、社交界でもよく聞くよ。王太子殿下も王女殿下も王族なのにそれを鼻にかけることもなくて、とても気さくな方々だって」

「だよな！」

食い気味に肯定したケインに友人が笑った。

ハッと我に返ったケインが頭を掻く。

「まあ、とにかく、俺はそれから王女殿下の護衛騎士を目指してるんだ」

それに友人が「あれ？」と首を傾げた。

「でも王女殿下は十六歳で結婚したらニコルソン男爵の下に嫁いで、それ以降は社交界に出ないらしいって聞いたけど……」

「え？　王城に留まらないのか？　だってアリ——……王太子殿下は王女殿下を溺愛してるだろ？」

友人の言葉にケインは驚いた。

あのアリスティードは妹の王女殿下をとても大事にしているし、溺愛していて、孤児院への慰問にもよくついて来ている姿を見かけていた。

友人が困ったような顔をする。

「王女殿下は王城に残らないと思うよ。……旧王家の血筋がそれを許さないだろうね」

「どういうことだ？」

友人がケインを手招き、人気のない場所へ移動する。

周りに誰もいないのに友人は小声のまま話した。

「王女殿下は前国王の実子でしょ？　つまり、本来ならば最も王位に近い人物なんだ。でも同時に旧王家の血筋故に王にはなれない。なろうとしても、ほとんどの貴族が反対するだろうね」

「旧王家の、前の王族のしてたことが酷かったからか？」

「うん、たとえ王女殿下がどれほど素晴らしいお方であったとしても、旧王家の血筋というそれ自体が問題なんだ。貴族も民も旧王家を嫌っている。もし王女殿下が王位継承権を放棄しなければ、この国は血統を重んじる王女派とクーデターに参加していた王太子派で内乱に発展していた可能性もあったんだ」

王女殿下が王位に興味を示さなかったおかげでそれは回避されたが、実際のところは恐らく王女殿下もそれを理解した上で王位継承権を放棄したそうだ。

今現在も必要最低限の公務にしか顔を出さないのも、男爵という低い爵位の者と結婚するのも、結婚後に社交界から身を引くのも、全て王位を奪い返す意思がないと表すためであるらしい。

「話が逸れたね。そういう難しい話は置いておいて、王女殿下は飛び級して三年生にいるし、今年一年通って卒業したら、結婚して男爵家に降嫁する。王家から護衛に騎士は連れて行くかもしれないけれど、今いる王女殿下の近衛騎士の中から選ばれると思う。……だからケインが卒業後に近衛騎士になったとしても王女殿下の護衛にはなれないんじゃないかな」

ケインはショックで言葉が出なかった。

王太子であるアリスティードが溺愛している妹王女だから、きっと、結婚後も王城に残るものだとばかり考えていた。しかも降嫁したら社交界から身を引くなんて初めて知った。

貴族において社交界がどれほど重要な場なのかマルクスからケインは説明を受けていたし、友人が社交に精を出していることもよく聞いていたので驚いた。

それは、つまり、王女殿下は結婚したらもう人々の前に出る気がないということだ。

「そんな、それでいいのか……？」

……慈善活動にあんなに熱心で、子供達《チビ》が好きで、誰からも愛されるだろうあの王女殿下が……。

「僕達にはどうしようもないよ。それにニコルソン男爵は王女殿下が幼い頃からずっと傍にいて守ってきたそうだから、王女殿下のことも悪く扱わないはずだよ」

「それは当たり前だ。王女殿下を雑に扱うような奴に嫁がせたりなんてするもんか」

「それに社交の場で見かけるけど、男爵はずっと王女殿下に寄り添っているし、相思相愛って感じで、王女殿下も男爵も幸せそうだったし」

ケインはふと初めて王女殿下と出会った日のことを思い出した。

そういえば、あの日、王女殿下の従者は熱心な眼差しで主人だけを見つめていた。

「なあ、ニコルソン男爵ってどんな見た目だ？」

「え？　えっと、確か王女殿下より色の薄いブラウンの髪で、遠目だったから瞳の色までは分からないけど、綺麗な顔立ちの男性だったかな。確か王女殿下とは十歳以上歳の差があるらしいよ」

「……やっぱり……」

あの時の従者だ、とケインは思った。

王女殿下よりも色素の薄いブラウンの髪に、冷たい灰色の瞳、男のくせに妙に綺麗な顔立ちは、微笑んでいるのに鋭い眼差しでケインを睨んできた。

……あいつがニコルソン男爵か。

しかしあの男が王女殿下を守っているのであれば安心だなともケインは感じた。

たった数時間接しただけでも、あの従者がどれほど王女殿下のことを大事にしているか、ケインは身をもって思い知らされた。

……何せ近付く度にあの冷たい眼差しで睨まれたもんな。

今思えばあれは殺気を向けられていたのだろう。

「……王女殿下の護衛は無理か……」

ケインのしょんぼりと落ちた肩を友人が叩く。

慰めるような優しい手付きだった。

「王女殿下は無理だけど、王太子殿下の護衛騎士を目指してもいいんじゃない？　王太子殿下とも面識はあるんでしょ？」

「…………ああ、そうだな」

王女殿下の護衛騎士になれなくとも。

王太子殿下《アリスティード》の騎士を目指すのもいいかもしれない。最近全く会わなくなってしまったけれど、アリスティードはケインにとっては大事な友人の一人であることに違いはない。

「俺、王太子殿下の護衛騎士を目指すよ」

顔を上げたケインに友人が微笑む。

「応援してるよ」

「ありがとな。俺もお前の目標、応援してる」

「あはは、ありがとう」

そうしてケイン達は教室へ戻るために歩き出した。

夏期休暇

試験の結果が発表され、解答用紙が返され、前期試験を終えた学院は夏期休暇に突入する。

つい先ほどまで全校生徒の集会があり、そこで学院長からお言葉を受け、夏期休暇中の注意点についても色々と説明を受けた。話は非常に長くて、こういう集まりというのは世界が違っても同じように長いものなんだなと途中で少し意識を飛ばしてしまった。

……まあ、要は学院の生徒として恥ずかしい行動は慎むように、ということである。

夏期休暇は一ヶ月半。夏の最も暑い時期を避けるためだ。

それに夏場は社交シーズン真っ只中なので、貴族が多く通うこともあって学院側にはそれならばいっそ長期の休みを設けて生徒の負担を減らそうという意図もあるらしい。

この時期は地方からも多くの貴族達が社交の場に出るために王都へやって来る。

そして王都も増える貴族達にお金を落としてもらおうと、大通りの屋台が増え、普段よりもずっと賑やかになるのだ。

教室に戻ってきたわたし達だが、アイラ先生からもう一度、今度は短くだけれど夏期休暇中の行動について注意された。

「いいですか、この学院に通う皆さんは一人一人がこの学院の名前と伝統を背負っています。夏期休暇だからといって気を緩めず、悪事に手を染めず、正しい行いを心がけてください。そして宿題も忘れないように」

先生の注意にクスクスと笑いが広がった。

「さあ、これ以上は先生もしつこく言いません。皆さんも良い休暇を過ごしてくださいね」

ちなみに夏期休暇だからと言って成績表を渡されることはない。

代わりに前期試験の結果は各家に通知されている。

成績が下がって憂鬱な者もいれば、成績が上がって喜ぶ者もいるし、同じ成績を維持した者もいて、その辺りは前世の学校とそう変わらない感じがした。

最後の授業を終えて、クラスメート達も帰ったり、友人と話をしたり、自由に過ごし始めた。

わたしもカバンを手に立ち上がる。

「リュシエンヌ、今日も生徒会室に寄って行っても良いか?」

お兄様の言葉に目を丸くしてしまう。

「今日もお仕事があるのですか？」

「今帰ると正門のところで男爵令嬢と会ってしまうかもしれないだろう？　時間をズラしたい」

「なるほど」

今出れば、一年生や二年生と帰宅時間が被る。

そうなればオリヴィエと鉢合わせる確率は高いし、彼女のことだから近付いてくるかもしれない。

そういうことなら、と頷いた。

「あ、僕も行ってもいいかい？」

「私もご一緒したいですわ」

と言うロイド様とミランダ様と共に、教室に残っていたクラスメートに挨拶をして廊下へ出て、ルルとお兄様の護衛の騎士と合流して三階へ移動する。

そうして三階の生徒会室横の休憩室に入る。席に着いて不意に気付いた。

「時間を潰すならカフェテリアでも良かったのではありませんか？」

あちらの方が軽食などを頼めていいだろう。

けれどお兄様とロイド様が首を振った。

「あそこだと捜しに来るかもしれないだろう？」

「それに『夏期休暇中、是非我が領地にいらっしゃいませんか？』っていう誘いをかけてくる人達からもここなら逃げられるしね」

ロイド様の言葉に思わず「まあ……」と驚いた。何とも露骨なお誘いである。

……でも公爵家や王族と親しくなりたければ、自分から行くぐらいでないと縁をつくれないかもね。

お兄様が学院に入ってからの二年間、夏期休暇に私的なお出掛けをしたのは確かアルテミシア公爵領とクリューガー公爵領だけで、他は全て公務だった。

きっと学院で沢山のお誘いを受けても、全て断ってきたのだろう。

もしくは公務という名目で出掛けたのかもしれない。

私的な訪問と公務での訪問では意味が大きく違う。

「でも、わたしも一度くらいは旅行してみたいです」

この世界では旅行どころか王都の外に出たことすらないしな、と思いながら言うと、ルルとお兄様がパッとこちらを向いた。

同時に部屋の扉が叩かれる。

護衛の騎士が対応し、扉の向こうからエカチェリーナ様が姿を現した。

「やはりこちらにいらっしゃいましたか」

「ああ、下校時間をズラしたくてな」

エカチェリーナ様が入ってきて、お兄様が一度席を立ち、隣の椅子を引く。

面白いことに毎回座る場所がみんな同じなので、その人がいなくても、自然とその席が空いているのだ。そこにエカチェリーナ様が座るとお兄様も席に戻る。

「なんのお話をされておりましたの？」

エカチェリーナ様の問いにロイド様が答えた。

「毎年かけられる避暑地のお誘いの話から、リュシエンヌ様が旅行をしたことがない、という話に移っていたところだよ」

ロイド様の言葉にエカチェリーナ様が口元に手を当てて驚いた。

「まあ、リュシエンヌ様はご旅行をされたことがございませんの？」

「そうですね。離宮には庭園や池もありますし、少し気分を変えたい時にはお兄様の離宮に遊びに行ったり、こっそり城下に行ったりしておりましたから。それで十分楽しくて、どこかに遠出したいともあまり思いませんでした」

「そういえばリュシエンヌは昔からそうだったたな」

お兄様が考えるように腕を組んだ。

ミランダ様が身を乗り出す。

「それでしたら、これを機に一度ご旅行を経験されてみてはいかがでしょう？」

わたしは目を瞬かせた。

「わたしが、ですか？」

「ご結婚されてからでは出掛けにくいでしょう。それなら今年しかありませんわ」

ミランダ様の言葉にロイド様が頷く。

「それは一理あるね。過保護なニコルソン男爵がリュシエンヌ様を頻繁に旅行へ連れ出してくれるとは限らないし……」

全員の視線がルルに向いたので、思わずわたしも振り返ってルルを見上げた。

灰色の瞳と視線が合うと細められた。

仕方ないなぁというふうにルルが苦笑する。

「リュシーが出掛けたいならいいよぉ」

「いいの？」

「いいよぉ。それにどうせオレもついて行くしねぇ」

……それもそうだ。

ルルと旅行、と考えるとなかなかに魅力的である。

「旅行に行ってみたいです。でも、わたしの我が儘で国民の税金を使うのはちょっと……」

旅行と言っても前世のような気軽さでは行けない。

使えるのは馬車か馬だけだし、王女のわたしが動くとなれば大勢に迷惑をかけてしまうだろう。

お金だってかなりかかるはずだ。

腕を組んで聞いていたお兄様が口を開いた。

「なら、わたしの公務について来るのはどうだ？」

「公務にですか？」

「そうだ、私は他領の視察に行く予定があるだろう？　その時に一緒に来て、途中の、そうだな、クリューガー公爵領に数日泊まって、私が戻る時にまた一緒に戻ってくればいい。それなら新たに日程を組まなくても、こちらの日程に合わせるだけだし、騎士達も動きやすいんじゃないか？」

「それは素晴らしい案ですわ」

お兄様の提案にエカチェリーナ様が身を乗り出し、賛同するように大きく頷いた。

「我がクリューガー公爵領には有名な避暑地がございますので、夏期休暇のご旅行にはピッタリですのよ。大きな湖のある森ですが、凶暴な獣もおらず、観光旅行者向けに湖畔にいくつか別荘も建ててあるので、お好きな場所で過ごすことが出来ますわ」

どこかで聞き覚えのある言葉に首を傾げる。

……どこで聞いたっけ？

避暑地、大きな湖のある森、安全な場所、公爵領――……。

「……もしかしてウィルビレン湖ですか？」

「あら、ご存じでしたのね」

「はい、学院に通う前に家庭教師だった方が話していました。大きな湖で、湖の中にはいくつも小さな島があって、特に朝日が昇る頃と夕日が沈む頃は非常に美しいそうですね」

わたしに教育をしてくれた教師の一人が以前、休暇でそこへ行って、とても美しい場所だったと教えてくれた。ダンスの先生だったけれど、厳しい女性で、普段は礼儀作法などについて色々と教えることはあっても、そういった私的な話をあまりしない人だったので印象に残っていたのだ。

エカチェリーナ様が頷く。

「ええ、その通りですわ。湖周辺の一部は観光地として開放しておりますが、ほとんどが貴族の避暑地ですから警備も万全で、王都とも近いので初めてのご旅行でも疲れずに目的地に到着出来ます」

「私の公務について来る形だから、別々に行くよりも良いと思う」

お兄様の後押しする言葉に考える。

……一度くらい旅行してもいいかな。

「そうですね、お父様が許してくださいましたら……」

お兄様が明るく笑う。

「きっと許可してくださると思うぞ。何せ父上もリュシエンヌのことは可愛いからな。むしろやっと外の世界に興味を持ってくれたかと喜ぶだろう」

……ああ、まあ、わたしって引きこもりだもんね。

＊　＊　＊　＊

何もかもが計画通りにならない。

たった一人だけ残された教室は、窓から夕日が差し込み、全体を濃いオレンジ色に染めていた。

原作ならば一番好感度の高い攻略対象がオリヴィエのところを訪れて、夏期休暇中に一緒に出掛けないかとデートの約束をしに来るはずだった。

現在、一番好感度が高いのはレアンドルであったが、そのレアンドルは婚約者と婚約を解消して以降、オリヴィエを明確に避けている。

それでも、もしかしたらという希望をかけて、オリヴィエはずっと教室に留まった。

レアンドルがダメならアンリでもいい。

攻略対象の誰かが来れば、繋がりはつくれるはず。

でも夕方になってもオリヴィエの下を訪れる者は誰もいなかった。

「おーい、そろそろ教室を閉める、ぞ……」

聞こえてきた声にオリヴィエはパッと顔を上げた。

教室の出入り口にいたのはリシャール＝フェザンディエだった。

「リシャール先生！」

オリヴィエは思わず立ち上がった。

そしてリシャールへ駆け寄っていく。

そのリシャールの顔が僅かに強張っていることに、オリヴィエは気付かず、前に立つ。

「すみません、勉強をしていたので遅くなってしまいました」

「へ、へえ、そうなのか……」

オリヴィエは原作のヒロインと同じ言葉を口にした。声をかけられたリシャールの目には、何も置かれていない机が映っていたのだが、オリヴィエはそれに気付かなかった。

「とにかく、もう下校時間だ。早く帰るように」

教室から離れようとするリシャールにオリヴィエは焦った。

せっかく現れた攻略対象を逃がしたくないという気持ちから、オリヴィエはとっさに、リシャールの着ていたローブの裾を掴んだ。

「先生、実は試験の問題で分からないところがあったので聞きたくて。……お休み中でも、学院に来たら会えますか？」

オリヴィエは自分が一番可愛く見えるだろう角度で、リシャールを上目遣いに見上げた。

「悪いが夏期休暇中は学院にいない。質問があるなら今してくれ」

「え」

予想していたのとは違う淡々とした反応にオリヴィエは目を丸くした。

オリヴィエは外見に自信があった。何せヒロインなのだから、庇護欲を誘うこの可愛らしい外見に見とれない男はいないだろう。街に出ればナンパなんてしょっちゅうだし、レアンドルだってオリヴィエが笑いかけるだけでいつも少しだけ頬を赤く染めていた。……それなのに。

「質問しないなら俺は会議があるから戻るぞ。いつまでものんびりしてないでさっさと帰れよ」

そう言って、スルリとオリヴィエの手からローブの裾を取ってリシャールは行ってしまった。

待って、と言うオリヴィエの声は虚しく溶けた。

伸ばした手は何も掴めなかった。

静かな夕暮れにリシャールの足音が遠ざかって、そして何も聞こえなくなった。

「…………んで」

俯いたオリヴィエが唇を噛み締めた。切れた唇から僅かに血が滲む。

「ふざけんな!!」

ガツンと近くにあった机をオリヴィエは蹴った。

怒りのままに、何度も机を蹴りつける。

「何で！　ヒロイン《わたし》に！　振り向かないっ、のよ!!」

ガン、ガツン、机と椅子がズレて、後ろの机とぶつかった。

それでも構わずに蹴り続ける。

「私はヒロインなのよ⁉　ヒロインが見つめたら、攻略対象は、可愛いねって言いなさいよ!!　何のための、攻略対象よ!!　使えない、わね!!」

ついに蹴られていた机の向きがズレて、床へ倒れたが、オリヴィエは倒れた机をまだ蹴った。

机の表面に靴から土埃が舞ったが、オリヴィエはやめなかった。

「ムカつくムカつくムカつくムカつくムカつくムカつく!!」

「クソがっ!!」

と机に怒りをぶつける。

それからしばらく、オリヴィエの怒りは続いたのだった。

＊　＊　＊　＊　＊

オリヴィエのいる教室から一つ空き部屋を挟んだ教室。

その開けっ放しの扉の陰に座り込み、リシャール＝フェザンディエは黙って声と音を聞いていた。

……聞いていたよりヤバい奴みたいだな。

先ほどのことを思い出す。

生徒が残っていないか確認をしに来たら、オリヴィエ＝セリエール男爵令嬢がいた。

近付かないようにしていたのにうっかりしていた。

先にこっそり教室の中を窺っておけば良かった。

男爵令嬢は勢い良く立ち上がると、リシャールが逃げる間もなく駆け寄ってきた。

そして訊いてもいないのに「勉強していた」と口にしたが、今しがた男爵令嬢が座っていた席の机上には勉強道具は一切置かれていなかった。

それにリシャールはゾッとした。

今日の授業は午前中だけだ。

時間を潰す道具がないということは、何もせずに、この時間まであの席に座っていたのだろう。

何とか逃げようとしたが、男爵令嬢はリシャールのローブの裾を掴んで引き留め、しかも、明らかに計算したような可愛らしい上目遣いで見上げながら夏期休暇中に会えないか尋ねてきた。

それにはさすがのリシャールもイラッときた。

夏期休暇中は婚約者と会いたいし、休みと言っても教師の仕事は色々とある。

だからリシャールは苛立ちのまま、淡々と対応し、その場を離れた。

そうしてあえて別の教室に隠れて、男爵令嬢がどのような反応をするか待った。

見極めたかった。その結果が断続的に聞こえる鈍い音と、聞くに耐えない言葉の数々であった。

……もう絶対に近付かないようにしないとな……。

粘着されたくないし、利用されたくもない。

座り込んだまま、リシャールは聞こえてくる音に小さく息を吐く。

……男爵令嬢がいなくなったら確認するか。

学院の備品は公共の物だ。それに八つ当たりするなど常識的に見ても、ありえない。

聞こえてくる声や音は、まるで幼い子供が酷い癇癪を起こしたようだ。

頼むから学院の備品を壊さないでくれ、とリシャールは座り込んだまま、もう一度深く息を吐いたのだった。

エピローグ

離宮に帰ってきて、リニアさんとメルティさんに手伝ってもらい、ドレスを着替える。

授業が半日だけだったと言っても、やっぱり疲れるものだ。

ソファーに座り、そのまま横向きにぐでっとソファーに倒れ込む。

「あは、リュシー、とけてるねぇ」

つんつん、と後ろからルルがわたしの頬をつついてくる。

リニアさんはドレスを、メルティさんはカバンを持って下がって行った。

部屋にわたしとルルだけが残される。

「うん、しばらく学院に行かなくていいって思うと、ちょっとホッとしてる」

「ヒロインちゃんの件〜？」

「そう、それ」

原作のゲームの時間軸が始まり、入学式初日からオリヴィエはお兄様や他の攻略対象に近付こうとしたり、わたしの悪評を広めようとしたり、問題行動ばかり起こしている。

その一方で慌てて自分の悪評を何とか変えようと努力もしていて。

先が読めるような、読めないような、微妙な状況が続いていた。

……原作通りには全くなってないけどね。

この世界にはゲームの強制力がない。それが救いであった。

ゲームによく似ているだけの世界なのだから当然なのかもしれないが。

起き上がり、背もたれに体を預けて、ソファーの後ろに立つルルを見上げた。

小首を傾げて見下ろしてくるルルに訊く。

「わたし、悪役じゃないよね……？」

ルルが微笑んで頷いた。

「大丈夫、悪役じゃないよぉ」

その言葉に心底安堵した。

これまで悪役にならないように努力してきた。

お兄様やロイド様達との仲も良好になるように頑張ってきたし、王女としての公務だって真面目に行い、慈善活動にも積極的に参加して、良い王女というイメージを崩さないようにした。

「リュシーはゲーム通りにはならないよぉ」

後ろからルルに抱き締められる。

「分かってる。でも、時々思うの。もしわたしがヒロインちゃんに負けて、悪役の王女に仕立て上げられて原作通りになったらって思うと、少し怖い」

「少しなんだ～？」

「だって、もしわたしが断罪されそうになったらルルが攫ってくれるでしょ？」

ふふ、とルルの小さく笑う声がした。

「そうだねぇ、その時はリュシーを攫ってぇ、誰もいない場所に連れて行っちゃうよぉ」

「だから、少し怖いって感じるけど、安心感もあるの」

ルルだけは絶対にわたしの味方で、ルルはわたしを絶対に助けてくれる。

そう分かっているから不安を感じてもすぐに安心出来る。

「きっと、夏期休暇が明けたら向こうも動き出すんじゃないかな」

何も進展がないことに焦って、今よりも明確に行動するだろう。

そうなれば、今度こそ正面切っての戦いである。

「ルルはわたしのルルなんだから、絶対に渡さない」

わたしの言葉に、ルルの腕の力が少し強くなる。

「リュシー、大丈夫だよ」

いつもとは違って間延びしていない口調が言う。

「この夏期休暇でリュシーは十六になるでしょ？　そうしたら、オレはリュシーのものだよ」

まるで悪魔が誘惑するような囁きだった。

「ルルはわたしのものだよね？」

「うん、それで、リュシーはオレのもの」

ルルから感じる温もりに身を任せる。

……夏期休暇、ルルと一緒に旅行へ行けるといいな。

その間くらいは、ヒロインちゃんのことを忘れて過ごしたい。

十六歳になったらわたしとルルは婚姻する。

そうして、この夏期休暇の間にわたしは十六歳を迎える。

ずっと夢見たルルの奥さんに、わたしはなる。

特別書き下ろし
番外編

暗殺者の夜

I WAS REINCARNATED
AS A VILLAIN PRINCESS,
BUT THE HIDDEN CHARACTER
IS NOT HIDDEN.

夜、リュシエンヌがぐっすりと眠りについた後。

ルフェーヴルは自身にあてがわれた部屋で侍従用のお仕着せから、本職用の服へ着替え、スキルを使用して離宮を出た。

認識阻害のスキルを使用したルフェーヴルに気付く人間はいない。

王城の敷地を出て、町の屋根を伝って移動する。

今日は月のない夜で星がいつもより鮮明に見える。

屋根の上を駆け、家と家との隙間を飛び越え、音もなく目的地である闇ギルドの建物へと到着した。

近くの建物の屋根を蹴り、適当な階の窓の縁に着地する。

コン、と一度だけ窓を叩けば、中のカーテンが開かれ、ギルドに常駐している護衛達の一人だろう大柄な男が顔を覗かせた。名前は知らないが、よく顔を合わせる男である。

ルフェーヴルがスキルを切って姿を現せば、男は一瞬目を丸くした後、窓を開けた。

開けられた窓から建物の中へ入る。

「またですかい」

呆れた様子の声に、ひらりと手を振り応え、そのまま上階へ続く階段へ向かう。これもいつものことだ。

下から入ると手間だし、酒場を通るのは目立つ。

階段を上がり、最上階へ着き、ギルド長の部屋へ向かう。

ギルド長がいるだろう部屋の扉の前には、いつも、決まって女傭兵が立っている。

ローブを着て、フードを目深《まぶか》に被っているので顔は滅多に見えないが、それでも向けられた視線は分かる。

「仕事で来たよぉ」

そう言えば全身に視線を感じ、女傭兵は扉を数度叩く。

中から微かに声が聞こえ、女傭兵が顎で扉を示した。

入室の許可を受けてルフェーヴルは扉を開ける。

「今日の任務は～？」

中へ入り、扉を閉めたルフェーヴルに、闇ギルドの長アサド＝ヴァルグセインが書類から顔を上げた。

「ああ、もうそんな時間でしたか」

「相変わらず仕事ばっかりしてるねぇ」

書類の山に埋もれるようにして座っているアサドに、ルフェーヴルは少し呆れてしまった。

いつ見ても、いつ来ても、このギルド長の机は書類が山のように積み上がっているし、室内も紙とインクの匂いが漂っている。ただ、この男は葉巻は吸わないらしい。

……なぁんか既視感があるんだよねぇ。

それに内心で小首を傾げつつ、机へ近付く。

「本日の任務ですが、まずはこれを見てください」

差し出された書類を受け取る。

一枚目には見覚えのない男の顔が描かれていた。

二枚目には王都の地図、三枚目にはどこかの建物の間取りが描かれており、謎の一文が書かれている。

「その男の暗殺をお願いします。男の名前はアドソン＝ウェルズ、最近他国から流れてきた者なのですが、賭博場を運営しています。表向きは賭博場のオーナーという立場ですが、裏で身寄りのない子供や孤児院の子供を攫い、娼館へ売ったり、他国へ奴隷として横流ししたりしているようなのです」

顔、住所、建物の間取り、一文を覚えて書類を暖炉へ放り込む。

「最近、こういうの多くなぁい？」

ルフェーヴルはこの闇ギルドの中でも地位がそれなりに高い。

仕事を選り好み出来る立場だが、基本的に、金払いが良く、リュシエンヌと関係のないものであれば受けている。

暗殺、密偵、拷問による情報の収集と色々やる。

だが近頃はこういった『王都の治安を乱す物の抹殺依頼』が確実に増えた。

「こういう仕事は王都を守護する騎士サマ達がすればいいじゃん。何でオレのほうに回ってくるのぉ？」

「他国の人間を騎士が捕縛すると色々と厄介なのですよ。それならば、こっそり消してしまったほうが良いのでしょう。まあ、今回は怨恨による依頼ですが」

「ふぅん？　まあ、金さえもらえるなら理由はどうでもいいけどさぁ」

ルフェーヴルは暗殺者であって正義の味方ではない。

殺せという仕事があれば殺す。それだけだ。

金払いが良ければ何も言うことはない。

「賭博場ってことは他にも人間がいるだろうけど、殺しちゃっていいのぉ？　それともソイツだけ？」

「全員殺してしまっても構いませんよ。夜間は人数が少ないようですから。ただし中への手引き役だけはうちの人間なので殺さないようにお願いします。あなたが中に入ってから一時間後に手引き役が掃除屋を呼びます」

「りょ～かぁい」

……掃除屋が来るなら全員殺してもいいかぁ。

どうせ生かしておいても掃除屋達に後で殺されるなら、先にルフェーヴルが殺してしまってもいいだろう。

ルフェーヴルは殺すだけだが、掃除屋は、殺して後片付けを終えるまでが仕事である。恐らく、明日の日が昇る頃には賭博場は綺麗さっぱり中身が消えて、一夜のうちに夜逃げしたような状態になるはずだ。

「じゃあ行ってくるねぇ」

アサドに背を向け、扉を開ける。

廊下へ出たら適当な窓へ向かった。

「……開けたら閉めろ」

女傭兵が文句を言っていたが聞こえないふりをして、ルフェーヴルは窓を開け、そこから外へ体を乗り出した。

「後はヨロシク〜」

そうして夜の町へまた飛び出した。

目的地は町の西にある。そこまで屋根を伝って行く。

もっと早く移動出来る手段があれば時間短縮になるのだが、さすがに魔法を使うと発動時に淡く光るので目立ってしまう。使えるのはあくまで身体強化だけだ。

……早く終わらせて帰らないとねぇ。

今夜は王家の影達にリュシエンヌの護衛を任せているが、やはり、早く帰ってリュシエンヌの傍にいたいと思う。

リュシエンヌとの結婚生活のために資金はほしいけれど、離れるのは少し面白くない。

そう思って、ふとおかしさが込み上げてくる。

暗殺者である自分が誰かを大切に思う日がくるなんて、リュシエンヌと出会う前は想像もつかないことだった。

今でも、たまに不思議な状況だなぁと感じる時がある。

そんなことを考えながら、標的がいるはずの賭博場付近に着き、ルフェーヴルは建物の向かいにある家の屋根から様子を見た。

深夜ということもあって通りに人気はなく、耳を澄ましてみても、特に物音も聞こえない。

頭の中で先ほど闇ギルドで見た賭博場の間取りを思い出す。

……確か裏手に出入り口があったよねぇ。

そこに丸で印がつけられていたので、そこから侵入しろ、ということだ。

賭博場の屋根に飛び移り、裏路地に下りる。

フードが外れないように目深に被り直す。

そして、スキルを切って裏口の扉を叩いた。

扉の丁度目線の高さ辺りに長方形を横にしたような覗き窓があり、扉を叩くと、そこが開けられ、人の目がこちらを見る。

「新月の夜に奏でる精霊のハープ」

覗き窓の向こうから男のものだろう低い声がする。

ルフェーヴルは書類に書かれていた文を伝えた。

「猟犬が狩るは獲物のみ」

パタンと微かな音を立てて覗き窓が閉じる。

そのすぐ後にカチャリと鍵の音がして、扉が開かれた。

素早く中へ入ると背後で扉が閉められる。

「一階に二人、二階に四人、標的は現在一人」

手引き役の男の言葉にルフェーヴルは頷く。

そしてホルスターからナイフを引き抜くと、それを片手に暗い廊下を進む。それなりに夜目が利くので明かりは要らない。

廊下にはいくつかの扉があるものの、明かりがついている部屋は一つだけのようだ。

僅かに開かれたままの扉から光が漏れている。

そっと近付き、中の様子を窺う。

「それで、その時のガキの泣き顔が傑作でよお！」

「ああ、あれは笑えたよな！」

ギャハハハ、と品のない笑い声がする。

匂いからして酒を飲んでいるようだ。

ルフェーヴルはスキルを発動させ、懐から取り出した金貨を足元へ落とした。チャリンと澄んだ音が響くと話し声が止む。

「おい、今何か音がしなかったか？」

「金みたいな音だったな」

「ちょっと見てくる」

存外、耳は悪くないらしい。

二人いる男の一人が椅子から立ち上がる音がして、足音が近付いてくる。

ルフェーヴルは右手の壁、部屋のあるほうに体を寄せた。

出てきた男は明かりすら持っておらず、スキルを発動したルフェーヴルを認識出来ないため、気付かずに目を凝らして廊下の暗闇を見た。

「……おっ」

どうやら落とした金貨を見つけたようだ。

ルフェーヴルの前を通り、落ちている金貨のところへ真っ直ぐに向かった男が、身を屈めて床へ手を伸ばす。金貨を拾い、体を起こした瞬間、後ろからルフェーヴルは男の口を片手で押さえ、もう片手に握ったナイフをその首筋へ深々と突き刺した。

ぐ、と微かにくぐもった声が漏れたものの、すぐに引き抜き、蹴り倒した。

どたりと音がして、部屋から声がした。

「どうした？　何かあったのか？」

床に倒れた男が喉を押さえて苦しんでいる。

部屋からもう一人の男が出てきたが、明るい場所にいたからか、暗い廊下の様子は全く見えていないようだ。

足音を殺して近付いていく。

「おい、どうしたって――……」

ルフェーヴルはナイフを一閃、横へ滑らせた。

一拍の後、目の前の男の首から派手な血しぶきが噴き出し、ルフェーヴルはそれを避けるために後ろへ下がった。

首を押さえた男が訳が分からないという表情でパクパクと口を開閉し、そして、その場に崩れ落ちる。

男二人は少しの間苦しんでいたが、やがて動かなくなった。

それを確認してルフェーヴルは落ちていた金貨を拾った。

金貨は少し血で汚れていたが、適当に服で拭うと懐に戻し、部屋を覗き込む。従業員用の部屋なのか、テーブルに椅子代わりの木箱がいくつか床にあり、店で使っているのだろう色々な物が棚に詰め込まれ、雑然とした雰囲気だ。

中に人影はなく、ルフェーヴルはそのまま部屋を通り過ぎた。

一応、他の部屋から物音がしないか耳を澄ませてみたが、反応はなく、人の気配も感じられない。

奥の階段を上がり、二階へ向かう。

廊下から見たが、二階も、明かりのついている部屋は奥の一室だけらしい。

足音を消したまま手前の扉の前に立つ。

……人が動く気配はないねぇ。

そっと扉の取っ手を掴み、音が立たないよう、ゆっくりと内側へ向けて少し開ける。音はしない。

少し埃っぽい臭いのする空気が流れてきたので、恐らく倉庫か使っていない部屋だろう。

ルフェーヴルは扉から手を離し、次の扉へ向かう。

先ほどと同じように音もなく扉を開け、拳一つ分ほど開けたところで動きを止めた。音がする。

……寝息と鼾《いびき》？

暗闇の中から規則正しい微かな寝息が一つ、うるさい鼾が一つ。どうやら、どちらもぐっすり眠っているらしい。

静かに扉を開けて室内へ入ると二つベッドがあった。

右手に一つ、左手に一つ、壁際に寄せてあり、そこにそれぞれ一人ずつ眠っている。

まずは寝息の静かなほうへ近付いた。

寝相が悪いようで足元に枕が落ちていた。それを拾い、眠っている人間の頭に押しつけ、持っていたナイフを心臓付近に突き立てた。枕ごと頭を押さえ、ナイフを引き抜く。

眠っている人間は無抵抗なので殺すのは簡単だ。

動かなくなったのを確認して枕から手を離す。

もう一人は横で仲間が殺されたことに気付かず、大きな鼾を立てて熟睡していた。同様に殺す。

こうなるとただの作業にすぎない。

室内の二人を殺し終え、ルフェーヴルは廊下へ戻り、扉を閉める。

その隣の部屋は空き部屋で、倉庫か使っていない部屋のようだった。

更にその隣の部屋に残りの二人がいた。

そっと扉を開けると僅かに薄ぼんやりとした光が見え、手を止めた。

中から聞こえる音は小さな寝息が一つ。

しかし、人の動く気配がする。

扉の隙間から中を確認すれば、こちらへ背を向け、机で何かしている男が一人。左右にあるベッドの片方にもう一人、眠っているようだ。

静かに扉を開き、室内へ侵入する。

机の男は気付いていない。

持っていたナイフを仕舞い、別のナイフを取り出した。

このナイフには毒が仕込んであり、刺すと相手の体内に毒を流すことが出来るものである。

男の後ろに立ち、見れば、男は隻腕だった。

後ろから喉元を掴んで声が出せない状況にして背中からナイフを突き刺した。男の体が強張り、残っている片腕がルフェーヴルの腕を掴んだ。

けれども身体強化をかけたままのルフェーヴルの腕は引き剥がせない。

ぐ、ぅ、と微かに呻いたが、毒が効き始めたのかすぐに抵抗は弱くなり、ぐったりと椅子にもたれかかる。

ひゅー、ひゅー、と苦しげな呼吸音がする。

背中からナイフを引き抜き、ホルスターへ仕舞う。

麻痺性のある毒なので動くことも出来ないはずだ。

あとは放っておいても死ぬだろう。

最初のナイフを引き抜き、ベッドへ向かう。

ベッドに寝ている男は先ほどの男達と同様に殺した。

手引き役の言葉が正しければ、残るは標的だけである。

……手応えないなぁ。

ルフェーヴルは戦闘や暗殺に刺激を求めており、今回のように、もはや作業でしかない殺しには興味がない。

男の体からナイフを抜き、血を払う。

部屋を出て、扉を閉めた。

やや立て付けが悪いのか、その形を浮かび上がらせるように奥の部屋の扉からぼんやりと光が漏れている。

中の音へ耳を澄ませる。話し声などはない。

扉を静かに開けても中から反応はなかった。

隙間から覗けば、机があり、壁際に本棚があり、男が一人、本棚の前で突っ立っている。本か何かを読んでいるらしく、集中している気配が伝わってくる。

その横顔はギルドで見た書類に描かれていたものだった。

ルフェーヴルは扉の隙間から静かに中へ入る。

そして、男に近寄り、後ろから口元を覆うように掴み、もう片手のナイフで男の首を掻き切った。

突然のことに男の体が強張り、首元を押さえながら、男が何かを払うように手を横へ振ったため、下がって避ける。

ルフェーヴルはスキルを切った。

いきなり目の前に現れたルフェーヴルに男が目を見開き、叫ぼうとしたが、喉から声は出なかった。

「無駄だよぉ、アンタ以外も全員殺しちゃった」

首を押さえた男の表情が恐れに変わる。

音もなく男へ歩み寄る。

男が数歩下がり、机にぶつかって寄りかかる。

「な、で……」

何故と問われてルフェーヴルは声もなく笑った。

「何でって、悪いコトするからだよぉ」

そうしてルフェーヴルは男の胸にナイフを深々と沈めた。

「この王都にアンタみたいなのは要らないってさぁ」

ナイフを引き抜き、血を払い、ナイフを納める。

男が床に膝をつき、うつ伏せに倒れ込む。

それを見下ろしてルフェーヴルは思う。

……リュシーの顔が見たいなぁ。

今頃は熟睡しているだろうが、あの柔らかな頬に触れて、細く小さな手を握って、リュシエンヌの声が聞きたい。

スキルを発動させ、早足で部屋を出て、廊下を抜けて、建物の外へ出る。死体などは掃除屋に任せれば良い。

跳躍し、適当な家の屋根へ上がり、闇ギルドへ向かう。

一度顔を見たいと思ってしまうと、もうダメだ。

早くリュシエンヌの下へ戻りたい。

屋根の上を走り、跳躍し、行きよりも早くギルドへ戻る。

ギルドの屋根に着地して、窓の鍵を魔法で開けて中へ入ると、廊下の向こうにいた女傭兵が身構える。

「オレだよ、オレ～」

とスキルを解除する。

女傭兵が不満そうに唸る。

「下から入れ」

「気が向いたらねぇ」

女傭兵がギルド長の部屋の扉を叩き、顎で示す。

ルフェーヴルは扉を開けて中へ入った。

「終わったよぉ」

アサドが顔を上げる。

「お疲れ様です」

相変わらず書類に埋もれている。

「全員殺してきたけどいいんだよねぇ？」

「ええ、構いませんよ。報酬は今渡しますか？」

「あー、急ぎで帰りたいから今度でいいやぁ」

ルフェーヴルの言葉にアサドが頷く。

「じゃあ、また仕事があったら声かけて〜」

「分かりました」

ひら、とルフェーヴルは手を振り、部屋を出る。

そして女傭兵の視線を感じつつ窓から飛び出した。

屋根を伝って王城へ戻る。

城壁を越え、走り抜け、リュシエンヌの離宮へ着く。

使用人として与えられた部屋に向かい、そこで手早く汗を流し、侍従用のお仕着せに着替え、スキルを切って部屋を出る。

リュシエンヌの眠る寝室までは歩いて行く。

警備の騎士とすれ違い、リュシエンヌの寝室へ辿り着く。

扉を静かに開けて中へ入り、出て行く時と変化がないことを確認し、ベッドへ近寄った。

……うん、よく寝てるねぇ。

ぐっすり眠っているリュシエンヌを見ると穏やかな気持ちになり、安心感を覚えた。

天井裏には王家の影の気配が三つ。これも変わらない。

気持ち良さそうに眠るリュシエンヌの頬にそっと触れる。

色白で、柔らかくて、傷一つない肌はきめ細やかだ。

目元にかかったチョコレートに似た色合いの髪を退かしてやり、毛布をきちんと肩までかけ直す。

リュシエンヌは寝つきが良く、一度寝入るとなかなか起きないので、ルフェーヴルが多少動いても寝ているし、わりとどこででも眠れるらしい。

「リュシー、オレ、人を殺してきたよぉ」

小さな声で告げる。当たり前だが聞こえてはいないだろう。

リュシエンヌはルフェーヴルが暗殺者だと知っていて、それでもルフェーヴルの手に触れて、抱き締めると嬉しそうに笑う。この手が血に汚れていても嫌がらないし、恐れない。

純粋だけど、どこか歪なリュシエンヌをかわいいと思う。

ずっとルフェーヴルと共にいたからか、それとも元からそのような性質だったのか、どちらにせよ、リュシエンヌからの執着と依存は心地好い。

ルフェーヴルに下心を持って近付いてきたメイドなどはすぐに姿を消した。リュシエンヌが追い払ったのだ。

それがとてもかわいくて、嬉しくて、ルフェーヴルは気分が良かった。

嬉しいという感情の強さはリュシエンヌと出会ってから知り、自分にこれほど明確な喜怒哀楽があることに驚いたが、それが案外悪くはない。

ベッドの枕元に置きっぱなしになっている椅子へ腰掛けた。

ここがルフェーヴルの夜の定位置である。

体を鍛えたり、武器の手入れをしたり、仕事に出ることもあるが、予定がなければここでリュシエンヌの寝息を聞いて過ごしている。

待つことは苦ではない。暗殺でも、間諜でも、待機する時間を苦痛に感じていてはやっていけない。

それにリュシエンヌの寝息を聞くと、この細くてか弱い存在がきちんと生きているという安堵感がある。

ルフェーヴルが首を掴んで少し力を入れれば、ナイフを刺せば、簡単に死んでしまうだろう。

人間は簡単に死ぬ。だからこそ注意が必要だ。

リュシエンヌと接する時はいつも加減をしている。リンゴくらいなら容易く握り潰せるルフェーヴルが、何の加減もせずに触れたら絶対に怪我をさせてしまう。

そのようなことは望んでいない。

ガラス細工を扱うように、優しく、大事にしなければ。

ベッドの上に投げ出された小さく細い手に、ルフェーヴルは自分の手を重ね、そっと包む。

眠ったままでもリュシエンヌの手が緩く握り返してくる。

……やっぱりリュシーの傍は落ち着くねぇ。

規則正しい小さな寝息に体の力が抜ける。

背もたれに体を預けた。

熟睡するわけではないが、リュシエンヌが目を覚ます時間になるまで少し眠れば、十分休息になる。

「……おやすみ、リュシー」

囁き、ルフェーヴルは目を閉じた。

ややあって、二つ分の寝息が微かに響く。

暗殺者の夜が静かに更けていった。

あとがき

皆様、こんにちは。三巻から約二ヵ月ぶりな早瀬黒絵です。

この度は『悪役の王女に転生したけど、隠しキャラが隠れてない。4』をご購入いただき、まことにありがとうございます。つい二ヵ月ほど前に三巻が出たのに、もう四巻も出てしまいました。

しかも、三巻の発売日前から既に四巻とコミックス一巻の予約が始まるということになり、それに加えてグッズも販売するとなり、嬉しさと驚きでいっぱいでした（笑）。

「三巻まだ出てないのにもう四巻とコミックスの予約できるの⁉」

と、家族で笑い合いました。ちなみに家族は毎回、速攻で予約してくれます。

献本もいただくのですが「読書用と保存用はほしい」だそうで、定年を迎えた父が、帯がへろへろになるまで繰り返し読んでくれている姿を見ると励まされます。

三巻から四巻の書籍作業中は予想外のことが立て続けに起きてバタバタしておりましたが、無事に四巻も出すことができて嬉しいです。本当に色々ありました……。

しかし、今回の件で一番に感じたのは「芸は身を助く」というのは本当だったんだなあ、というもので、書籍のお金で家族の健康を支えることが出来てホッとしております。もし書籍のお金がなければ、もっと大変なことになっていたかもしれません。私も健康には気を付けようと思います。

さて、ついに原作乙女ゲームの本編時間軸に突入したリュシエンヌとルフェーヴルですが、何だかんだルフェーヴルが暗躍していたり、オーリの件があったり、原作通りには進まない様子になってきましたね。リュシエンヌが記憶を取り戻してから十年、長かったです。

ここからは学院で、三年生として過ごすリュシエンヌの一年の物語になります。

……そうは言っても簡単には終わらなさそうですが（笑）。

成長したリュシエンヌの可愛さ、ルフェーヴルのかっこよさにニヤニヤしつつ、こうして乙女ゲームの原作時間軸まで無事出版できたことは、全て皆様のおかげだと思っています。

家族、友人、小説を読みに来てくださる皆様、出版社様、編集者さん、リュシエンヌとルフェーヴルの成長をここまで丁寧に描いてくださったイラストレーターの先生、多くの方々に感謝の気持ちをお伝えしたいです。本当に、いつもありがとうございます！

欲を言えば、七巻くらいまで出したいなあ、なんて。

そこまで続いてくれたら幸せですが、今は四巻発売の喜びに浸ろうと思います。

リュシエンヌとルフェーヴルの物語、今後もお楽しみに！

皆様の健康とあとがきでの再会を願って。

二〇二三年　六月　早瀬黒絵

巻末おまけ

コミカライズ
第三話試し読み

漫画
四つ葉ねこ
原作
早瀬黒絵

第3話
すまない待たせた
仕事を片付けていてな
まぁな
ベルナールのおっさん久しぶり～
老けた？
気苦労が多すぎる
お前も厄介事《やっかいごと》を持ち込んでないことを祈る
あはは
ヴェリエ王国は
凶作に続き悪税・重税…
そして独裁支配により
国民は不満を募《つの》らせていた

そこでクーデターの旗印として
立ち上がったのが
平民・貴族からも信頼の厚い
ファイエット家当主
ベルナール＝
ファイエットであった

調査ご苦労だった
王妃が琥珀の瞳の子を隠しているという噂は本当だったようだな
人使い荒いよね～
密偵《みってい》に加えて人探し…
わざわざ報酬の話でもしに来たのか？
違うよ その子どもの今後について
傷跡を見るかぎりずっと虐待受けてて本人もろくに食べてないって
このままじゃ勝手に死にそうだけど～？

…子どもに接触したのか？
瞳の色を確認しようと近づいたらバレたからね～
バレた？隠密スキルは使ってなかったのか？
使ってたけど見破られた
あの子魔力がいっさいないね
魔力なしって魔法とかスキル効かないいんでしょ？
魔力なし…
だと？
うん回復魔法かけようとしたのも弾かれたし
珍《めずら》しいよねぇ初めて見たよ

お前が回復魔法を？
見つけたあとの指示は特になかったからいいでしょ
構わんが…
まっ弾かれちゃったから応急処置ぐらいしかできなかったけど
彼女の身体は見たか？
変な言い方しないでよ
キャ♡
いいから
見たんだな？
ならば
サラサラ
身体のどこかにこのような痣《あざ》のようなものはなかったか？
ズッ

あぁ…
二の腕付近にあったなぁ
なるほど…
でさ 話戻すけど この子どうするの?
コトッ
!?
面倒なことになってきたな
報酬を上乗せする

この子ども殺しておいてくれるか？
ジャキッ
パ
続きはWEB&コミックスにてお楽しみください！
ピッコマにて先行配信中！
コロナEXにて順次配信！
コミックス1巻好評発売中！

年の差・偏愛ファンタジー！
ルルと初めての旅行だね！
私も楽しみですわ！
NEXT EPISODE
婚姻を目前に控え、学院は夏休みに突入。
ルルと一緒に、クリューガー公爵領へ
遊びに行けることになったよ！
今世で初めての旅行、楽しみだなあ。
第5巻発売！

無垢な王女と腹黒アサシンの
悪役の王女に転生したけど、隠しキャラが隠れてない。
I WAS REINCARNATED AS A VILLAIN PRINCESS, BUT THE HIDDEN CHARACTER IS NOT HIDDEN.
5
早瀬黒絵
KUROE HAYASE
イラスト comet
キャラクター原案 四つ葉ねこ
2023年冬、

悪役の王女に転生したけど、隠しキャラが隠れてない。4

2023年7月1日　第1刷発行

著　者　早瀬黒絵

発行者　本田武市

発行所　TOブックス
〒150-0002
東京都渋谷区渋谷三丁目1番1号　PMO渋谷Ⅱ　11階
TEL 0120-933-772（営業フリーダイヤル）
FAX 050-3156-0508

印刷・製本　中央精版印刷株式会社

ISBN978-4-86699-866-4